Tanja Wagner

8 REASONS - Erlösung

AF200555

Tanja Wagner

8 REASONS

Erlösung

Erotik – Thriller

Bibliografische Information der Deutschen Nationalbibliothek:
Die Deutsche Nationalbibliothek verzeichnet diese Publikation in der
Deutschen Nationalbibliografie; detaillierte bibliografische Daten sind im
Internet über http://dnb.dnb.de abrufbar.

© 2023 Tanja Wagner

Originalausgabe / 1. Auflage

Herstellung und Verlag: BoD – Books on Demand, Norderstedt

ISBN: 978-3-7460-3322-8

Ergib dich der Macht der Begierde,
lass dich von blankem Wahnsinn mitreißen,
und spüre den triebhaften
Puls des Lebens.

That's all I ask of you

PHANTOM OF THE OPERA

Jeremy sah, wie hoch über New York der Himmel in den schillerndsten Farben aufleuchtete und die Menschen das neue Jahr willkommen hießen, doch in seinen Augen war nichts mehr wichtig, außer SIE.

Sein durchdringender Blick zeugte von Entschlossenheit.

„Dafür bringe ich dich um!"

Amüsiert über diese Aussage zog Joel an der Zigarre.

Er öffnete den Mund, um den Rauch in den Nachthimmel auszustoßen. „Mein lieber Jeremy, mach dich nicht lächerlich. Das hatten wir schon und ich kann dir versichern, es wird genauso wenig funktionieren wie in Swan Lake."

Joels Blick fiel über die Schulter.

Jeremy erkannte, dass sich dort eine Gestalt befand, deren Gesicht nicht zu erkennen war.

Langsame Schritte in der Nähe des Aufzugs bestätigten ihm zusätzlich, dass noch mindestens ein weiterer Mann zu ihnen nach oben gekommen war.

Jeremy sog tief Luft ein. „Was willst du von mir?"

Joel umklammerte den Griff des Gehstocks so fest, dass die Knöchel weiß wurden.

„Loyalität!"

Ein klirrendes Geräusch weckte Emiliana aus tiefem Schlaf. Sofort riss sie die Augen auf, um sich umzusehen.

Wo bin ich?

Eine Frauenstimme drang an ihr Ohr. „Das tut mir leid. Bitte entschuldigen Sie mein Missgeschick, Miss Brooks."

Woher kennt sie meinen Namen?

Emiliana fühlte sich viel zu erschöpft um zu sprechen, doch ihre Augen verfolgten die Frau, die wie das Zimmermädchen eines Hotels gekleidet war, bei ihrer Aktion, den Boden von Scherben und Flüssigkeit zu säubern.

Das erklärte zumindest das Geräusch.

Ein Glas war der Frau vom Tablett gefallen und zersprang auf dem weißglänzenden Marmorboden.

Sie lächelte. „Ich hole sofort frisches Wasser. Möchten Sie etwas Obst?"

Zögerlich erwiderte Emiliana das Lächeln. „Nein danke, vielleicht statt des Wassers lieber einen starken Kaffee."

Die Frau erhob sich. „Ich werde sehen, was ich tun kann." Nachdem sie den Raum verlassen hatte, setzte sich Emiliana in aufrechte Position.

Beinahe hätte sie angefangen zu glauben, dass sie träumte, doch der kühle Boden unter ihren nackten Füßen überzeugte sie umgehend vom Gegenteil.

Warum habe ich nur meine Leggings und das Top an? Wo sind meine Schuhe, mein Mantel und …

Plötzlich schoss ihr ein anderer Gedanke durch den Kopf.

Wer wohnt hier?

Der Raum war groß, luxuriös ausgestattet und die bodentiefen Fenster ließen das grelle Tageslicht bis in jeden einzelnen Winkel vordringen.

Als Emiliana sich erhob und nähertrat, konnten ihre Augen nicht mehr als unendlich wirkendes weiß erkennen.

Nach mehrmaligem Blinzeln war ihr bewusst, dass sie auf den Garten des Hauses herabsah, der von der Größe durchaus einem kleinen Park ähnelte.

Der Weg, die Bäume, mehrere Statuen und ein Springbrunnen waren über und über von Schnee bedeckt. *Welcher Tag ist heute? Verdammt, was ist nur los mit mir? Ich muss …*

Die Tür ging auf und eine tiefe Männerstimme erfüllte den Raum. „Für meinen Geschmack ein wenig zu viel des weißen Zeugs da draußen, doch so ist das nun mal an einem Wochenende im Januar in New York. Ich vermisse den Sommer, die Wärme und den See."

Emiliana drehte sich vorsichtig herum.

Ihre Stirn lag in fragenden Falten, während der Mann auf einem Stuhl gegenüber dem Sofa Platz nahm, auf dem sie zuvor gelegen hatte.

Mit der Hand bedeutete er ihr, dass sie sich setzen soll, doch Emiliana schüttelte den Kopf.

Sie hob die Augenbraue. „Wo bin ich?"

Der Mann grinste breit. „Nun, wenn ich es dir sage, dann kommst du womöglich auf wilde Gedanken und machst Dummheiten. Das wollen wir uns zumindest fürs Erste ersparen. Schließlich gab es bereits genug Vorkommnisse, die nicht nach Plan verliefen, findest du nicht auch?"

Mit bösem Blick und zusammengepressten Lippen setzte sich Emiliana in Bewegung.

Ihr Ziel war die einzige Doppeltür des Raumes, durch die der Mann und zuvor das Zimmermädchen gekommen waren.

Leider fühlten sich die Beine noch immer schwammig an, sodass ein Laufen unmöglich schien.

Als ihr Körper auf halber Strecke zusammensackte, war der Mann sofort zur Stelle um sie aufzufangen.

Entgegen Emilianas Protest, sie nicht anzufassen, hob er ihren Körper in seine Arme und setzte sie zurück auf das Sofa.

Durch die Zähne hindurchzischend befahl er streng: „Sitzen bleiben!"

„Fick dich, du arroganter Wichser", schoss es aus Emiliana pfeilschnell heraus, ohne dabei über mögliche Konsequenzen nachzudenken.

Der Mann packte ihr Kinn. „Du kannst gewiss mit dem lieben Jeremy so sprechen, aber nicht mit mir. Hast du das verstanden?"

Er verstärkte den Griff seiner Finger. „Antworte!"

Aus Emilianas Gesicht wich sämtliche Farbe, doch sie sah ihm direkt in die Augen. „Ja."

„Ja - was?"

„Ja, ich habe verstanden!"

Langsam löste er die Finger von ihrem Kiefer. „Na also, warum denn nicht gleich?"

Emilianas Körper begann zu zittern.

„Mach dir keine Sorgen, Süße. Du bekommst gleich etwas, dann wird es dir um einiges besser gehen."

Sie holte tief Luft. „Schon in Ordnung. Mir geht es ..."

Noch bevor Emiliana den Satz beenden konnte, fiel ihr der Mann ins Wort. „Du hast einiges durchgemacht. Spar dir also die Lügen. Das ist reiner Selbstbetrug. Ich meine, sieh mich an. Es wäre gelogen, wenn ich sagen würde, dass es mir gut geht. Stattdessen bevorzuge ich das Wort: Regeneration. Ich heile."

Sie saß ihm mit leicht geöffnetem Mund gegenüber, wollte etwas sagen, doch er sprach weiter: „Die Erschöpfung hat dich leise gemacht. Doch das wird sich ändern. Spätestens, wenn es darum geht, dem armen Jeremy eine Lektion fürs Leben zu erteilen."

Nach kurzem Zögern, entwichen Emiliana sanfte Worte über die Lippen. „Es tut mir sehr leid, was mit Ihnen geschehen ist."

Der Mann verzog das von unzähligen Narben übersäte Gesicht. „Warum so förmlich? Ich meine, du solltest stolz auf dein Werk sein. Und Jeremy, dieser gottverdammte Huren …"

„Jeremy?"

Bei der Frage fing Emilianas Körper wieder an zu zittern. Der Mann starrte sie fassungslos an. „Bitte was?"

Er stand auf und näherte sich erneut.

Sein Griff ging dieses Mal direkt in ihr langes Haar. Die Hand umfasste mehrere Strähnen, dann zog er ihren Kopf weit nach hinten. „Versuch nicht mich zu verarschen, Prinzessin. Diesen Kampf gewinnst du nicht!"

Emiliana schluckte schwer und ihre Augen füllten sich mit Tränen. „Bitte, ich weiß nicht wer Sie oder dieser Jeremy sind und ich weiß auch nicht, wo ich bin. Alles, was ich weiß, ist, dass ich Emiliana Brooks heiße und bei meiner Granny in Manhattan lebe. Sie macht sich bestimmt große Sorgen …"

Er presste ihr die andere Hand auf den Mund. „Bullshit! Du weißt sehr wohl, wer ich bin!"

Zahlreiche Tränen überströmten ihr zartes Gesicht, während sie ihm weiter zuhörte. „Ich bin Joel Tale, ehemaliger CEO von Marshall-Enterprises. Klingelt da was in deinem Köpfchen? Nein? Vielleicht sagt dir der schöne Ort Swan Lake etwas? Das Hausboot? Oder mein Anwesen, das wegen dir nurmehr ein Haufen Asche ist?"

Emiliana versuchte den Kopf abzuwenden.

Als er die Hand von ihrem Mund nahm, flüsterte sie: „Es tut mir leid. Ich weiß nicht, von was Sie da sprechen."

Joel ließ von ihr ab und wich einige Schritte zurück.

Dann rief er lautstark: „Schickt mir Dr. Clark. Sofort!"

Schritte waren vor der Doppeltür zu hören, was bedeutete, dass dort jemand die ganze Zeit Wache gestanden hatte.

Wenige Augenblicke später wurde mehrmals angeklopft. Joel wandte sich um. „Herein!"

Ein Mann in einem schwarzen Anzug öffnete und machte eine Handbewegung nach innen.

Einzig sein Gesicht war nicht zu erkennen, denn dieses wurde von einer Art Maske verdeckt.

Keine gewöhnliche, sondern ein Oval wie Fechter es zum Schutz tragen würden. Zudem war diese nicht vergittert, sondern komplett verspiegelt.

Eine Spiegelmaske!

Da Emiliana so etwas noch nie zuvor gesehen hatte, war die Verwunderung deutlich in ihrem Blick abzulesen.

Eine zierliche Person betrat den Raum.

Es handelte sich um eine Frau in einem langen dunklen Rock und einer weißen Bluse. Die schulterlangen Haare wiesen an den Seiten erste graue Strähnen auf und ihr Gesicht verbarg sich ebenfalls hinter solch einer ominösen Maske.

Ihren Kopf wendete sie in Joels Richtung und als dieser nickte, richtete sie das Wort an Emiliana. „Mein Name ist Dr. Clark. Wie fühlen Sie sich, Miss Brooks?"

Zwar konnte Emiliana die Worte nur monoton wahrnehmen, doch sie verstand.

Beunruhigend war, dass man sich selbst im Spiegel der Maske sehen konnte. Der Träger hingegen schien darunter ein nahezu uneingeschränktes Blickfeld zu haben.

Anders als bei herkömmlichen Masken, sah man auch die Augen nicht. Dies bietet enorm hohe Sicherheit, dass man den Menschen darunter in keinem Fall erkennen kann.

Emiliana wischte sich die Tränen vom Gesicht. „Es geht mir gut, ... denke ich."

„Es geht ihr nicht gut! Sie redet wirres Zeug. Behauptet, mich nicht zu kennen."

Die Ärztin zog eine kleine Taschenlampe aus ihrer Rocktasche hervor. „Bitte folgen Sie dem Licht."

Emiliana tat es.

Kurz darauf wurde ihr der Puls am Handgelenk gemessen und die Temperatur an der Stirn geschätzt.

„Alles im grünen Bereich."

„Im grünen Bereich?", entfuhr es Joel donnernd. „Haben Sie mich nicht verstanden, Dr. Clark? Sie behauptet …"

Die Ärztin stemmte die Hände in die Hüften. „Mr. Tale, ich habe Sie klar und deutlich verstanden, doch leider kann ich momentan lediglich von ihrem körperlichen Zustand ausgehen und nicht von ihrem seelischen Trauma."

Joel packte die Frau grob am Oberarm. „Trauma? Was haben Sie ihr verabreicht?"

„Nichts, was ihr in der kurzen Zeit hätte Schaden zufügen können!"

„Ist das so", mit diesen Worten schob er sie zur Tür hinaus.

Emiliana zuckte zusammen, als diese krachend zufiel.

Vor der Tür ließ Joel die Ärztin los und verschränkte die Arme. „Erklären Sie mir Ihre Theorie des seelischen Traumas."

Dr. Clark nickte. „Unter enormen Stress oder wenn wir etwas schreckliches erleben, kann es zur Überforderung der integrativen Gedächtnisfunktionen des Gehirns kommen. Das Erlebte kann somit im Nachhinein oftmals nur bruchstückhaft abgespeichert werden. Die Folge sind kleine oder auch große Erinnerungslücken, sogenannte Blackouts. Meist wird der Betroffene sich zu einem positiven Ereignis vor dem Trauma zurückdenken und glauben, dass seit dieser Zeit nichts weiter in seinem Leben passiert wäre. Ich rate dringend zu erhöhter Flüssigkeit, ausreichend Nahrung und Bettruhe. Falls sie nicht einschlafen kann, empfehle ich Tabletten …"

Joel erhob abwehrend die Hand und kehrte zur Tür zurück. „Danke, das wäre für den Moment alles."

Emilianas Augen brannten als sie Joel wieder auf sich zukommen sah.

Er grinste. „Darling, du solltest etwas zu dir nehmen. Was möchtest du essen?"

Mit verwirrtem Blick antwortete sie: „Ich bin nicht hungrig. Und was das Darling angeht ..."

Joel presste ihr einen Finger auf die Lippen. „Scht! Ich weiß, das mag jetzt alles seltsam für dich erscheinen, doch du musst mir vertrauen."

Sie nickte.

„Braves Mädchen."

Er setzte sich und schlang die Arme um sie.

Zunächst versuchte sich Emiliana aus der Umarmung zu lösen, denn diese war alles andere als vertraut.

Angewidert von der vernarbten Haut mit den kratzenden Bartstoppeln sprach sie barsch: „Ich kenne Sie nicht!"

Joel wusste, dass er ihr gleich eine Story in ihr hübsches Köpfchen einpflanzen würde, die in jedem Fall einen Oscar verdient hätte.

Nur war das hier nicht die große Leinwand, sondern das reale Leben.

Ob sie es will, oder nicht. Es spielt keine Rolle.
Diese Frau gehört jetzt mir!
Was willst du dagegen tun, Mr. Adams?
Für Entschuldigungen oder Reue ist es viel zu spät
und das Spiel um die Macht hat längst begonnen.
Du kannst mir für alles die Schuld geben,
doch den Preis wirst am Ende du bezahlen!

Von Marshall-Enterprises aus über die Dächer New Yorks zu blicken war traumhaft.
Besonders bei Sonnenaufgang lag ein gewisser Zauber in jedem einzelnen Lichtreflex der näher kam.
Die Stadt erwachte.
Jeremy hatte die letzten drei Tage kaum geschlafen, sich von Kaffee ernährt und sein Smartphone nicht eine Sekunde aus den Augen gelassen.
Er wartete.
Auf einen Anruf, eine E-Mail, oder sonstiges Zeichen von einem Mann, für den er zehn Jahre als Repo-Man in dieser Firma alles gegeben hatte und dem er seine jetzige Stellung als CEO, sowie das prall gefüllte Bankkonto eigentlich erst verdankte.
Doch zu welchem Preis?
Die Dinge waren aus den Fugen geraten, seit Joel ihn im vergangenen Jahr an einem verregneten Maitag nach Feierabend zum Haus der alten Mrs. Brooks gesandt hatte, um ihr die Frist für die Räumung zu überbringen.
Dieser Tag hatte sein komplettes Leben, Denken und Handeln auf den Kopf gestellt.
Seitdem war er nicht mehr der verheiratete Workaholic, der in einem luxuriösen Haus lebte und die Wochenenden oftmals bei den introvertierten Schwiegereltern verbrachte, nein, Jeremy Adams ist zum Teufel mutiert.
Verführt von einer Dämonin, die sich mit gespreizten Beinen auf seinen Schoß setzte, mit blutroten Lippen jegliche Gegenwehr betäubte, und die anschließend seinen

angeschwollenen Schwanz so fest mit dem nassen Eingang ihrer Muschi umschlang, dass Jeremy zum ersten Mal als Mann das Gefühl hatte, dass es schmerzte.

Niemals würde er dabei ihre hauchenden Worte vergessen: „Willst du, dass ich dich hart ficke?"

Noch nie zuvor hatte er einen solch verruchten Satz aus dem Mund einer zierlichen Frau gehört und doch machte es ihn wahnsinnig geil.

Das Gefühl, als Emiliana die komplette Kontrolle über ihn übernommen hatte, ließ seine Gedanken verrücktspielen. Während sie ihn gnadenlos ritt und ihr Stöhnen den Raum ausfüllte, spürte er, dass sein Schaft nicht mehr lustvoll pulsierte, sondern pumpte.

„Fuck! Du durchtriebenes Miststück!", schoss es laut keuchend aus ihm heraus, während sein angestauter Saft in das Latex spritzte.

Zu dieser Zeit GEFESSELT, GEDEMÜTIGT und vom Leben GEFICKT, steht er heute hier oben an den riesigen Fenstern von Marshall-Enterprises und wartet nur darauf dieses kleine Luder wieder zwischen die Finger zu bekommen.

Genau wie in Swan Lake.

Auf Joels Hausboot hatte er den Spieß umgedreht und die komplette Kontrolle über Emiliana und deren Körper übernommen.

Gegen Ende des Jahres spielte er mit ihr und sie mit ihm. Ein dritter Player, der unlängst aus dem Spiel geworfen wurde, akzeptierte seinen durchaus hohen Verlust nicht und brachte sich eigenmächtig zurück an den Start.

Auch eigene Regeln stellte dieser auf, nach denen von nun an alle zu spielen hatten.

Aber nicht mit mir, Mr. Tale! Das garantiere ich!

Während dieses Gedankens blendete Jeremy der erste Sonnenstrahl, der das leicht beschlagene Glas des Fensters erreichte.

Mit zwei Grad über dem Gefrierpunkt lag die Temperatur im Durchschnitt und doch begann das Jahr vollkommen anders, als Jeremy es sich jemals auch nur zu denken gewagt hätte.

Es dauerte nicht lange bis sein Smartphone auf dem Schreibtisch vibrierte.

Jeremy wandte sich vom Fenster ab.

Im Display leuchtete eine unbekannte Nummer auf. Annahme.

„Adams."

Stille.

Es folgte tiefes Einatmen.

„Jeremy, mein Freund. Wie geht es dir an diesem Morgen?"

Jeremy lächelte. „Doug! Wie schön dich zu hören. Ich dachte du wärst die nächsten zwei Wochen in Philadelphia bei deiner Mum."

Knacken in der Leitung.

„Ja …, ähm Jeremy, hör zu, warum ich anrufe ist folgendes …"

„Doug? … Doug, ich kann dich kaum verstehen."

„Jeremy", sein Name drang ihm wie eine Warnung ins Ohr. „Ich komme noch heute zurück in die Firma, um dir etwas sehr wichtiges zu überbringen."

„Doug, du sollst doch deinen Urlaub …"

„Ich bin in etwa fünf Stunden bei dir."

Jeremys Blick verengte sich. „Alles klar! Fahr vorsichtig."

„Das werde ich."

Aufgelegt.

Etwas unheilvolles lag in Douglas Tonlage und Jeremy wusste instinktiv, dass die unerwartete Rückkehr seines Repo-Mans nichts Gutes bedeutete.

Er sollte Recht behalten.

Um die Mittagsstunde herum klopfte es an die Bürotür.

„Herein."

Douglas trat ein und kam zielsicher auf seinen Boss, der noch einen Kunden am Telefon hatte, zu.

Nickend bedeutete ihm Jeremy, dass er gleich fertig sei.

„So machen wir das Mr. Growing. Ihr Angebot klingt durchaus passabel, sodass ich Miss Hewitt ausrichten werde, die Verträge in ihr Büro zu übersenden."

Nach weiteren Sekunden beendete Jeremy das Telefonat.

„Danke und einen schönen Nachmittag."

Er sah zu Douglas.

Dieser legte seinen Mantel sorgfältig über einen Stuhl, ehe er zu sprechen begann: „Hey Jeremy, so sieht man sich wieder."

„Doug, mein Bester. Ob es eine Freude ist, werde ich sicherlich gleich hören."

Trotz der Tatsache, dass Douglas unlängst vom verlässlichen Repo-Man zu einem loyalen Freund geworden war, verhielt er sich auffällig merkwürdig.

Schweißperlen bedeckten seine fahle Stirn, ehe ein breites gekünsteltes Lächeln sein Gesicht zierte. „Kann ich privat mit dir sprechen?"

Jeremy, der gerade eine Kaffeetasse an seinen Mund führte, hielt in der Bewegung inne. Über den Rand der Tasse hinweg sah er Douglas direkt in die Augen.

Nach einer Weile zuckte er mit den Schultern. „Jederzeit. Schieß los! Geht es um deine Mum?"

Douglas schüttelte den Kopf. „Nein, es geht ..., also meine Freundin, weißt du ..., ähm ..."

Es sah so aus, als hätte sein Hirn einen Kurzschluss erlitten, doch die Schaltkreise schlossen sich schnell.

Er räusperte sich. „ Jeremy, lass uns außerhalb der Firma zu Mittag essen. Ich zahle."

Jeremy blinzelte. „In Ordnung."

Nachdem sie bereits eine viertel Stunde mit dem Audi durch die New Yorker Innenstadt gefahren waren, fragte Jeremy: „Doug, wo möchtest du denn gerne ..."

Douglas sah ihn mit großen Augen an. „Links!"

In letzter Sekunde konnte Jeremy das Lenkrad drehen und in die Straße einbiegen, in die Douglas deutete.

Es handelte sich um eine verkommene Seitenstraße, in der es aus einigen Lüftungsrohren dampfte, während ein Obdachloser kopfüber in einer der Mülltonnen hing.

„Stopp!"

Jeremy trat in die Eisen.

Ohne Vorwarnung griff Douglas nach Jeremys Handy, dass sich in Frontscheibennähe in der Halterung befand.

Nach allen Seiten drehte er es herum.

Dann stieß er einen Lacher aus. „Ich wusste, warum ich das Schätzchen hier mitbringe."

Ungläubig starrte Jeremy auf die klappbare Hülle in Douglas Hand.

Er wollte etwas sagen, da sprach Douglas auch schon weiter: „Hättest du kein Smartphone, mit dem vermeintlich angebissenen Apfel darauf, hätte es ausgereicht, dass ich die Simkarte und den Akku entferne. Da ich jedoch wusste, dass du dich in Technikfragen gerne auf dem neuesten Stand befindest, musste ich unterwegs zusätzliches Equipment besorgen. Die Menschen denken heutzutage, dass sie immer up-to-date sein müssen und dabei merken die meisten überhaupt nicht, dass sie damit angreifbar und somit auch verwundbar für alles und jeden werden, der ihnen Schaden zufügen möchte. In dieser Anti-Tracking-Hülle sollte es vorerst sicher sein. Du kannst dich später bei mir bedanken."

Jeremy öffnete den Mund, doch Douglas stieg aus dem Wagen.

Der Obdachlose unterließ für einen Augenblick die Kramerei. Für ihn musste es so aussehen, als ob die „Men in Black" persönlich vorgefahren wären, um ihn und die Menschheit vor einer Alien-Epidemie zu bewahren.

Mit einem Signaldetektor in der Hand begab sich Douglas auf die Suche.

Unterhalb der Fahrertür wurde er schnell fündig.

Jeremy beobachtete wie Douglas ein schwarzes kleines Viereck in eine weitere Hülle, die er zuvor aus seinem Jackett gezogen hatte, sorgsam verstaute.

Zurück im Wagen deutete Douglas ihm mit dem Finger an, weiterhin leise zu sein.

Der Sensor auf dem Gerät blinkte in beständigem Rhythmus.

Nachdem Douglas diesen in jeden Winkel des Innenraums gehalten hatte, schaltete er ab.

Es folgte langes Ausatmen. „Scheiße, Jeremy! Was für ein Tag!"

„Was du nicht sagst!"

Mehr fiel Jeremy auf Douglas Verhalten nicht ein und er hörte selbst, dass seine Tonlage wie ein Psychopath klang.

Douglas runzelte die Stirn, dann wurde er ernst. „Ich erkläre es dir."

Jeremy lehnte sich im Fahrersitz zurück. „Bitte. Nur zu!"

Douglas holte tief Luft. „Ich werde nicht lange um den heißen Brei herumreden, deshalb ..."

Er räusperte sich. „Jeremy, du und die Firma werdet rund um die Uhr überwacht."

Jeremy knirschte mit den Zähnen. „Ach ja? Und darf ich fragen, woher du das weißt? Ich meine, du solltest eigentlich bei deiner Mum sein und von meinem Problem mit dem ehemaligen CEO …"

„Joel Tale?"

„Ja, genau."

Douglas packte Jeremy am Oberarm. „Ich weiß, um was es geht und dass sie dein Mädchen haben."

„Wie bitte?" Verstört sah Jeremy in Douglas Gesicht. Schließlich war er sich sicher, dass seit der Silvesternacht auf dem Empire State Building niemand bisher von der Tatsache, dass Joel hinter Emilianas Verschwinden steckte, wissen konnte.

„Lass es mich dir bitte erklären", sprach Douglas beruhigen wollend. „Als ich bei Marshall-Enterprises, nach elend langer Jobsuche in Manhattan, eingestellt wurde, war es für mich wie ein Geschenk des Himmels. Ich wollte dir nie etwas Böses, musst du wissen, sondern ich dachte, wenn ich E-Mails bereits vor allen anderen Repo-Man erhalte, dass ich somit genug Zeit habe, um mir die lukrativsten Lösungen einfallen zu lassen und dich von mir als guter Mitarbeiter während der Probezeit überzeugen zu können."

Jeremy blickte Douglas finster an. „Echt jetzt? Du hast dich in das Datensystem der Firma eingeschleust?"

„Ähm ja, und es tut mir …"

„Du bist ein Hacker?"

„Jeremy, wenn du willst, dann kündige mich."

„Das war nicht meine Frage."

Douglas stieß einen lauten Seufzer aus. „Ja, verdammt!"

Jeremy neigte den Kopf leicht nach hinten. „Erzähl weiter!"

Nickend fuhr Douglas mit seiner zuvor begonnenen Erklärung fort: „Ich war bei meiner Mum und wollte mich eigentlich für die Zeit meines Urlaubs aus dem System von Marshall-Enterprises ausloggen, als ich plötzlich eine weitere Verbindung im System ausmachen konnte. Während ich mich nur auf deine E-Mails konzentrierte, hatte diese Verbindung es geschafft, deinen Rechner, dein Telefon, das Beleuchtungssystem des Büros, die Rollos und wenn sie es wollen, wahrscheinlich auch noch die nagelneue Kaffeemaschine angezapft."

Jeremy zog die Stirn in Falten. „Du meinst, alles, was ich sage oder tue, wird überwacht?"

„Jeder Schritt, jedes Wort! Dein Wagen, dein Smartphone und mit hoher Wahrscheinlichkeit auch dein Haus."

Mit zusammengepressten Lippen starrte Jeremy aus der Frontscheibe.

Der Obdachlose hatte sich zurück auf seinen Schlafplatz begeben und die dreckige Kapuze tief ins Gesicht gezogen.

Douglas schüttelte den Kopf. „Ich verstehe, dass du mich nach diesem Geständnis kündigen wirst, doch abgesehen davon, möchte ich, dass du weißt, dass ich für dich da bin. Wenn auch nicht mehr als dein Mitarbeiter, dann doch jederzeit als dein Freund."

Als Jeremy auf sein diamantschwarzes Armaturenbrett blickte, wurde ihm zum ersten Mal deutlich bewusst, dass er es gegen Joel in gar keinem Fall noch einmal allein aufnehmen konnte.

„Hör zu, Doug. Ich danke dir. Nein, wirklich, ich bin dir sehr dankbar. Ich meine, du nimmst den ganzen Weg von Philadelphia auf dich, nur um mir das alles zu sagen. Du hast dieses Ding unter meinem Wagen gefunden und mich nicht in ein riesengroßes Schlamassel laufen lassen, angezettelt von einem selbstverliebten Bastard, der längst in den Fegefeuern der Hölle schmoren sollte. Allein nach der Sache auf der Firmenfeier mit der verrückten Blonden und dem maskierten Kerl, weiß ich, dass ich mich auf dich verlassen kann."

Erleichtert über diese Worte wischte sich Douglas mit der Rückhand über die Stirn. „Heißt das, ich bin nicht ..."

„Exakt! Du bist ganz sicher nicht gekündigt. Im Gegenteil. Auf dich wird in nächster Zeit einiges an Überstunden zukommen und es wäre schön, wenn du mir weiterhin eine Hilfe in allen technischen Fragen wärst. Ist das für dich akzeptabel?"

Douglas Gesichtsausdruck erhellte sich. „Akzeptiert!"

Jeremy drehte den Kopf zur Seite. „Es wird verdammt schwierig werden, gegen diesen Kerl vorzugehen."

Jetzt musste Douglas breit grinsen. „Nichts, was wir nicht bewältigen könnten, so viel steht fest. Kümmere du dich um alles, was Tale und dein Mädchen angeht und lass mich den Rest erledigen. Mein Dad hat früher immer zu mir gesagt: „Ein Mann, der seine Macht über eine Frau ausspielen muss, hat keine Eier in der Hose. Versuch solch einem deshalb nie zwischen die Beine, sondern immer direkt in die Fresse zu schlagen!""

Jeremy sah auf die Uhr.

Höchste Zeit, um in die Firma zurückzukehren.

Er startete den Motor, als Douglas erneut aus dem Wagen stieg.

An der Fahrertür angekommen, ließ Jeremy das Fenster runter. „Was hast du vor?"

Flüsternd antwortete Douglas. „Wir wollen doch nicht, dass Mr. Tale weiß, dass wir von seiner kleinen Spionage-Aktion Wind bekommen haben. Besser, er denkt, dass er noch immer alles unter Kontrolle hat. Das macht es auch mir leichter seine Schritte mitverfolgen zu können."

Verdammt, Doug ist echt spitzenmäßig! Nicht nur was Technik, sondern auch logisches vorausschauendes Denken anging. Und Joel, du verfluchter ...

Douglas zeigte Jeremy an, ab jetzt wieder leise zu sein.

Nachdem er die GPS-Wanze wieder an ihren ursprünglichen Platz geklemmt hatte, und auch das Smartphone wieder aus der Anti-Tracking-Box zog, dauerte es nur wenige Sekunden, bis diese sich in den nächstgelegenen Sendemasten einwählten.

Die kleinen Wanzen sind sozusagen Handys ohne Display und Tastatur. Weltweit abrufbar dienen sie deshalb häufig zum Überwachen oder Abhören.

Jeremy war für den oder die Täter wieder online.

Die Atmosphäre in einem großen Raum, unweit von Emilianas Schlafzimmer entfernt, war angespannt.

Als Joel jedoch den verloren geglaubten grünen Punkt wieder auf dem Monitor aufblinken sah, klopfte er dem Mann vor den Geräten auf die Schulter.

Leise beugte er sich bis an dessen Ohr hinab. „Wenn das noch mal vorkommt, erschieße ich dich ohne Vorwarnung und werfe deine Knochen den Hunden zum Fraß vor. Ist das klar?"

Ängstlich rückte der Mann die entspiegelte Brille zurecht. „Verstanden."

„Verstanden, was?"

Der Mann erhob sich vom Stuhl und salutierte. „Verstanden, Sir!"

Als Joel den Flur betrat, sah er, dass die Tür zu Emilianas Raum offenstand.

Schnellen Schrittes begab er sich in das Zimmer, denn ihm schwante böses.

Dieses kleine Miststück ist sicherlich ..., zu mehr Denken kam er nicht, denn als er sich umsah erfassten seine Augen, dass Emiliana am Fenster stand und in den Garten blickte.

Am Esstisch war das Hausmädchen gerade dabei frisches Obst in die Schale zu füllen und eine Karaffe mit sprudelndem Wasser für das Mittagessen bereitzustellen.

Joel sog empört Luft ein. „Was ist heute nur los, dass ich jedem einzelnen von meinen Leuten am liebsten den Arsch aufreißen würde?"

Emiliana drehte sich herum und sah, wie sich das Hausmädchen verängstigt über diese schroffen Worte auf die Unterlippe biss.

Mit Blick zu Emiliana zwang sich Joel zu lächeln. „Darling, bitte steh nicht mehr allzu lange dort herum, sondern begib dich ins Badezimmer. Sicherlich hast du die Kleidung für heute Abend von Tamara erhalten."

Emiliana nickte.

„Sehr gut. Ich hole dich um Punkt fünf ab, damit wir nicht zu spät zu unserem Treffen kommen."

Schritt für Schritt rückte er dabei näher an die Frau heran, die sich das leere Tablett soeben unter den Arm geklemmt hatte.

Eine seltene Faszination bot sich Emiliana als das Zimmermädchen den elegant gekleideten Mann, dessen Gesicht von Narben übersät war, wie einen Gott ansah.

„Es tut mir leid, Mr. Tale."

Joel grinste einseitig. „Was tut dir leid, Tamara? Ich kann mich nicht erinnern, dir einen Vorwurf gemacht zu haben."

Das Zimmermädchen hat also einen Namen. Tamara. Gut zu wissen, dachte Emiliana, während sie Joels weiteres Vorgehen beobachtete.

Tamaras Wangen wurden heiß und glühten. „Es tut mir leid, dass ich entgegen Ihrem ausdrücklichen Wunsch die Tür versehentlich offengelassen habe."

Joel zog die Frau in seine Arme und strich ihr dabei sanft über das lange rötliche Haar.

Laut hörbar sprach er: „Tamara, keine Sorge. Das kann passieren."

Mit Argusaugen verfolgte Emiliana das Schauspiel.

Für sie sah es so aus, als wolle der Hauseigentümer lediglich eine Angestellte beruhigen, die denkt, sie würde gekündigt, da sie etwas falsch gemacht hatte.

Dass er tatsächlich sein Gesicht tief in Tamaras Haaren vergrub, um ihr etwas zuzuflüstern, das konnte sie von ihrem Standpunkt unmöglich ausmachen.

Tamaras Kopf neigte sich zurück, als sie die Worte dicht an ihrem Ohr vernahm.

„Du bist viel zu fleißig, um dich zu feuern. Den süßen Arsch werde ich dir dennoch persönlich für deine Unachtsamkeit aufreißen."

Tamara schüttelte leicht mit dem Kopf, doch Joel fuhr ungeniert fort: „Du gehst und wartest im Schlafsaal auf mich."

„Tut mir leid", schoss es noch einmal laut aus Tamaras Mund, ehe sie fluchtartig Emilianas Zimmer verließ.

Joel faltete die Hände. „Warum ist es so verdammt schwer in der heutigen Zeit gutes Personal zu finden?"

Emiliana schwieg.

Er trat genau vor sie und sah auf ihr Gesicht herab.

„Darling, du bist doch nicht etwa eifersüchtig."

„Ich ..., ähm ..., nein. Ich meine ..."

Joel packte Emilianas Kinn und zwang sie ihm in die Augen zu sehen.

Dann sagte er leise: „Tamara ist süß, aber nicht mein Geschmack. Nein, meine Aufmerksamkeit gehört ganz dir. Seit nunmehr über einem Jahr. Du wirst dich schon sehr bald wieder an alles erinnern. An unser erstes Treffen, an unsere erste Nacht, als ich dir sagte, dass deine Lippen dazu imstande sind, einen Mann in die Knie zu zwingen, und an meinen Schwanz, der dich nicht nur ausfüllen, sondern regelrecht aufspießen kann, wenn ich die Kontrolle ...“

„Joel!“ Ein Mann mit einer Spiegelmaske stürmte in den Raum. „Komm schnell! Es geht um Tamara.“

Schnaubend wandte sich Joel an den Mann. „Ich komme.“ Er ließ von Emiliana ab.

Nachdem er ohne jedes weitere Wort den Raum verlassen hatte, konnte sie wieder frei durchatmen.

Draußen verdunkelte sich der Himmel und dicke weiße Flocken tanzten wirr durch die kühle Luft.

Emiliana konnte nicht im Ansatz ahnen, dass sie Tamara, das Zimmermädchen, vor wenigen Minuten zum letzten Mal zu Gesicht bekommen hatte.

Diese hatte sich auf ihrer Flucht ein Messer aus dem Küchenblock geschnappt und die Pulsadern aufgeschlitzt. Als Joel mit dem Maskenmann die Küche betrat, war ihr schmächtiger Körper neben dem Kühlschrank in sich zusammengesackt.

Blut verteilte sich rasend schnell auf dem Boden.

Noch ehe sie das Bewusstsein verlor, kniete sich Joel zu ihr herab. Er neigte seinen Kopf und kniff die Augen fest zusammen. „Was bist du bloß für eine dumme Frau. Ich meine, sieh dir den teuren Boden an.“

Kopfschüttelnd blickte er zu dem Mann mit der Maske. Dessen Atmung ging wahnsinnig schnell. „Soll ich Dr. Clark oder einen Rettungsdienst alarmieren?“

„Nicht nötig", antwortete Joel ruhig, während er Tamara das blutverschmierte Messer aus der Hand nahm.

Mit der freien Hand hob er ihr Kinn an. „Ich bin mir sicher, dass dein Arsch deutlich weniger geblutet hätte, wenn ich mit dir fertig gewesen wäre."

RATSCH!

Der Mann wich stolpernd zurück.

Joel hatte Tamara skrupellos die Kehle durchgeschnitten.

Am späten Nachmittag stürmte Jeremy den langen Gang von Marshall-Enterprises entlang.

Er verfolgte einen Mann, der bis vor wenigen Minuten noch die Fenster in seinem Büro geputzt hatte.

Als er sich verabschiedete, sah Jeremy von seinem Laptop aus, wie diesem ein weißes zusammengefaltetes Stück Papier auf den Boden fiel.

„Hey, warten Sie ...", doch der Mann hörte nicht.

Am Aufzug holte er ihn endlich ein.

„Hey, Sie haben da etwas verloren." Jeremy hielt ihm den Zettel hin.

Der Mann tat nichts weiter als abwehrend zu lächeln.

„Sprechen Sie Englisch?"

Jeremys Frage blieb unbeantwortet.

Stattdessen stieg der Mann in den Aufzug und betätigte die Ground-Floor-Taste.

Ehe sich die Türen schlossen, rief er: „Lesen Sie!"

Obwohl Jeremy im Moment keine Geduld für solche Dinge hatte, öffnete er den Zettel. Er las:

8.00pm Gabriel Kreuther
41 W. 42nd Street, New York, NY 10036
Mit Begleitung.

Jeremy war sofort klar, dass es bei Gabriel Kreuther nicht darum ging die Person zu treffen, sondern vielmehr Joel in einem schicken New Yorker Restaurant.

Die gehobene französische Kochkunst in hocheleganten Räumlichkeiten eilt ihrem Ruf sprichwörtlich voraus.

Jeder der etwas auf sich, seine Freunde, oder die Liebe seines Lebens hält, sollte dort mindestens schon einmal zu Abend gegessen haben.

Dass sein ehemaliger Chef die Einladung von einem Fensterputzer überbringen lassen würde, damit hatte Jeremy beim besten Willen nicht gerechnet.

Auf dem Weg zurück in sein Büro, kam er an Douglas vorbei, der gerade im Kopierraum mit einer Palette Druckerpapier am Kämpfen war.

„Verfluchtes Drecksding!"

Jeremy lehnte sich in den Türrahmen. „Kann ich helfen."

Douglas lies von der Palette ab. „Oh, ähm …, nein danke. Geht schon."

„In Ordnung. Ich bin auch nur vorbeigekommen, um zu fragen, ob du noch mal einen Blick auf die Mariton-Akte werfen könntest. Auf Seite drei ist etwas, dass du noch mal überprüfen solltest."

„Aber Jeremy, ich habe die Akte mindestens …"

„Doug", unterbrach Jeremy mahnend. „Ich möchte, dass du dir Seite drei ganz genau ansiehst."

Douglas hatte verstanden.

„Seite drei! Geht klar."

„Danke."

Jeremy wandte sich ab.

Er grüßte einige Kollegen auf derselben Etage, ehe er in Douglas Büro abbog, um den Zettel mit der Anweisung in der besagten Akte auf der dritten Seite zu hinterlegen.

Hoffentlich fällt Doug dazu etwas ein, andernfalls weiß ich nicht, wie ich das heute Abend handeln soll. Wird Lia dabei sein? Warum brauche ich eine Begleitung? Joel weiß, dass ich niemals einen Eskorte-Service in Betracht ziehen würde, wieso also ...

Er hielt inne, da sein Laptop aufsprang und ein kleines dickes Männchen ihm fröhlich zuwinkte.

Was zur Hölle?

Plötzlich bewegte sich die Maus und die ersten Worte standen mitten auf dem Bildschirm.

Ich würde sagen, das ist euer erstes Treffen, um über das Mädchen zu verhandeln.

Jeremy zögerte.

Er war sich sicher, dass Douglas sich in seinen Computer gehackt hatte, doch war es auch sicher ihm zu antworten?

Jeremy, du kannst frei mit mir schreiben. Für alle anderen, die sich einwählen, sieht es momentan so aus, als würdest du eine wahllose Aneinanderreihung des Alphabets eintippen. Bei mir hingegen, kommt alles lesbar an.

Jeremy?

Am liebsten würde Jeremy sein Firmentelefon zur Hand nehmen und in Douglas Büro anrufen, ob es sich wirklich dabei um ihn handelt, doch das ging aufgrund der eingebauten Abhörwanzen nicht.

Zögerlich legte er die Hände auf die Tastatur.

Dann tippten seine Finger:

Doug, was ist dein Verwandter noch mal von Beruf und was hast du mir ...

Ehe er den Satz beenden konnte, stand bereits die Antwort im Display.

Mein Cousin ist ein Cop des NYPD und er ist bis heute nicht amüsiert über unsere kleine Aktion von Swan Lake. Wodurch sein Wagen von Kollegen konfisziert wurde und du zunächst unter Berufung auf seinen Namen verhaftet worden bist.

Jeremy musste unweigerlich auflachen.
Doug, alles klar! Und die Verbindung ist sicher?

Douglas:
So sicher, wie das Amen in der Kirche.

Bei diesen Worten musste Jeremy an den Altar denken, auf den er Emilianas Körper wie eine Opfergabe gelegt hatte. Nur war sie nicht für Gott bestimmt.
Er selbst bekreuzigte ihre Stirn, ihre Brust, und ihren Venushügel, ehe er seinen mehr als harten Stab tief in sie einführte.
Sein heißer Samen schoss nach einigen kräftigen Stößen bis in den letzten Winkel ihrer nassen Muschi und ihr Aufstöhnen, als sich ihre Muskeln beim Orgasmus um seinen Schaft verkrampften, hallte an den alten Mauern wie ein Echo nach.
Auch jetzt drang dieses leidenschaftliche Stöhnen, das ihn jedes Mal in den puren Wahnsinn treibt, in seine Ohren.
Sein Schwanz zuckte, verhärtete, und stand plötzlich stramm in der Businesshose.

Am liebsten hätte er sich den Reißverschluss heruntergezogen, sein bestes Stück fest mit der Faust umklammert und sich ordentlich einen runtergeholt.
Die Worte auf dem Bildschirm hielten ihn jedoch davon ab.

Jeremy? Hast du gelesen und bist du einverstanden?

Wie von einer Nadel gepiekt setzte sich Jeremy in aufrechte Position und hoffte, dass sich sein Mandat gleich von allein wieder senken würde.
Er überflog die oberen Zeilen, die er verpasst hatte.

Ich könnte meine Freundin fragen, ob sie deine Begleitung heute Abend sein möchte. Sie ist für einiges offen und ich kann mich auf sie verlassen, so wie sie sich auf mich.

Jeremy tippte.
Das würde ihr nichts ausmachen?

Douglas:
Nein, warum sollte es? Ich verstecke ein Miniatur-Mikrofon an ihrer Kleidung, so erfahre ich aus erster Hand, was am Tisch gesprochen wird, ohne dass wir im Nachhinein darüber reden müssen. Ich halte das für eine gute Idee.

Jeremy:
Was, wenn ich dich oder deine Freundin mit dieser Aktion ungewollt in Gefahr bringe?

Douglas:
Jeremy, du machst dir zu viele Gedanken.

Jeremy: **Ich weiß. Es ist alles so beklemmend, wenn jemand anderes plötzlich über dein Leben bestimmt.**

Douglas:
Verstehe. Deshalb hoffe ich, dass wir schnell eine Möglichkeit finden, um dem Verantwortlichen kräftig in den Hintern zu treten.

Jeremy:
Okay, Doug. Ich mache mich fertig. Wo soll ich deine Freundin abholen?

Douglas:
Ihr Name ist Stacy. Ich werde ihr sagen, dass sie um 7.30pm an dem kleinen Diner unten am Eck auf einen nachtschwarzen Audi warten soll. Ich kläre das.

Jeremy:
In Ordnung. Und es macht dir auch nichts aus, dass ich mir deine Freundin für heute Abend ausleihe?

Douglas:
Überhaupt nicht. Du willst sie ja gewiss nicht vögeln. Oder doch?

Jeremy:
Nein.

Douglas:
Wenn, müsstest du das mit ihr ausmachen. Sie erzählt mir das dann erst am nächsten Morgen. Wir gehen auch in Swingerclubs. Erinnerst du dich an das Matrix?

Jeremy: **Doug, ich sollte mich fertigmachen. Danke dir.**

Douglas.
Nicht der Rede wert.

KLICK!

Die Unterhaltung war spurlos verschwunden und Jeremy blickte wieder in die nackten Zahlen der Präsentation.

Beim Aufstehen stieß er einen langen Atemzug aus und sein nächster Weg führte ihn an den Schrank mit den Ersatz-Anzügen.

Seine Wahl fiel auf einen modernen einreihigen Anzug von Jil Sanders, mit passender schwarzer Krawatte, die im Kreuthers zum vornehmen und eleganten Dresscode zählt. Damit betrat er das Badezimmer.

Eine Marmordusche und warmweiße Beleuchtung sorgten selbst im Büroalltag dafür, dass man sich zu jeder Zeit eine luxuriöse Auszeit vom Stress des Tages nehmen kann.

Nicht mehr lange und ich werde erfahren, was du eigentlich von mir willst. Ich hoffe, du hast das gut durchdacht, mein lieber Joel. Schließlich habe ich in den vergangenen Jahren oft genug miterlebt, wie du an den Dingen gescheitert wärst, wenn ich nicht gewesen wäre. Du willst spielen, nur zu. Ich kann deinen ersten Zug kaum mehr erwarten.

Mit diesem Gedanken entledigte sich Jeremy seiner Anziehsachen.

Anschließend stellte er sich splitterfasernackt auf das kühle Marmor und betätigte den Duschknopf.

Das warme Wasser bahnte sich einen Weg über sein dichtes Haar, folgte den definierten Brustmuskeln, floss über den Lendenbereich, den Hintern entlang, und tropfte von nahezu jeder einzelnen Stelle seines angespannten Körpers.

Jeremy erinnerte sich an die Worte seines kranken Onkels.

„Wenn du eine Frau nicht zügeln kannst, dann hast du sie auch nicht verdient. Diese Huren brauchen nicht viel um zu spuren. Eine strenge Hand und ein harter Ständer! Merk dir das!"

Und genau so ein Dreckskerl wollte Jeremy nicht werden. Niemals wollte er ein Macho sein und seine Frau immer mit dem notwendigen Respekt behandeln.

Bei Sara war das einfach.

Nicht, weil sie die perfekte Frau für ihn war, sondern weil sie mit einem arrangierten Eheleben einverstanden war.

Ein bisschen Luxus hier, ein paar nette Worte da, und jeden Monat ein bis zwei Mal Sex nach dem Kalender.

Ansonsten kümmerte sich jeder um sein eigenes Leben. Jeremy in diesem Fall um seinen Job.

Auch darin waren seine Emotionen so gut wie begraben. Es tat ihm nicht leid, wenn die Menschen weinten, da sie ihr Zuhause an die Bank verloren.

Für Jeremy bedeutete schließlich jede erfolgreiche Fristsetzung, dass sein Konto sich mit nicht zu verachtenden Provisionen füllte.

Und wo stehe ich heute?

Bei dieser gedanklichen Frage, schnappte sich Jeremy das Duschgel. Markant herber Duft erfüllte das Badezimmer.

Ich stehe in der Gnade eines Mannes, den ich einst bewunderte und heute zutiefst verachte. Wegen einer Frau, die mir mein Leben ruinierte und damit gleichzeitig in mir den Teufel erweckte. Als Engel konnte ich auf dieser Welt wandeln, meinen Verpflichtungen nachgehen und funktionieren. Als Teufel, bin ich besessen von rauschenden Gefühlen der unbändigen Lust. Pure Geilheit. Gepaart mit

Liebe zu einer Frau, die den Regler für mein eigenes Fegefeuer in ihren zarten Händen hält. Hände, die sich fest in meine Schultern krallen, während ich ...

Jeremy schloss die Augen.

Die Bilder wurden so real, dass er sich mit der Zunge über die Zähne fuhr, als er ihrem Gesicht nah zu sein glaubte.

Heißer Dampf vermengte sich mit vor Erregung glühender Haut, während Jeremy mit der nassen Handfläche langsam über seinen anschwellenden Schwanz strich.

In Gedanken war Emiliana bei ihm - nackt und schutzlos.

Doch ihr Blick war böse, finster und frech.

Herausfordernd!

Jeremy sah sich selbst, wie er darauf reagierte.

Er packte ihr Kinn und drückte ihre sinnlichen Lippen vor.

Die plötzliche Unsicherheit in ihrem Blick, erregte ihn und es wurde um einiges schwieriger sich zu beherrschen.

Während Jeremy die Finger in Emilianas langes Haar krallte, zwang er mit dem Knie ihre schlanken Beine auseinander und trat zwischen ihre Schenkel.

Seine Lippen konnten ihre fast schon berühren, als er sagte: „Meine wilde Schönheit möchte scheinbar nicht, wie eine Frau behandelt werden. Was willst du dann, du kleines Luder? Vor mir arrogant und selbstsicher auftreten? Ja? Nun, da du momentan keinen vorzuweisenden Job hast, denke ich, dass du eine Prostituierte bist, um dir solch ein Verhalten zu erlauben."

„Fick dich, Jeremy", schoss es aus Emilianas Mund, während ihre Hände versuchten ihn an den Schultern von sich zu weisen.

„Was ist mir dir? Du willst doch eine versaute Bitch sein, folglich werde ich dich auch wie eine behandeln. Wie viel kostet mich ein richtig guter Fick unter der Dusche, während meiner eigentlichen Geschäftszeit?"

Wieder versuchte Emiliana seinem Griff zu entkommen. Vergeblich!

Stattdessen drehte Jeremy ihren Körper herum und presste ihre Wange, ihre Brüste, den Bauch und ihren Unterleib fest gegen das Marmor. Unzählige Wassertropfen benetzten ihr langes dunkles Haar, und auf ihrem nackten Hintern bildete sich Stück für Stück eine Gänsehaut.

„Jeremy! Lass mich los", protestierte Emiliana als sie seinen harten Ständer zwischen ihren Pobacken spürte.

Jeremy strich mit der freien Hand sanft über ihre Hüfte, dann zog er diese weit zurück, um ihr damit einen festen Klaps auf den Hintern zu verpassen.

Emiliana biss zunächst die Zähne zusammen, doch der Schmerz durchfuhr in kleinen stechenden Intervallen ihre Haut, sodass ihr nichts weiter übrig blieb, als ihrem Gefühl schweratmend Luft zu machen.

Jeremy sah, wie sich sein voller Handabdruck auf ihrer zart schimmernden Haut rot abzeichnete.

Es war, als könne er sie auf diese Weise als sein Eigentum markieren, deshalb vollzog er diesen Akt nun auch auf der anderen Pobacke.

Emiliana schrie auf.

Ihre dunklen Augen verengten sich zu bösen Schlitzen, als sie über die Schulter hinweg zu ihm nach hinten sah.

Jeremy presste seinen Körper dicht an ihren. „Was ist los, mein zuckersüßes Püppchen? Magst du es nicht wie eine verruchte Bitch von einem Mann behandelt zu werden?"

Warmes Wasser floss über Emilianas Gesicht, als sie die Lippen öffnete um zu antworten. „Nein. Ich mag es nicht."

Jeremy biss ihr leicht in das Ohrläppchen, was ihr einen sofortigen Schauder durch ihren Körper jagte.

„Ich glaube dir kein Wort."

„Was?"

„Ich sagte, dass ich dir nicht glaube, dass es dir nicht gefällt, wie ich mit dir umgehe."

Emilianas Atmung ging schneller, denn sie spürte, wie Jeremys Schwanz mit jedem seiner Worte fester und fester wurde.

Allein bei der Vorstellung, dass er damit gleich in voller Länge von hinten in sie einhämmerte, begann ihr Herz wie wild zu rasen.

„Jeremy, bitte ..."

„Nein, meine wilde Schönheit! Kein Flehen oder Betteln. Das steht dir nicht. Zeig mir dein wahres Temperament, damit ich dich endlich zügeln kann."

Ein mächtig verdrehtes Gefühl, nahm von Jeremy Besitz ein. Er wollte, dass sie sich wehrte.

Nie zuvor habe ich in meinem Leben auf Erniedrigung gestanden, doch diese Frau fickt meinen Verstand, ohne mich auch nur einmal dabei berühren zu müssen.

Und jetzt ist das geile nackte Miststück fällig.

Man erntet, was man sät!

Jeremy verkeilte seine Faust fest in Emilianas nassen Haaren.

Mit der anderen Hand fuhr er durch ihre Ritze und bahnte sich mit den Fingern einen Weg nach vorne zu ihrem Eingang.

Ohne Vorwarnung schob er zwei Finger tief in sie hinein. Ihre inneren Muskeln versuchten ihn wieder nach draußen zu befördern, doch sein Druck war viel zu groß.

Die Spreizung seiner Finger verhinderte nunmehr gänzlich ein Ausstoßen und ungewollt übermannte Emiliana das juckende Gefühl von purer Lust.

Sie wollte, dass er sie hart zum Orgasmus fingerte, dass konnte Jeremy an der Umklammerung ihrer Schamlippen deutlich spüren.

Mit dem Daumen fuhr er massierend über ihre Rosette, die sich ziemlich fest unter seiner Kuppe anfühlte.

„Du magst es also doch, was ich mit dir tue."

Emiliana stöhnte ungehemmt auf. „Ich hasse dich! Warum musstest ausgerechnet du zu meiner Granny ins Haus kommen? Warum existierst du überhaupt? Warum konnte ich nicht einem normalen Mann begegnen?"

Jeremy lächelte breit. „So ist es richtig! Wehr dich! Denn ich bin das Monster, dass dein Blut zum Kochen und deine Muschi zum Auslaufen bringt."

Da Emiliana auf seine Worte nicht reagierte, zog er fest an ihren Haaren und zwang sie damit seinem Blick zu begegnen.

Ihre Augen wurden glasig.

Die nassen bebenden Lippen sind eine unwiderstehliche Einladung, die heißen Wege der Hölle zu beschreiten, und ihre Brüste mit den verdammt harten Knospen allemal einen wippenden Teufelsritt wert.

Jeremy entzog ihr die Finger und nahm stattdessen seinen extrem harten Schwanz in die Hand.

In Gedanken, durchfuhr er mit der vor Lust tropfenden Spitze bereits einige Male die Ritze ihres Hinterns, ehe er ihr Bein schnappte und es über seinem Arm anwinkelte.

Die Spitze stoppte an ihrem nassen Eingang. „Bist du eine kleine versaute Bitch?"

Die Frage war inakzeptabel und beschämend, deshalb schloss Emiliana fest die Augen.

Unbändig vor Lust und mit einem Glied, dass vor Geilheit wild zuckte, keuchte Jeremy: „Antworte mir!"

Emiliana schluchzte.

„Nein, mein Püppchen! Ich sagte dir, dass dir die Mitleidstour nichts nützen wird."

Jeremy umklammerte seinen Schaft und zog ihn zurück.
All sein pulsierender Druck lag nun auf ihrer Rosette.
Das Gewicht seines Körpers ließ ihr keinen Raum um dem drohenden Unheil über ihren Körper zu entkommen.
Mit der Eichel drang Jeremy bereits vollends in ihre widerstrebende Rundung ein, als er ihr Flüstern vernahm.
„Ich verfluche dich, Jeremy Adams! Du bist ein kranker Bastard, und wenn ich auch nur den Hauch einer Chance bekomme, werde ich dich kastrieren, das schwöre ich!"
Genau das war es, was Jeremy aus ihrem hübschen Mund hören wollte.
Endlich waren die Grenzen gesprengt worden und ihr Schicksal so gut wie besiegelt.
„Alles klar, meine wilde Schönheit. Dann zeige ich dir jetzt mal, was für ein kranker Bastard ich sein kann!"
Im nächsten Augenblick schoss auch schon das angestaute Sperma wie heiße Lava aus ihm heraus.
Es traf den luxuriösen Marmor, vermengte sich mit dem warmen Wasser und wurde letztlich mit diesem durch den Abfluss hinweggespült.
Jeremy brauchte mehrere tiefe Atemzüge, um sich selbst wieder unter Kontrolle zu bringen, denn wieder einmal war er so heftig gekommen, dass es schmerzte.
Ihm war bewusst, dass selbst jahrelange Therapie diese starken Gefühle zu einer Frau oder sein irres Denken über Sexualität nicht mehr verbannen konnte.
Emiliana war zu einer Melodie geworden, die man nie mehr vergessen kann, und er wog sich in ihrem Rhythmus.
Nachdem Jeremy die körperliche Reinigung beendet hatte, sah er sich im Spiegel des Bades lange an.
Der Dreitagebart konnte bleiben.
Es wirkt nicht gerade seriös und schon gar nicht sexy, wenn ein Mann in fortgeschrittenem Alter, noch dazu in

einem verflucht teuren Anzug, sich permanent versucht in einen Teenager zurückzurasieren.

Dennoch rieb er sich etwas von seinem Rasierwasser auf die Wangen, schlüpfte eilig in Shorts, Hemd und Hose, und stylte sich die Haare.

Jeremy verließ das Badezimmer.

Nachdem er den blinkenden Laptop heruntergefahren und sein Jackett übergezogen hatte, brauchte er nur noch an der kleinen Eckgarderobe nach seinem Mantel greifen.

Fertig.

Als er an Douglas Bürotür vorbeikam, klopfte er dreimal an. Dies war seit einer Weile das Zeichen, wenn einer von ihnen beiden die Firma früher als der andere verließ.

Ehe Jeremy die große Treppe erreichen konnte, riss Douglas die Tür auf und rief: „Schönen Abend, Boss."

Jeremy nickte mit dem Kopf. „Dir auch, Doug. Mach dir mit deiner Freundin einen schönen Abend."

Jetzt konnte Douglas reagieren, auch wenn ihnen jemand von außerhalb oder gar ein interner Firmenspion zuhören sollte. „Ich werde einen Film schauen und mich von Tiefkühlpizza ernähren. Meine Freundin ist heute zum Essen eingeladen und es könnte spät werden."

Unbewusst sah Jeremy auf die Uhr seines Smartphones. Er konnte sich folglich sicher sein, dass Stacy unten am Diner bereits auf ihn wartete.

Wie gerne würde er jetzt seinen Platz mit Douglas für eine Tiefkühlpizza ohne Probleme eintauschen.

Doch das ging nicht. Schließlich musste er Emiliana so weit wie möglich von diesem Ungeheuer Joel entfernen.

Vielleicht bringe ich sie in ein abgelegenes Hotelzimmer oder fliege noch heute Nacht mit ihr aus den Staaten. Mir egal, ob die Behörden mich dafür zur Fahndung ausschreiben, denn so langsam habe ich es satt immer ins Fadenkreuz der

Cops zu geraten. Doug und seine Freundin können gerne auf meine Kosten mitkommen. Hauptsache, dieser Wahnsinn findet ein schnelles Ende. Am besten eines, mit dem simplen Wort HAPPY davor.

Am Kreuthers öffnete Jeremy einer jungen Dame in einem schicken blauen Abendkleid die Beifahrertür.

Der Parkservice kam sofort angelaufen und entschuldigte sich vielmals einen Moment lang unachtsam gewesen zu sein.

Nachdem Jeremy dem jungen Mann mehrfach bestätigte, dass er nicht wütend war, oder ihn gar bei seinem Vorgesetzten anzeigen würde, beruhigte sich dieser und nahm dankend die Schlüssel des Audi an sich.

Kurz darauf zog Jeremy die gläserne Eingangstür auf und bat Stacy mit einer einladenden Geste vor ihm das Lokal zu betreten.

Er nahm ihr den Mantel, den sie nur provisorisch über die Schultern geworfen hatte, ab und übergab diesen der freundlichen älteren Dame an der Garderobe.

Dieses Lokal ist ein sehr beliebter Treffpunkt für Geschäftsleute, Verliebte, oder einfach um zu zeigen, dass man es sich leisten konnte.

Es war nicht ungewöhnlich, dass die Big Bosse von New Yorks Financial District sich oftmals das gesamte Lokal für interne Firmenfeiern mieteten.

Das heutige Meeting wird wohl unter acht Augen abgehalten. So hoffte es zumindest Jeremy.

Dass er in Begleitung auftauchen sollte, diente Joel gewiss dazu, dass es ruhig und besonnen blieb.

Keine unerwarteten Ausraster.

Man will schließlich unter keinen Umständen die Aufmerksamkeit auf sich ziehen.

Zwei Männer wirken meist wie die Mafia höchstpersönlich und man steht den gesamten Abend über im Fokus der Kellner oder gar des Geschäftsinhabers.

Hat man hingegen wunderschöne Frauen an seiner Seite, kümmert der Grund des Aufenthaltes so gut wie keinen mehr etwas. Es wird sich in Schale geworfen, gut gegessen, reichlich getrunken, und im Anschluss fickt man sich in einem extra dafür angemieteten New Yorker Appartement die Seele aus den Leibern.

„Entschuldigen Sie, Sir. Sind Sie Mr. Marshall?"

Jeremy sah dem Oberkellner skeptisch ins Gesicht. „Marshall? Ja ..., ähm, der bin dann wohl ich."

Der Mann mit der steifen Körperhaltung und der korrekt sitzenden Fliege, blätterte hastig in einem kleinen schwarzgoldenem Büchlein.

Dann sah er lächelnd auf. „Tisch Nummer neun! Mr. Enterprise lässt Sie grüßen und bittet Sie und ihre charmante Begleitung schon mal den Aperitif zu wählen. Er wird sich um ein paar Minuten verspäten."

Mr. Marshall und Mr. Enterprise, wie originell!

Mit diesem Gedanken zog Jeremy den Stuhl für Stacy an Tisch Nummer neun zurück und entschied sich dafür, neben ihr seinen Platz einzunehmen.

„Danke, dass du das hier ohne Wenn und Aber tust."

Stacy legte die Hand auf seine Schulter. „Keine Thema. Ich werde mich bemühen alles so zu machen, wie Doug es mir aufgetragen hat. Es freut mich zu sehen, dass er in dir nicht nur einen neuen Boss, sondern auch einen Freund gefunden hat."

Toller Freund, der den armen Doug, samt dessen Freundin, ungewollt in große Schwierigkeiten bringt. Vor langer Zeit dachte auch ich, dass ich in Tale einen ...

Ein Luftzug streifte plötzlich Jeremys Nacken und er wusste instinktiv, dass Joel den Laden betreten hatte.

Sein aufdringliches Aftershave konnte man oft meilenweit gegen den Wind riechen und das gekünstelte Lachen tat bestimmt schon dem ein oder anderen in den Ohren weh. Jeremy lehnte sich in seinem Stuhl zurück, dann wagte er den Blick in Richtung des Eingangs.

Da ist er! Der Mistkerl, der es gewagt hat mir meine wilde Schönheit zu entreißen. Nur, damit er selbst ...

Jeremy stockte der Atem.

Da ist sie! Sie steht neben diesem Scheusal, in einem schwarzen schulterfreien Cocktailkleid, mit einem Beinschlitz, der ihre samtige Haut in den hohen Schuhen mit den zarten Riemchen perfekt zur Geltung bringt und lächelt. Himmel, warum lächelt sie? Ist sie gerne bei Joel? Hat er ihr bereits den Verstand rausgefickt? War sie so leicht zu beeinflussen. Nein! Verflucht noch mal! Joel ist ein Player und das Einzige, was er getan hat, war, sie einzuschüchtern, um sie zu diesem ekelhaften Schauspiel zu zwingen. Nicht mehr, und nicht weniger.

Jeremy neigte seinen Kopf vertraulich zu Stacy. „Die Show kann beginnen."

Er wusste, dass Stacy von Douglas verwanzt worden war und dieser ihn jetzt mit hoher Wahrschein lich klar und deutlich hören konnte.

Joel ließ dem Kellner Geld über einen festen Handschlag zukommen, dann deutete er auf Tisch Nummer neun.

Wie es der Anstand gebührte stand Jeremy von seinem Platz auf, als Joel zusammen mit Emiliana auf sie zukam. Jeremy war unheimlich nervös, doch er überspielte es mit ironischer Gelassenheit. „Mr. Enterprise! Welch Freude."

Joel grinste. „Mr. Marshall, die Freude ist ganz meinerseits.

Ein kurzes, doch deutlich kräftiges Händereichen folgte, ehe Joel sich an Stacy wandte.

„Meine Güte, Jeremy. Wenn ich gewusst hätte, in welch zauberhafter Begleitung du heute Abend erscheinen wirst, hätte ich den Champagner bereits bei der Reservierung kaltstellen lassen."

Er deutete einen Handkuss an.

Emiliana und Jeremy tauschten indessen Blicke aus.

Am liebsten hätte er sie fest in seine Arme geschlossen und nie wieder losgelassen.

Doch so lief das nun mal nicht.

Ihre Augen zeugten von schweren vergangenen Tagen. Ihr Teint wirkte müde und doch erhellte allein ihr glamouröses Auftreten das gesamte Lokal.

Nachdem Joel den Stuhl für sie herausgezogen hatte, und sie im Begriff war sich zu setzen, konnte Jeremy nicht anders, als sie am Arm zu berühren. „Lia? Lia, sieh mich an. Geht es dir gut? Hat er dir wehgetan?"

Emiliana zuckte mit den Schultern und ihr Blick galt hilfesuchend Joel.

Dieser kicherte süffisant. „Darling, bitte entschuldige das Auftreten von Mr. Marshall. Ein kleines Missverständnis. Er hat dich sicherlich mit jemandem verwechselt."

Während Jeremy den Mund vor Empörung kaum mehr schließen konnte, griff Stacy in die Situation ein und reichte Emiliana über den Tisch hinweg die Hand.

„Hey, ich bin Stacy Lou, die Begleitung von Jeremy."

„Nett dich kennenzulernen, Stacy. Mein Name ist Emiliana Brooks. Ich bin ..."

„Meine Verlobte", beendete Joel selbstsicher den Satz.

Jeremys Blick verfinsterte sich.

Emiliana hingegen wandte ihr Gesicht von ihm ab.

Die Atmosphäre am Tisch war jetzt ziemlich angespannt. Bis Joel den Arm erhob, laut lachte und fragte: „Na, was wollen die Damen trinken? Einen Mojito, Caipirinha oder lieben einen klassischen Gin Tonic?"

„Für mich bitte einen Wildberry Lillet", orderte Stacy.

„Sehr gute Wahl!" Joel klatschte anerkennend in die Hände. „Und mein süßer Darling möchte sicherlich einen Caipirinha, nicht wahr?"

Jeremy hüstelte. „Dieser Cocktail hat mindestens zehn Prozent mehr Alkohol als ein Mojito. Ich denke, dass man in New York nicht ansatzweise an den echten brasilianischen Geschmack herankommt. Ich rate daher von diesem Drink ab."

Joel legte den Kopf in den Nacken, dann lächelte er wieder. „Viel zu oft als „Schnaps mit Limetten und Zucker" missverstanden, ist der Caipirinha richtig gemixt ein explodierendes Geschmacks-Feuerwerk aus süßen, sauren und vollmundigen Aromen. Wenn, ja du hast völlig Recht Jeremy ..., wenn man das eigentlich recht simple Rezept richtig zusammenmixt. Zufällig weiß ich, dass den Mix kein anderer als Bernardo Oliveira, der erst vor einem Jahr aus seiner Heimatstadt Salvador zu uns nach Manhattan gekommen ist, übernimmt. Ich bin also überzeugt davon, dass meine Verlobte, den besten Caipirinha heute Abend trinken wird, den dieses Land zu bieten hat."

Joel und Jeremy sahen sich herausfordernd an, als auch schon der Kellner mit Zettel und Stift an den Tisch trat. „Sie haben gewählt?"

Da Joel mit der Hand anzeigte, dass Jeremy gerne mit der Bestellung beginnen darf, orderte er: „Für die Dame einen Wildberry Lillet und für mich einen Whiskey Sour."

Der Kellner schrieb, dann sah er auf. „On Ice?"

Jeremy überlegte kurz. „On Ice. Das geht in Ordnung."

„Sehr wohl."

Der Kellner wandte sich Joel zu. „Und für Sie, Sir?"

„Ich nehme einen Martini Bianco, ohne Zitrone, jedoch on Ice. Und meine Verlobte möchte gerne die Künste von Bernardo kennenlernen und nimmt einen …"

„Whiskey Sour."

Joel schnappte nach dieser Ansage von Emiliana hörbar nach Luft.

Der Kellner nahm den Stift zur Hand und deutete damit auf Jeremy. „Dasselbe wie der Herr, ja?"

In Emilianas Gesicht zeichnete sich plötzlich nicht nur Entschlossenheit, sondern Wildheit ab. „Stimmt etwas mit der Bestellung nicht? Darf ich als Frau diesen Drink nicht wählen?"

„Gewiss dürfen Sie das, werte Dame. Und bitte verzeihen Sie, dass es mir ungewohnt erschien und ich deshalb die Frage gestellt hatte."

Joel brachte sich gereizt ein. „Sie müssen sich nicht entschuldigen, denn dieser Drink ist nichts für …"

Energisch fuhr Emiliana dazwischen. „Ich habe gewählt!"

Touché!

Ein breites Grinsen huschte über Jeremys Gesicht.

Sie war noch immer die alte Lia. Höllisch sexy, wenn sie sich aufregt oder energisch zur Wehr setzt.

Joel so machtlos gegenüber einer Frau zu sehen, machte Jeremy unglaublich stolz auf sie.

Da sie das gleiche Getränk wie ich gewählt hat, muss dies ebenso viel bedeuten, wie: Sie gehört noch immer zu mir!

Der Kellner entfernte sich.

„Ich glaube dieser Abend könnte noch ziemlich interessant werden." Joel sprach die Worte ruhig, beinahe philosophisch aus.

Dann nahm er Emilianas Hand in seine und führte diese an seine Lippen. „Ich liebe es, wenn eine Frau weiß, was sie will."

Jeremy warf ihm einen strengen Blick zu.

Mit zusammengekniffenen Augen wollte er ihm bedeuten, dieses schmierige Getue gefälligst zu unterlassen.

Doch Joel dachte nicht daran, sondern sah Jeremy direkt in die Augen. „Sag, wie lange ist die bezaubernde Stacy nun schon deine neue Freundin?"

Verflucht, was soll ich antworten? Was zum Teufel will er damit bezwecken? Wie wird Lia reagieren, wenn ich ... Scheißegal! Schließlich benimmt sie sich selbst wie eine mittelmäßige Theaterqueen.

„Wir haben uns erst kürzlich auf einem Seminar kennengelernt."

Erschrocken über seine eigene Aussage, blickte Jeremy in Emilianas Gesicht.

Keine Regung. Nur ein Lächeln.

Joels vernarbte Lippen verzogen sich zu einem Grinsen. „Das freut mich für dich, alter Freund. Vor allem nach der leidvollen Sache mit Sara."

Jeremy schüttelte langsam den Kopf. „Ich danke dir."

Am liebsten hätte er über den Tisch gegriffen und Joel eiskalt jegliche Luft zum Atmen genommen.

Als die Drinks gereicht wurden, erhob sich Emiliana. „Entschuldigt mich bitte für einen Augenblick."

Joel packte ihr Handgelenk und sah sie eindringlich an. „Komm aber gleich zurück, Darling."

Ihr Ellbogen beugte sich leicht unter dieser Tortur, was Jeremy aufspringen ließ.

Joel sog tief Luft ein, ließ aber von Emilianas Gelenk ab. „Es ist alles in bester Ordnung."

„Das will ich hoffen", gab Jeremy zurück.

Emiliana begab sich in Richtung der Damentoiletten. Diesen Moment wollte Jeremy nutzen, um sie wenigsten kurz unter vier Augen sprechen zu können.

Er wandte sich an Stacy. „Entschuldige mich kurz. Ich bin mir sicher, dass Mr. Enterprise ..., Pardon ..., mein guter Freund Joel, dir solange Gesellschaft leisten wird."

Jeremy fuhr sich mit der Zunge nervös über die untere Lippe, denn sicherlich würde er gleich von diesem Vorhaben abgehalten werden.

Joel sah jedoch über den Tisch hinweg zu Stacy. „Gewiss! Eine so wunderschöne Frau lässt man doch nicht alleine sitzen."

Das war alles? In Ordnung, jetzt oder nie!

Im Sprint hastete Jeremy in den hinteren Bereich des Restaurants.

Nervös ging er vor einer goldenen Statue mit frischem Blumenarrangement auf und ab.

Zwei Frauen verließen die Damentoilette, kurz darauf ein junges Mädchen.

Dann endlich Emiliana.

Sie lächelte. Genauso teilnahmslos wie zuvor am Tisch.

Als Jeremy sich vor sie stellte, um ihr tief in die Augen zu sehen, sprach sie: „Die Herrentoilette ist ..."

Ohne Vorwarnung zog er sie am Arm in eine angrenzende Ecknische. Dort drückte er ihren Körper fest an die Wand. „Hör zu, mein Püppchen! Ich habe keine Ahnung, was Joel dich angewiesen hat zu tun, doch das ist kein Spiel mehr."

Emiliana hielt unbewusst die Luft an.

Jeremy hatte den unwiderstehlichen Drang ihr über die Wange zu streicheln, doch stattdessen griff er um ihren Nacken und küsste sie hart und fordernd.

Er konnte sogar ihren aufgeregten Herzschlag durch ihr Dekolleté dabei fühlen, so fest hatte er sich an sie gepresst.

In dem Moment als Jeremy abließ, um Luft holen zu können, wisperte Emiliana unverständliche Worte.

„Hat es dir die Sprache verschlagen?", fragte er hauchzart in ihr errötetes Gesicht.

Dabei ließ er seine Hand nach unten gleiten, um sie durch den seitlichen Schlitz des Kleides zwischen den Beinen berühren zu können.

Emiliana spürte, dass es in diesem Augenblick keinen Schutz vor der Wärme seiner Hand gab, doch irgendwie musste sie sich diesem plötzlichen Rausch entziehen.

Sie erhob die Hand. „Würden Sie mich bitte loslassen!"

Verwirrt von dieser eindeutigen Ansage, wich Jeremy einen großen Schritt zurück.

Doch er versuchte es gleich noch mal, ihr näher zu kommen. Schließlich konnte es nicht sein, dass sie ihn so abwertend behandelt, nach allem, was sie beide verband.

Emiliana hingegen wehrte ihn umgehend mit der Hand ab. „Ich meine es ernst!"

Jeremy erhob belustigt eine Augenbraue. „Lia, was ist los mit dir? Sag mir einfach was geschehen ist. Oder noch besser, wo versteckt sich dieser Scheißkerl mit dir? Kannst du mir sagen …"

Bevor Jeremy weitersprechen konnte, hatte Emiliana sich wortlos von ihm abgewandt.

Er rollte mit den Augen. „Großartig! So kommen wir wahnsinnig weit."

Emiliana lächelte wie zuvor. „Hören Sie, Mr. Marshall, ich weiß nicht, was in Sie gefahren ist, oder warum Sie mir nachstellen. Dennoch bitte ich Sie höflich, dies zu unterlassen. Mein Verlobter wird von Ihrer Aktion nicht begeistert sein. Belassen wir es also besser dabei."

Jeremy klappte die Kinnlade herunter.

Dann lachte er laut auf. „Scheiße Lia, was zur Hölle hat er dir verabreicht?"

Der Kellner, der sie bediente, stand plötzlich mit verschränkten Armen vor ihnen. „Alles in Ordnung, Miss?"

Dass Joel diesen Typen geschickt hatte, war Jeremy sofort klar, doch es blieb ihm nicht viel mehr übrig, als Emilianas Antwort abzuwarten.

„Ja! Alles in bester Ordnung."

Weg war sie.

Nachdem der Kellner Jeremy noch einen durchdringenden Blick zugeworfen hatte, entfernte sich auch dieser.

Höchste Zeit selbst auf die Toilette zu gehen.

Zurück am Tisch sah Jeremy, dass Stacy mit Emiliana in eine rege Unterhaltung vertieft war.

Sie tranken und redeten, wie zwei alte Schulfreundinnen, die sich schon ewig kennen.

Joel hingegen nippte an seinem Bianco, und genoss es, ein stillschweigender Zuhörer zu sein.

Betont schwerfällig ließ Jeremy sich auf seinem Platz nieder. „Ist es das, was du willst?"

Joel neigte seinen Kopf nach rechts. „Jeremy, was ist heute Abend nur los mit dir?"

Emiliana und Stacy hörten auf sich zu unterhalten.

Jeremy stieß einen gelangweilten Seufzer aus. „Na gut, es reicht! Sag mir einfach, warum wir heute Abend hier sind."

Joel schlug spielerisch mit der flachen Hand auf den Tisch. „Gutes Stichwort!"

Stacy hielt betont ruhig ihr Glas im Auge.

Da sie zusätzlich des Öfteren den Träger ihres Kleides richtete, konnte Jeremy sich sicher sein, dass Douglas daran ein Abhörgerät angebracht hatte, damit er alles mithörte.

„Heute Abend, mein lieber Freund, geht es einzig und allein um …"

Er wandte sich zur Seite.

„Emiliana."

Diese verschluckte sich umgehend an ihrem Whiskey. „Das meinst du nicht ernst."

Joel zuckte mit den Schultern. „Und ob! Ich habe noch nie in meinem Leben etwas ernster gemeint."

Erneut legte er die Hand auf ihre, ehe er hinzufügte: „Darling, mach dir keine Sorgen. Dieser Abend ist perfekt."

Kurz darauf zwinkerte er dem Kellner zu.

Dieser schnippte und schon kam eine Bedienung mit einem Strauß von mindestens zwanzig langstieliger roter Rosen an den Tisch.

Während Stacy die Blumen mit großen leuchtenden Augen betrachtete, fragte Jeremy über den Tisch hinweg: „Joel, machst du Witze?"

Die Antwort folgte prompt. „Sehe ich danach aus? Ich denke nicht, mein Freund."

Er gab Emiliana einen flüchtigen Kuss auf die Wange.

Niemand hörte in diesem Augenblick Jeremys empörtes Ausatmen, denn der Kellner kam mit einem zweiarmigen Kandelaber, dessen Kerzen heiß aufleuchteten.

Nachdem er diesen neben den Rosen platziert hatte, drückte er Joels Schulter und flüsterte diesem ins Ohr: „Viel Glück, Mr. Enterprise."

Jeremys Magen verkrampfte. *Er wird doch nicht …*

Doch seine Befürchtung wurde rasch zur bitteren Realität.

Joels Hand kramte im Jackett nach einer schwarzen unauffälligen Schachtel.

Diese klappte er ungeniert vor Emilianas Gesicht auf.

Jeremy wurde leichenblass. *Fuck! Nein!*

Doch Joel sprach bereits.

„Liebste Emiliana. Seit nunmehr über einem Jahr bin ich dir mit Haut und Haaren verfallen. Und auch, wenn du noch etwas Zeit brauchst, dich an alles zu erinnern, will ich der Mann sein, dem du all dein Vertrauen, all deine Liebe und jede Nacht deinen Körper schenkst. Ich war egoistisch, dich bei den Leuten bereits meine Verlobte zu nennen, ohne dich gebührend danach gefragt zu haben. Das möchte ich heute Abend wieder gutmachen."

Jeremys Herz hämmerte ihm vor Wut gegen die Brust.

Durch die Zähne hindurch zischte er: „Joel, ist gut jetzt!"

Joel hielt kurz inne, dann nahm er den funkelnden Solitärring an sich.

Tränen schossen ihm wie auf Knopfdruck in die Augen, als er mit zitternder Stimme fragte: „Willst du meine Frau werden?"

Du bist ein mieser Schauspieler, Joel Tale! Und gleich wird Lia dir genauso eine Verbraten, wie sie es zuvor bei dem Drink getan hatte. Es wird nur um einiges peinlicher für dich werden, denn …

Jeremys Ohren vernahmen plötzlich Applaus und Glück verheißende Worte des Personals und der Gäste.

Was zum Teufel?

Der Kellner reichte Joel die Hand und die Bedienung umarmte Emiliana herzlich.

Mit erhobenem Glas in Richtung Stacy und Jeremy, rief Joel: „Sie hat tatsächlich JA gesagt!"

Mit einem Kuss besiegelte er seine Freude darüber.

Jeremy biss sich auf die Lippe. Er wusste weder ein noch aus, denn das konnte unmöglich passiert sein.

Aus dem Augenwinkel sah er, wie Stacy über den Tisch hinweg den beiden Verlobten die Hand reichte.

Es war an der Zeit einmal tief Luft zu holen, ansonsten würde sich sein Magen an Ort und Stelle umdrehen.

Als er zusätzlich sah, wie Emiliana den Diamanten auf ihrem Ringfinger mit leuchtenden Augen begutachtete, fühlte er sich wie der Verlierer beim Schach.

Matt! Ausgespielt! Verloren!

Ein romantisches Lied wurde eingespielt und das Essen serviert.

Scheinbar hatte Joel Austern in Auftrag gegeben, doch Jeremy blieb den gesamten restlichen Abend über bei seinem Whiskey.

Als Aufbruchstimmung herrschte sagte Joel: „Stacy, falls du keinen Audi fahren kannst, dann besorge ich euch beiden ein Taxi. Jeremy sieht nicht so aus, als könne ..."

„Halt´s Maul, Tale! Und sag mir nicht, was ich kann und was nicht."

Joel wehrte ab. „Woah, beruhige dich! Du solltest wirklich weniger trinken."

Jeremy erhob sich wankend. „Ich sagte dir, dass du ..."

Stacy griff unter seinen Arm und rettete damit vorerst die Situation. „Schon in Ordnung. Ich bringe ihn sicher nach Hause."

Emiliana brachte sich ein. „Er hat großes Glück, so eine verständnisvolle Freundin wie dich zu haben."

Vor dem Kreuthers schlug den beiden Paaren die kühle Nachtluft entgegen und Emiliana wünschte sich, sie hätte sich nicht für die leichten Riemchenschuhe von Tamara, sondern für ihre Stiefel entschieden.

Der junge Mann vom Parkservice war bereits um die Ecke des Gebäudes gesprintet, als Jeremy wankend die Hand auf Joels Mantel ablegte. „Meine Damen, ihr entschuldigt uns doch sicherlich für einen kurzen Moment."

„Jeremy, was soll das ..." , protestierte Joel, konnte jedoch nichts dagegen tun, dass Jeremy ihn mit sich in die nächstgelegene Seitenstraße zerrte.

Ohne über mögliche Konsequenzen nachzudenken, gab Jeremy Joel einen gewaltigen Schubs gegen die Mauer des Gebäudes.

Die Wirbelsäule knackte und Jeremy war dicht bei ihm. Mit dem Unterarm drückte er Joel die Luft zum Atmen ab. „Was zur Hölle sollte das? Ha? Was?"

„Es ..., ist ..., das ..."

Jeremy lockerte seinen Arm.

Keuchend sah Joel zu einem Wagen, der nicht weit von ihnen entfernt stand.

Als Jeremy hinsah, erkannte er zwei maskierte Männer, die Waffen durchluden und ausstiegen.

Schnell legte er den Unterarm wieder fest an Joels Kehle. „Pfeif deine Leute zurück! Oder ich schwöre dir, dass du das hier auch nicht überlebst!"

Joel hob den Arm und deutete den Männern abwinkend an, sich zurück in den Wagen zu begeben.

Sie taten es.

„Fuck! Joel, ich hatte noch nie das Bedürfnis eine Person umzubringen, doch allein um die innerliche Anspannung abzubauen, würde ich es auf der Stelle tun!"

„Sei ..., ein ..., Ma ..."

Joels Gesicht war dunkelrot geworden und in wenigen Sekunden würde er blau anlaufen und umkippen.

Jeremy ließ von ihm ab und wich einen Schritt zurück.

Endlich konnte Joel den Satz beenden. „Sei ein Mann! Na los! Worauf wartest du? Töte mich!"

Jeremy zeigte ihm den Mittelfinger. „Fick dich, Tale! Was willst du?"

„Nichts."

Bei diesem simplen Wort mischte sich pure Verzweiflung unter Jeremys Wut.

Er trat mit dem Fuß gegen eine herumstehende Kiste und schrie: „Was soll das dann alles?"

Joel rieb sich mit der Hand über die Kehle. „Deine Lia ist so erpicht darauf mein Weibchen zu sein, freiwillig wohlgemerkt, dass ich mir jeglichen Rachefeldzug gegen dich sparen kann. Du bist dort angekommen, wo ich dich nach unserem geplatzten Deal sehen wollte. Ganz unten."

Einen Moment lang sah Jeremy alles doppelt.

Dann schob er die Ärmel seines Mantels weit nach oben.

Joel schüttelte den Kopf. „Sei nicht dumm! Sobald du mich verprügelst erschießen dich meine Männer auf offener Straße und ich lasse es bei den Cops wie einen Überfall auf zwei Business-Männer aussehen."

Diese Anmerkung ernüchterte Jeremys Vorgehen.

Joel runzelte die Stirn. „Sieh es ein, Adams! Du bist knockout!"

Nickend presste Jeremy die Lippen zusammen. „Sieht so aus, ja. Und das war dein verfickter Plan gewesen? Mich am Boden zu sehen? Ich meine, hat es dir nicht gereicht meine Frau zu vögeln?"

Joel verzog angewidert das Narbengesicht. „Sara?"

Als er keine Antwort erhielt, lachte er auf. „Sorry, Jeremy. Aber jeder wusste, dass sie eine billige geldgeile Schlampe ist. Nicht mehr und nicht weniger."

Wieder trat Jeremy gegen die Kiste. „Ja, aber sie war meine Frau! Hast du sie umgebracht?"

Joel stieß einen gelangweilten Seufzer aus. „Selbst wenn, berührt es dich kein bisschen! Erspar mir an dieser Stelle also um Himmels Willen die Dramatik."

Jeremy konnte nur noch schwer das Gleichgewicht halten.

„Verflucht Joel, darum geht es nicht! Fakt ist, sie war meine Frau und du hättest deinen Schwanz nicht ..."

Jeremy hielt inne.

Seine Gedanken überschlugen sich, als ihm bewusst wurde, was im Normalfall nach einem Heiratsantrag folgt. *Wenn Emiliana jetzt mit diesem Bastard wegfährt, dann wird er sie ficken. Verflucht, das schaffe ich nicht! Was soll ich nur ...“*

„DEAL!“

„Was?“, schoss es ungläubig aus Joel heraus. „Ich glaube, ich habe mich verhört! Du wagst es tatsächlich mir einen Deal vorzuschlagen? Hast wohl vergessen, was aus unserem letzten geworden ist und dass dies alles nur deshalb geschieht.“

Jeremy bezweifelte, dass Joel nachgiebig sein würde, doch er musste es versuchen.

„Deal“, wiederholte er laut.

Joels Miene wirkte wie versteinert. Er schien darüber nachzudenken.

Bei ihm verhielt es sich bei einem DEAL wie bei einem Spielsüchtigen, der vor einem Casino steht, und egal wie, es muss eine Entscheidung getroffen werden.

Beide schwiegen für einen Moment.

Erst das Hupen des Parkservice, da mittlerweile beide Wagen bereitstanden, riss sie aus ihrem Blickkontakt.

„Joel, komm schon! Gib mir eine Chance.“

Dieser schüttelte den Kopf. „Holy Shit! Das kann nicht dein Ernst sein.“

Jeremy blieb eisern. „Mein voller Ernst! Und wie du hörst haben wir nicht mehr den Luxus uns ewig Zeit lassen zu können.“

Joel rieb sich mit der Hand über das Kinn. „Ich werde dich morgen anrufen und dir meine Entscheidung ...“

„Nein! Ich will, dass du den Deal sofort annimmst.“

Lächelnd tippte Joel mit dem Finger auf Jeremys Brust. „Du willst etwas von mir?“

Mit hocherhobenen Händen korrigierte Jeremy seine Aussage. „Ich bitte dich den Deal anzunehmen."

Joel sah zu den beiden Männern, die ihn keine Sekunde aus den Augen ließen.

Dann grinste er breit. „Verdammt Jeremy, du hattest schon immer die Eier in der Hose, um mich herauszufordern. Was ist der Deal?"

Jeremy schluckte schwer. „Du fasst Lia nicht an!"

Lachend fragte Joel: „Das würde dir so passen, doch was habe ich davon?"

Jeremy legte Joel die Hand auf die Schulter. „Ehre."

Joels Ausdruck verriet, dass er damit nicht gerechnet hatte, doch er hörte Jeremys Worten aufmerksam zu.

„Ich will nicht respektlos sein, aber die Arschloch-Nummer kann jeder. Zwang ist kein Verdienst auf den ein Mann im Leben stolz sein kann. Da du Lia nicht liebst, bitte ich dich mir eine Chance zu geben. Außerdem willst du sicherlich nicht, dass jemand von dem Makron-Fall erfährt, oder doch? Jetzt, wo du dir dein Leben gerade wieder neu eingerichtet hast."

„Drohst du mir?", schoss es aus Joels Mund wie aus einer Pistole.

„Nein, aber ich tue was nötig ist, wenn es sein muss!"

Joel wusste, dass, wenn sein Handeln im Makron-Fall publik wird, ihn eine langjährige Haftstrafe erwartet und dieses Risiko wollte er nicht eingehen.

Er muss also unbedingt an die Akte rankommen und das diese von Jeremy wie ein roher Diamant unter Verschluss gehalten wird, stand vollkommen außer Frage.

Schnaubend packte er Jeremy am Reverse des Anzugs. „Adams, einst habe ich all meine Hoffnungen in dich gesetzt und jetzt sieh dich an! Du bist erbärmlich! Wenn du also gewinnen solltest, dann bekommst du die Frau, die mich beinahe mein Leben gekostet hat. Du bleibst CEO bei Marshall-Enterprises und baust dir ein neues geordnetes Leben auf. Solltest du allerdings scheitern, wovon ich ausgehe, dann bekomme ich das Miststück und die Makron-Akte! Ohne Wenn und Aber."

„Es muss einen anderen Weg geben", antwortete Jeremy, doch Joel ließ nicht locker.

„Eine Sache solltest du der Fairness halber noch wissen. Deine Lia hat ein Trauma erlitten und scheinbar alles vergessen, was im letzten Jahr gewesen ist. Sie denkt sogar, dass ihre Granny noch lebt. Ich will, dass das so bleibt! Verstanden? Wenn Du sie haben willst, dann läuft die Sache Mann gegen Mann. Ich habe mir nie etwas daraus gemacht, dir deine Frau auszuspannen, aber ich zeige dir selbstverständlich gerne, dass ich in jedem Fall der bessere Liebhaber von uns beiden bin. Sehen kannst du sie auch nur, unter vorheriger Absprache und solltest du versuchen den Deal zu brechen, töte ich sie."

Als er von Jeremy abließ, ertönte erneut lautstarkes Hupen.

Joel schaute auf die Uhr im Display seines Smartphones. „Tick-Tack! Entscheide dich, ehe ich es mir anders überlege und doch noch eine Kugel durch deinen Kopf jage. Du willst das Tier aus dem Käfig lassen? Dann knurr nicht länger, sondern beiß gefälligst zu!"

Jeremys Atmung ging schnell.

Allein die Information, dass Emiliana sich womöglich an nichts mehr erinnern kann, killte für den Moment seinen klaren Verstand.

Er sah Joel eindringlich in die Augen. „Du fasst sie nicht an!"

Eine Katze sprang von einem kleinen Vordach auf den kalten Asphalt.

Joel trat mit dem Fuß nach dem miauenden Störenfried, ehe er übertrieben breit zu lächeln begann.
„Deal!"

Vier Tage waren seit dem ominösen Abendessen vergangen.

Noch immer konnte Joel es nicht fassen, dass ausgerechnet Jeremy es wagte, ihm einen Deal zu unterbreiten.

Dennoch war er über alle Maßen gespannt, was sich daraus entwickeln würde. Schließlich konnte es gut möglich sein, dass Jeremy sich damit bereits selbst ein Bein gestellt hatte, und ihm dies noch nicht einmal bewusst war.

Er würde es bald herausfinden, doch zunächst musste er sich um seine eigenen Belange kümmern.

Dr. Clark hatte ihm heute Morgen mitgeteilt, dass die nächste Transplantation unbedingt in einer Spezialklinik durchgeführt werden muss und sie für das Wochenende eine Ausnahmebelegung eines Operationssaals erhalten hatte. Sie kennt den leitenden Chefarzt seit ihrer Kindheit und da kann man selbstverständlich für eine Kollegin mal das ein oder andere Auge zudrücken.

Da es wichtig war, der vom Feuer stark geschädigten Haut schnell wieder Heilung zu verschaffen, mussten die Eingriffe nahtlos ineinander übergehen.

Das war auch Joel bewusst.

Nur, was sollte er in dieser Zeit mit Emiliana anstellen? Dieses kleine Biest würde seine Abwesenheit bemerken und durch die Gänge und Flure wandern.

Immer auf der Suche nach Antworten und das konnte er in gar keinem Fall riskieren.

Es muss eine andere Möglichkeit geben, dachte Joel während er seine Kaffeetasse leerte.

Dann grinste er.

Wollen doch mal sehen, an wie viel du dich wirklich erinnerst, Prinzessin. Und wie loyal dein Prinz dieses Mal seinem König gegenüber ist.

Mit diesem Gedanken stellte Joel die Tasse ab, richtete die Ärmel seines Hemdes, und machte sich auf den Weg zu Emilianas Zimmer.

Sie saß auf dem Bett und aß eine Schüssel Haferflocken mit Obst, als er eintrat.

„Guten Morgen, Darling! Gut geschlafen?"

„Guten Morgen, und spar dir dein Darling", erwiderte Emiliana kaum hörbar.

Zeitgleich hielt sie sich die Handfläche vor den Mund.

Verdammt! Habe ich das wirklich laut gesagt?

Joel zog die Brauen zusammen. „Was sagtest du?"

Emiliana hob die Hand in Schulterhöhe. „Ich ..., ähm ..., nichts. Nur, guten Morgen."

Sie wich ein großes Stück zurück als er sich ihr näherte.

„Weißt du, dass du deine Zungenspitze zeigst, wenn du nachdenkst oder dich konzentrierst?"

Verwirrt über Joels Aussage, zog Emiliana ihre Zunge zurück in den Mund.

Auch ihre Granny hatte ihr als Kind oft gesagt: „Wenn du nicht aufpasst, dann wirst du sie dir eines Tages vor Schreck einmal abbeißen."

Um seiner Nähe zu entgehen stand Emiliana auf, schnappte sich ihre Müslischüssel und begab sich damit auf das Ledersofa.

Joel schlenderte ihr nach und kam hinter dem Sofa zum Stehen. Er legte seine Hand auf ihren oberen Rücken.

„Leider musst du an diesem Wochenende ohne mich klarkommen. Meinst du, das schaffst du?"

Emiliana schluckte schwer, doch sie antwortete: „Ja, das schaffe ich."

Joels Hand strich sanft über ihr langes Haar. „Das glaube ich dir sofort, auch wenn ich mir gewünscht hätte, dass du so etwas wie: „Bitte geh nicht! Oder kann ich mitkommen?" über deine Lippen gebracht hättest."

„Es wird schon gehen", kam es leise von Emiliana zurück. Mit wenigen Schritten stand Joel jetzt genau vor ihr. „Vermutlich ist es in deinem Zustand besser, wenn du nicht allein bleibst. Da Tamara sich kurzfristig krankgemeldet hat, denke ich, dass es das Beste sein wird, dich das Wochenende über bei Jeremy unterzubringen."

Emiliana atmete scharf ein.

Das entging Joel keineswegs, weshalb er fragte: „Stimmt etwas mit meinem guten Freund nicht? War er dir nicht sympathisch?"

„Doch, das war er und auch seine Freundin …", begann Emiliana, wurde jedoch von Joels Lachen unterbrochen. „Perfekt!"

Seine Hände umfassten ihre Schultern und die kalten Augen verengten sich als er ihr prüfend ins Gesicht sah.

Joels Stimme klang für Emiliana in diesem Moment sehr weit entfernt, doch sie verstand.

„Benimm dich bitte, Darling! Ich möchte nicht, dass wir vor unserer Hochzeit in unnötige Streitigkeiten geraten."

Emilianas Mundwinkel zitterten. „In Ordnung."

„Du hast da noch etwas Milch auf der Lippe."

Mit dem Daumen fuhr Joel darüber, um die Milch wegzuwischen.

Ihr Mund öffnete sich, doch ihre Kehle fühlte sich wie ausgetrocknet an.

Ein lustvoller Seufzer drang tief aus Joels Brust heraus. „Schade, dass es deine Bitte an mich ist, bis nach der Hochzeit zu warten. Aber ich respektiere diesen Wunsch selbstverständlich. Andere Männer hätten längst ..."

Als Emiliana erfasste, dass sie scheinbar ein Abkommen mit ihm hatte, fiel sie ihm ins Wort.

„Ich bin dir sehr dankbar dafür."

Joel entfernte sich.

Ein breites Lächeln zierte sein vernarbtes Gesicht. „Was tut man nicht alles für die Liebe, nicht wahr? Genieß das Frühstück. Und dann mach dich fertig. Deine Stiefel und deinen Mantel lasse ich dir bringen."

Emiliana sah sich um. „Wo befindet sich denn mein Kleiderschrank? Ich möchte mich gerne umziehen."

Joel stockte für Sekunden der Atem.

Dann ging er zielstrebig an eine schmale Tür des Raumes, zog diese auf, und deutete hinein. „Darling, du hast dir schon immer einen begehbaren Kleiderschrank gewünscht. Was soll ich sagen? Für dich habe ich keine Kosten gescheut. Nimm dir, was du brauchst, aber übertreib es nicht, wie bei unserer Reise nach Paris."

„Wir waren in Frankreich?"

Er trat in die Mitte des Zimmers. „Himmel, hast du das etwa auch vergessen?"

Emiliana nickte.

Beim Hinausgehen rief Joel: „Mach dir keine Sorgen! Die Zeit wird schon sehr bald deine Erinnerung zurückbringen. Das verspreche ich dir."

„Warum meldet er sich nicht?", fragte Jeremy zornig, als er sich in den Schritt fasste um den Reißverschluss zu schließen.

Douglas stand unweit der Pissoirs angelehnt an der Wand. Da Jeremys Büro verwanzt worden war, gab es nur noch diesen Bereich bei Marshall-Enterprises, indem sich die beiden frei unterhalten konnten. Vorausgesetzt, niemand anderes benutzte in diesem Moment die Örtlichkeiten.

Die Sache um den Deal, und dass Emiliana sich in den Fängen dieses geisteskranken Mannes befand, machte Jeremy langsam, aber sicher immer nervöser.

Mitfühlend, doch hilflos zuckte Douglas mit den Schultern. „Du kennst ihn besser als jeder andere hier. Ich bin mir ziemlich sicher, dass …"

Jeremys Smartphone vibrierte in seinem Jackett.

Schon beim Herausziehen, wusste er instinktiv, dass der unbekannte Anrufer kein geringerer als Joel sein konnte.

So war es auch.

„Ja."

„Jeremy, mein Bester! Hast du mich vermisst?"

„Und wie! Jede frei Minute denke ich nur an dich!"

Joel lachte auf. „Traurig, dass dies zu neunundneunzig Prozent sogar der Wahrheit entspricht."

Jeremy rieb sich die müden Augen. „Wie geht es ihr?"

Stille.

Er fragte erneut. „Joel! Wie geht es ihr?"

„Es geht ihr wunderbar. Sie frühstückt gerade."

Jeremy stieß einen lauten Seufzer aus. „Wann kann ich sie sehen?"

„Schon heute."

Mit dieser Antwort hatte Jeremy nicht gerechnet.

Die Verwunderung in seinem Gesichtsausdruck war so deutlich zu erkennen, dass Douglas sich stirnrunzelnd von der Wand abstieß.

Abwartend verschränkte dieser die Arme vor der Brust.

Jeremy betätigte den Lautsprecher.

Joels Stimme hallte durch die gesamte Herrentoilette. „Ich muss für zwei Tage verreisen. Du bekommst somit deine erste Chance in unserem Deal. Solltest du dieses Mal Dummheiten machen, weißt du, was passieren wird. Egal, wo du auch mit ihr hinwollen würdest, meine Leute, oder ich selbst, finden dich."

„Ist mir bewusst."

Joel zündete sich eine Zigarette an. „Das will ich hoffen."

Genau in diesem Moment schwang die Tür auf und ein Mitarbeiter der Firma betrat den Raum.

Kopfnickend begrüßte er Jeremy und Douglas, ehe er in einer der angrenzenden Kabinen verschwand.

Jeremy schaltete den Lautsprecher ab und nahm das Smartphone ans Ohr. „Wo kann ich sie abholen?"

Doch die Antwort war nur noch ein Rauschen.

Aufgelegt.

Verfluchter Mist! Warum musste dieser Blödmann ausgerechnet jetzt auf die Toilette? Joel hat mir nicht gesagt, wo ich sie …

„Er hat das Gespräch beendet?", fragte Douglas.

„Das hat er", gab Jeremy durch zusammengepresste Zähne zurück.

Douglas hielt die Tür auf. „Bestimmt wird er sich gleich im Büro noch mal bei dir melden."

Genau! Schließlich sagte er, dass ich sie das Wochenende über bei mir haben kann.

Mit diesem Gedanken schob sich Jeremy an Douglas vorbei und kehrte schnellen Schrittes in sein Büro zurück.

Die folgenden Stunden vergingen wie Jahre.

Jeremy stand wie so oft am Fenster.

Er blickte über die Stadt, deren Silhouette sich wehrlos der alles verschlingenden Dunkelheit hingeben musste.

Ein sanfter Strom aus tausenden von angehenden Lichtern, machte diese Schwärze umgehend erträglich.

Nur die Dunkelheit in seiner Seele vermochte kein Licht dieser Welt zu erhellen.

Das konnte einzig und allein *SIE*!

Jeremy war sich sicher, dass Joel ihm den einst geplatzten Deal mit dem heutigen Tag heimzahlen würde. *ER* sollte spüren, wie sich das anfühlt.

Und ja, Jeremy spürte es!

Sein Magen spielte verrückt, seine Gedanken kreisten, und die Hilflosigkeit zwang ihn mit jeder weiteren Minute mehr auf die Knie.

Wenn du dich, nur, um dich an mir zu rächen, an ihr vergehst, dann werde ich dich finden und mit bloßen Händen umbringen! Ich werde dir deine verbrannte Haut vom Körper ziehen, bis nichts mehr von dir übrig ist.

KLOPF! KLOPF!

Jeremy schloss entnervt die Augen. „Herein!"

Da nicht die üblichen Worte von Douglas oder einem anderen Kollegen folgten, beschloss er sich langsam herumzudrehen.

Als seine Augen erfassten, dass Emiliana, mit einer großen Tasche um die Schulter hängend, eingetreten war, nahm er sofort eine aufrechte Haltung ein.

„Lia?"

Emiliana stoppte und richtete ihren schüchternen Rehblick auf Jeremy. „Hi …, ähm, Joel meinte, du wüsstest Bescheid. Ich hoffe, dass es dir wirklich keine Umstände macht, wenn ich das Wochenende bei dir und Stacy verbringe."

Da steht sie! Wunderschön und gnadenlos sexy wie eh und je! Und doch kommen aus ihrem sinnlichen Mund unverständliche Sätze, die sie eigentlich nie sagen würde.

Jeremys Kehle fühlte sich trocken an, daher kamen die nächsten Worte krächzend aus ihm heraus. „Umstände? Nein, wo denkst du hin? Ich ..., ähm, wir freuen uns."

„Danke."

Dieses gehauchte Wort brachte Jeremys Blut in Wallung. Unbewusst ging er mehrere Schritte auf sie zu.

Sie zuckte mit den Augenlidern, als er sich auf die Kante des Schreibtisches setzte und sie stillschweigend ansah. Irgendwie hatte Jeremy das Gefühl in einer anderen Welt zu sein und gleich würde er aufwachen.

KLOPF! KLOPF! KLOPF!

„Hey Jeremy, ich wollte nur fragen, ob du ..."

Douglas stoppte so abrupt, dass es aussah, als wäre er gegen eine imaginäre Wand gelaufen.

Stotternd und vollkommen überfordert mit der Situation, stammelte er: „Ich ..., es tut mir sehr leid ..., ich wusste nicht ..., vielleicht sollte ich lieber wieder ..."

Jeremy lächelte, dann stand er auf. „Doug, das ist Lia. Lia, das ist Doug, der Speedy Gonzales, wenn es um lukrative Geschäfte geht."

Sie reichte ihm die Hand. „Schön Sie kennenzulernen."

„Die Freude ist ganz meinerseits", brachte Douglas höflich hervor, sah jedoch im nächsten Moment Jeremy fragend in die Augen.

Dieser reagierte umgehend: „Doug, wir SCHREIBEN! Ich wünsche dir ein erholsames Wochenende und denk dran, dass ich am Montag die Tillman-Akte benötige."

Douglas kratzte sich am Ansatz seiner Haare. „Die habe ich dir aber doch ..."

Jeremys Blick wurde finster, weshalb Douglas sich umgehend verbesserte. „Tillman! Genau, mein Fehler. Montag, geht klar! Erholsame Tage, Boss. Und auch für die Dame ein wunderschönes Wochenende."

Als Douglas verschwunden war, kramte Emiliana in ihrer Tasche.

Sie zog einen Umschlag daraus hervor und überreichte diesen an Jeremy.

Stirnrunzelnd öffnete er das Kuvert, worauf sein Name in Großbuchstaben stand, und zog einen Brief heraus.

Er las:

Lieber Jeremy,

ich freue mich, dass Du Dich kurzfristig dazu bereiterklärt hast, die kommenden zwei Tage auf meine Verlobte Acht zu geben. Niemandem würde ich sie in dieser Zeit mehr anvertrauen als Dir, mein alter Freund.
Ich hoffe, dass sie sich in Deinem luxuriösen Penthouse, in der 22th Straße, wohlfühlen wird.
Ich schreibe Dir, sobald ich weiß, wann Du mit meiner Rückkehr rechnen kannst.
Ich zähle auf Dich!

Dein Freund,

J.

Die Verwirrtheit stand ihm förmlich ins Gesicht geschrieben, weshalb Emiliana fragte: „Alles in Ordnung?"
Jeremy fuhr sich mit dem Finger über die Lippen. „Ja, klar! Alles so, wie es sein soll."
Er fuhr sich ein zweites Mal darüber, als seine Augen die Schlüsselkarte im Kuvert entdeckten.
Joel möchte also unbedingt vermeiden, dass ich sie mit zu mir nach Hause nehme. Schließlich könnte es ihre Erinnerung begünstigen und davor hat der Gute natürlich

eine Heidenangst. Da ich weiß, dass er mich rund um die Uhr beschatten lassen wird, muss ich mich an die Regeln halten. Vorerst zumindest. Doch das Wichtigste ist, dass sie bei mir ist. Mehr braucht es im Augenblick nicht.

Eine halbe Stunde später war er mit Emiliana auch schon am Zielort angekommen.

Er parkte den Audi in der Tiefgarage und von dort aus gelangten sie mit dem Aufzug schnell bis hoch hinauf in die 69. Etage.

Das Penthouse in der zweiundzwanzigsten Straße ließ keine Wünsche offen.

Ein riesiger Wohnraum, mit bodentiefen Fenstern, lädt besonders Nachts zum Träumen über den Dächern New Yorks ein. Das Badezimmer ist mit einem Whirlpool ausgestattet und das Bett im angrenzenden Schlafzimmer ist mindestens so groß, dass locker fünf erwachsene Personen ohne Probleme nebeneinander darin Platz finden würden.

Da ein Penthouse auf einem Gebäude ganz oben für sich errichtet wird, hat man keine direkten Nachbarn. Das schützt den Privatbereich und ist somit insbesondere für Individualisten, wie Joel, bestens geeignet.

Kombiniert mit der charakteristischen Dachterrasse rund um das Penthouse ist die Aussicht inmitten einer Großstadt wie Manhattan ein weiterer Vorzug.

Ein Traum!

Zumindest, wenn man davon absieht, dass hier ein geisteskranker Unternehmer lebt, der nicht davor zurückschreckt für seine eigenen Wünsche und Ziele, den Menschen das Leben zur Hölle zu machen. Oder es ihnen gar zu nehmen.

Am liebsten hätte Jeremy Emiliana in seine Arme gezogen und ihr die Wahrheit mitten in ihr wunderschönes Gesicht gebrüllt. Doch das konnte er nicht.

Was, wenn sich ihr Trauma dadurch festigt? Was, wenn sie umgehend das Penthouse verlassen wollen, oder gar hysterisch um Hilfe schreien würde? Nein, das darf ich in gar keinem Fall riskieren. Joel hätte somit gewonnen, noch ehe das Spiel richtig beginnen konnte. Sie muss mir vertrauen, auch wenn …

„Die Aussicht ist traumhaft", kam es zart über ihre Lippen.

„Es ist eine der beliebtesten Penthouse-Wohnungen in ganz New York", erwiderte Jeremy gelassen.

Da er ihr trotz des unbändigen Verlangens vorerst nicht zu nahe treten wollte, entschied sich Jeremy ihre Tasche auf dem Bett im Schlafzimmer abzustellen.

Nach einer weiteren kurzen Überlegung rief er: „Du kannst das Bett ganz für dich allein haben. Ich werde auf dem Sofa schlafen."

Emiliana schien am Fenster einen Moment lang darüber nachzudenken, dann rief sie zurück: „Lieb gemeint, doch ich nehme das Sofa, damit du und Stacy in Ruhe eure Nacht miteinander verbringen könnt."

Stacy? Sie denkt, dass ich mit dieser Frau hier zusammen wohne? Liebe Zeit, ich muss schnell einen Weg finden, um diese Chaos zumindest einzudämmen.

„Ja …, also Stacy wird heute wohl nicht mehr kommen. Sie ist …, bei ihrer Mum. Irgendwelche Vorbereitungen für eine spontane Geburtstagsparty. Frauenkram eben. Ich hoffe es stört dich nicht, dass du heute Abend mit mir vorliebnehmen musst."

Emiliana sah prüfend zu Jeremy, der im Türrahmen angelehnt auf ihre Antwort zu warten schien.

Es folgte ein sanftes Lächeln. „Bist du hungrig?"

Sie spielte, wie ein schüchternes Schulmädchen mit einer ihrer langen Haarsträhnen, ehe sie das Lächeln erwiderte. „Das bin ich."

Jeremy nickte. „Italienisch oder Asiatisch?"

„Sushi wäre toll!"

So klare Ansagen war Jeremy von ihr überhaupt nicht gewohnt. Kein Meckern, keine Diskussionen, und kein langes Überlegen. Perfekt!

Er wandte sich ab, damit er das gewünschte Essen bei einem stadtbekannten Lieferservice ordern konnte.

Um den passenden Wein musste er sich keine Sorgen machen, denn Joel hatte einen riesigen Vorratsschrank, indem man nahezu jedes alkoholische Getränk vorfinden konnte.

Nachdem Jeremy den Wein dekantiert hatte und auch das Essen pünktlich geliefert wurde, konnten die beiden ein kulinarisches Dinner zusammen genießen.

Nach einer angeregten Unterhaltung über Manhattans schönste Plätze und Sehenswürdigkeiten schenkte Jeremy noch zwei weitere Gläser ein.

Emiliana schüttelte lächelnd den Kopf. „Ich glaube für heute habe ich genug. Danke, das Essen war sehr lecker."

„Das freut mich zu hören. Kann ich also ganz unbesorgt eine Fünf-Sterne-Bewertung abgeben", witzelte Jeremy, während er sein Glas in einem Zug leerte.

Danach durchquerte er den Wohnbereich, um sich an der Küchentheke eine herumstehende Schnapsflasche zu greifen.

Jeremy trank daraus, wie andere aus einer Wasserflasche.

Emiliana sah ihm mit besorgtem Blick dabei zu.

Als ob er ihre Gedanken hätte lesen können, sagte er: „Keine Sorge, Süße! Das war nur ein Shot."

Sie nickte.

Jeremy deutete mit der Flasche in das Schlafzimmer. „Das Bett ist sehr bequem. Und falls du Alpträume bekommen solltest ...“

Mit einem eleganten Satz erhob sich Emiliana und unterbrach sein Reden. „Okay, für heute Abend haben wir denke ich genug gegessen und getrunken. Ich bin müde. Wenn es dir nichts ausmacht, würde ich mich duschen und anschließend schlafen gehen.“

Jeremy nahm einen weiteren Schluck aus der Flasche. Kinnreibend sprach er: „Ich finde dich unheimlich sexy, weißt du das? Dein Gesicht sieht im Lichtschein aus, wie das einer Porzellanpuppe. Hat dir das schon mal jemand gesagt?“

Sein Blick wanderte an ihrem Körper von oben nach unten. „Ich wette die Männer können kein normales Gespräch mit dir führen, ohne dir auf deine einladende Oberweite zu starren. Ich meine, trägst du das Top immer weit ausgeschnitten?“

„Moment mal, Jeremy. Das ist nicht witzig, ich ...“

Versuchte Emiliana sein hitziges Reden zu unterbrechen, doch da kam auch schon der nächste Satz über seine Lippen.

„Nein, ganz ehrlich. Du hast einen Wahnsinns Körper. Verdammt, allein beim Abendessen dachte ich, dass mein Schwanz sich überhaupt nicht mehr senkt, so weh tat das beim Sitzen und ich ...“

„Jeremy!“

„Ja, so heiße ich.“

Emiliana fuhr sich mit der Hand durch ihr langes Haar. Jeremy hingegen rieb sich das Kinn. „Yes, Babe! Genau das meine ich. Umwerfend!“

Mit einer abweisenden Geste, begab sich Emiliana in Richtung des Schlafzimmers.

Im Türrahmen drehte sie sich noch einmal herum. „Du solltest nicht mit mir flirten, nur weil Stacy bei ihrer Mum ist."

Seine Augen verengten sich. „Das ist nicht von Belang. Und was sie nicht weiß, macht sie nicht heiß!"

Nächster Schluck!

Emilianas Wangen wurden heiß. „Gute Nacht, Jeremy."

Jeremy zuckte trotzig mit den Achseln. „Gute Nacht, Lia."

Am nächsten Morgen entriegelte Emiliana vorsichtig den Knauf des Schlafzimmers, um in den Wohnbereich zu gelangen. Sie hatte sich die Nacht über eingesperrt, denn sicher war sicher.

Vor allem nach Jeremys übermäßigem Alkoholkonsum.

Als sie ihn schlafend auf der Couch vorfand, schnappte sie sich ein paar neue Anziehsachen und huschte damit ins Badezimmer.

Da Jeremy noch tief und fest schlief, würde es ihm gewiss nichts ausmachen, wenn sie anstatt der Dusche den Whirlpool benutzen würde.

Während das warme Wasser in diesen hineinlief entledigte sich Emiliana ihres Negligés und des hauchdünnen Tangas.

Als sie ihren Körper in die große Wanne sinken ließ, musste sie ein lustvolles Aufstöhnen unterdrücken.

So gut fühlte sich das wohltuende Nass auf ihrer Haut an. Sie schloss die Augen.

Das, was Jeremy gestern Abend nach dem Essen zu ihr gesagt hatte, trieb auch jetzt noch eine gewaltige Hitzewelle durch ihre Nervenbahnen.

Er hatte einen Ständer, ihm sind meine Brüste ins Auge gefallen, und er besitzt ein Lächeln, dass gewiss jede Frau freiwillig auf die Knie sinken lässt. Verflucht, hör auf an ihn auf diese Art und Weise zu denken. Dieser Mann bedeutet ansonsten massiven Ärger.

Emiliana leckte sich lustvoll über die obere Lippe.

Auch das Kribbeln in ihrem Unterleib, konnte sie nicht länger ignorieren.

Ihr Mund hob sich zu einem Lächeln, als sie sich seinen prallen Schwanz an ihrem zuckenden Eingang vorstellte. Seine Hände fest um ihre Brüste gelegt, damit er beide kneten konnte, bis es schmerzte.

Mit dem Fuß drehte Emiliana den Wasserhahn auf die heißeste Stufe und ihre Atmung wurde um einiges intensiver, als das Wasser wellenartig gegen ihre zuckende Mitte schlug.

Mit den Fingern wollte sie sich gerade etwas Erleichterung verschaffen, als sie hörte wie der Türknauf von außen gedreht wurde.

Kurz darauf vernahm sie seine Stimme. „Guten Morgen, Lia. Alles in Ordnung, da drin?"

Durch den dampfenden Nebel hindurch rief sie: „Guten Morgen. Alles bestens. Ich bin sofort fertig."

Kurze Stille.

Dann hörte sie ihn wieder sprechen. „Kein Stress. Ich mache uns Kaffee."

Die Worte klangen ehrlich und sogar für einen Samstagmorgen traumhaft süß.

Am liebsten hätte Emiliana geantwortet, dass er statt Kaffee zu machen, lieber zu ihr reinkommen und sie so hart wie möglich rannehmen soll, doch das ging leider nicht.

Dennoch schob sie jetzt einen Finger tief in sich hinein.

Sie spürte deutlich, wie sich ihre enorme Feuchtigkeit klebrig vom Rest des Wassers abhob.

Als das Gefühl der puren Lust stärker wurde führte sie schnell den zweiten Finger ein.

Ihre Ohren vernahmen das Geräusch der Kaffeemaschine, während ihr Daumen mit Nachdruck über ihren angeschwollenen Kitzler kreiste.

Ihre Brüste hoben und senkten sich aus dem Wasser und die Knospen waren verdammt hart zusammengezogen.

Emiliana ließ den Kopf nach hinten fallen.

Sie begann leise zu stöhnen.

Ihr Hintern verkrampfte sich, während sich der Druck ihrer gesamten Mitte auf ihre Handfläche verstärkte.

Ihr angeregter Körper zuckte unkontrolliert, als sich der Orgasmus unaufhaltsam aufbaute.

„O Gott", kam es keuchend aus ihrem Mund, als sich ihre Oberschenkel um die komplette Hand schlossen.

„Ahhh! Das tut so gut" Sie presste umgehend die Lippen zusammen, damit er sie in diesem Stadium der Geilheit auf keinen Fall hören konnte.

Es war ein sehr heftiger Höhepunkt gewesen, weshalb Emiliana noch ein paar Minuten reglos in der Wanne verharrte, ehe die Nachbeben endgültig abflachten und sie sich waschen konnte.

Da sie weit und breit kein Damenshampoo fand, musste ein neutrales Stück Seife, dass wahrscheinlich nur zur Zierde in einer goldenen Schale drapiert worden war, für die Reinigung ausreichen.

Emiliana stieg aus dem Whirlpool.

Ihre nasse Haut glänzte im Schein der Morgensonne.

Das Handtuch, welches sich in greifbarer Nähe befand, fühlte sich weich und seidig ein.

Und auch wenn sie ihre Haare nicht waschen konnte, roch ihr ganzer Körper nach der gewiss sündhaft teuren Seife.

Der Wohnraum war leer, als Emiliana aus dem Bad trat. Zwei dampfende Kaffeetassen standen auf dem Esstisch und es wehte ihr ein kühler Wind entgegen.

Ihre Augen erfassten Jeremy an der Balustrade der Dachterrasse. Er telefonierte.

Selbst für einen Samstag war er tadellos gekleidet, in weißem Hemd und schwarzer Businesshose.

Sie hingegen entschied sich für eine bequeme Leggings und ein lässiges Fledermausshirt.

Darunter trug sie einen schwarzen Push-up BH und einen hauchzarten Slip, der mehr preisgab als es zu bedecken. Erinnern, diese Sachen jemals gekauft zu haben, konnte sie sich beim besten Willen nicht.

Da sich ihre zuvor in der Wanne fest zusammengepressten Oberschenkel krampfartig bemerkbar machten, streckte Emiliana ihren gesamten Körper.

„Verdammt noch mal", zischte sie vor sich hin, doch sie wusste, dass sie es dringend gebraucht hatte.

An den Esstisch gelehnt nahm sie die Tasse an ihre Lippen. „Ah, heiß!"

Jeremy betrat im selben Moment den Wohnbereich.

„Vorsicht, der ist noch ein wenig ...", er stoppte, als er bemerkte, dass es für diese Warnung bereits zu spät war.

Emiliana presste nickend die Lippen zusammen.

Dann lächelte sie. „Entschuldige, dass ich ungefragt euer Badezimmer benutzt habe. Du hast so tief geschlafen, da wollte ich dich nicht wecken."

Jeremy streckte die Hand aus, um an die andere Tasse auf dem Tisch zu gelangen. Dabei streifte er leicht Emilianas Hüfte. „Jederzeit. Fühl dich bitte wie zu Hause."

Er hob die Kaffeetasse an den Mund.

Emiliana blinzelte. „Das ist sehr freundlich, nur leider konnte ich keine Damenutensilien ausmachen. Versteckt

Stacy ihre persönlichen Dinge in einem Extra-Schrank, oder nimmt sie immer alles mit auf Reisen?"

Da haben wir den Salat, schoss es Jeremy durch den Kopf. *Du bist so ein blöder Idiot, Tale! Und dabei kannst du oft nicht mal von zwölf bis Mittag denken.*

"Wie bitte?"

Emiliana stellte ihre Tasse ab. "Ich fragte, ob Stacy ihre Sachen versteckt. Generell sieht es hier nicht so aus, als ob eine Frau das Regiment über diese vier Wände führen würde. Ich will dir auch gar nicht zu nahe treten, denn es sieht unglaublich schön aus. Es fehlt eben nur dieser gewisse weibliche Touch. Die Deko und ..."

"Wir wohnen nicht zusammen", schoss es aus Jeremy und er hoffte, dass diese Erklärung sie fürs Erste überzeugen würde.

Zur Sicherheit fügte er hinzu: "Noch nicht. Was nicht ist, kann noch werden."

Irgendetwas in ihrem Blick verriet ihm, dass sie seine Lüge durchschaut hatte. Doch das stand nicht zur Debatte.

Der Mittag und auch der Nachmittag verging eher schleppend.

Während Jeremy versuchte für Marshall-Enterprises einige E-Mails zu beantworten, saß Emiliana auf dem Sofa und sah sich entweder einen Film, die Nachrichten, oder eine Dokumentation an.

Nicht gerade aufregend oder spannend, doch was hätte er anderes mit ihr tun können?

Nichts! Richtig! Denn auf den Straßen liefen sie Gefahr den Cops ins Netz zu gehen und hier drin kannte sich noch nicht einmal Jeremy aus.

Ich muss dringend mit Joel reden, dass es so nicht weitergehen kann, dachte er sich, als er den Laptop zuklappte.

Da es bereits dämmerte, schnappte er sich seinen Mantel von der Garderobe und kramte nach dem Autoschlüssel. „Ich besorge uns etwas zu essen. Magst du mexikanisches Fast Food? Burrito, Nachos, oder Tacos?"

Emiliana wandte den Blick vom Bildschirm ab. „Gerne. Ich nehme dasselbe wie Stacy."

Stacy? Jeremy glaubte sich verhört zu haben. *Ich habe ihr doch gestern erklärt, dass jene bei ihrer Mutter ist. Himmel, hat sie das etwa schon wieder vergessen?*

Er atmete tief ein. „Nun, Stacy wohnt nicht hier und sie ist noch immer bei ihrer Mum, ich denke nicht, dass sie …"

„Heute noch kommt?" Emiliana wirkte verwirrt. „Was macht sie denn so lange dort, möchte sie nicht lieber bei dir sein?"

Jeremy verschränkte die Arme vor der Brust. „Warum fragst du das? Ich denke, dass sie gerne hier wäre, nur leider geht das dieses Wochenende nun mal nicht."

Eine Weile schien Emiliana über den Satz nachzudenken. Als sie schließlich sprach war ihre Tonlage sanft, die Worte dafür umso schneidender. „Entschuldige bitte meine Neugier oder wenn ich dir damit zu nahe getreten bin. Ich mag dich. Doch ich bin froh einen ehrlichen Mann wie Joel an meiner Seite zu haben."

Die Gesichtsfarbe von Jeremy wechselte umgehend auf Rot. „Ehrlich? Du denkst, ich bin ein Lügner?"

Ein aufgesetztes Lächeln zierte Emilianas Gesicht. „Das kann ich nicht beurteilen und werde es auch nicht. Allerdings weiß ich genug, um dich einen Betrüger nennen zu können."

Jeremy schluckte schwer.

Er öffnete seinen Mund, um sprechen zu können, doch die Fassungslosigkeit über ihre Worte war viel zu verstörend.

„Ich nehme einen Burrito mit Extra-Käse und dazu ...", sie stoppte, da Jeremy sich seines Mantels entledigte.

Mit einem lauten Seufzer drehte er sich zu ihr herum.

Seine Augen verengten sich, als er ihrem fragenden Blick begegnete. „Du nennst mich einen Betrüger?"

Emiliana blinzelte mehrfach und doch schärfte sie ihre Krallen zu einem neuen Angriff. „Bist du es denn nicht?"

„Ich weiß es nicht. Sag du es mir!"

Sie zog die untere Lippe ein und hob eine Augenbraue. „Du bist verheiratet. Okay, du warst es, ehe deine Frau starb. Allerdings hattest du während deiner Ehe bereits eine Affäre und ich wette, dass es Stacy ist. Sollte sie tatsächlich eine neue Frau an deiner Seite sein, dann hoffe ich, dass deine Affäre davon nichts mitbekommt. Ich persönlich halte nichts von Dreiecksbeziehungen oder Betrügern wie dir. Das ist alles. Irgendwann wird es jedoch auf einen zurückfallen und die betrogenen Menschen werden ..."

„Woah! Stopp! Was redest du da?" Jeremy war wütend. „Hat Joel dir das über mich erzählt? Sieht ihm ähnlich."

„Jedem das Seine."

„Und ihm das meiste, oder was?" Er gestikulierte mit der Hand herum, ehe er sich ein Glas schnappte und es mit Whiskey befüllte.

Emiliana schüttelte den Kopf. „Trinken hilft dir auch nicht weiter."

Er nahm einen großen Schluck. „Bist du meine Mum?"

„Nein, das bin ich nicht", konterte Emiliana ruhig, als sie ihren Blick von ihm abwandte.

Jeremy hingegen lehnte seinen Kopf weit in den Nacken und schloss die Augen. „Joel hat dir also erzählt, dass ich der böse Wolf bin?"

„Sagen wir, er hat mich vor dir gewarnt."

„Oh, frei nach dem Motto: Rotkäppchen, lauf nicht zu weit in den Wald, sonst kommt der böse Wolf und frisst dich! Und wer ist Joel in dem grausamen Märchen? Der Jäger? Ein Mann, der den Wolf am Ende zur Strecke bringt, während dieser schläft? Ich frage dich jetzt mal was, mein Püppchen. Und das werde ich nur einmal tun. Mit wem wärst du lieber zusammen? Mit dem bösen Wolf, der dich in den Nächten wärmt und mit seinem großen Schwanz von einem Orgasmus zum nächsten fickt, und der dich vor anderen wilden Tieren mit seinem Leben beschützt, damit dir kein Leid widerfahren kann? Oder lieber bei dem Jäger bleiben, der nichts weiter kann, als sich zu verstecken und erst anzugreifen, wenn die Beute geschwächt auf dem Boden liegt. Du kannst diesem Superhelden anschließend die Füße vor dem Kamin massieren und ihm sein Rohr sauber lecken. Denk also mal für eine Sekunde darüber nach, was die bessere Variante in diesem Fall für dich wäre."

Ohne die Augen zu öffnen, wusste Jeremy, dass Emilianas Ausdruck in diesem Moment alles andere als amüsiert aussah.

Plötzlich vernahm er leises Lachen.

Als er hinsah, war sie vom Sofa aufgestanden und hatte die Hände fest in beide Hüften gestemmt. „Das hier ist das Leben und kein Märchen. Grausam ist in deinem Fall nur das Verhalten. Wenn es dich beruhigt, dann sollst du wissen, dass dich nicht allein die Schuld trifft. Die Bitch, mit der du deine Frau betrogen hast, und die es gewusst hat, dass du verheiratet bist, ist keinen Deut besser als du."

Wieder füllte Jeremy sein Glas.

Dann fiel sein Blick auf die Uhr an der Wand. 8.02p.m.

Wenn ich noch ein Glas trinke, kann ich uns nichts zu essen holen. Scheiß drauf, wer so provokant ist, der ...

Jetzt sprach Emiliana schnell: „Ich habe keinen Hunger mehr, ich werde schlafen gehen, dann kannst du dich in Ruhe weiter betrinken. Tu dir wegen mir bitte keinen Zwang an."

Auf halber Strecke durch den Wohnraum stellte er sich ihr in den Weg.

Seine Mundwinkel zuckten, doch dann brachte er den Satz mühevoll über die Lippen. „Lia, ich werde dir jetzt die Wahrheit über mich sagen. Ob du es hören willst, oder nicht."

„Es geht mich im Grunde überhaupt nichts an und ..."

„Lia! Hör mir einfach zu!"

Emiliana warf ihm einen entsetzten Blick zu.

Mit erhobenen Händen gestikulierte er vor ihrem Gesicht herum. „Tut mir leid, ich wollte nicht schreien. Es ist nur so, dass mich das alles ..."

„Die Wahrheit tut weh", schoss es aus ihrem Mund.

„Nein, das ist es nicht."

„Was ist es dann?"

„Gar nichts!"

Jeremy umrundete Emiliana, schnappte sich sein Glas von der Kücheninsel und stellte sich damit an die Terrassentür.

Draußen war es finstere Nacht geworden und er fragte sich, ob irgendwo in dieser riesigen Stadt noch ein anderer Mann solche Probleme wie er selbst durchstehen musste.

Betont streng sagte er plötzlich: „Lia, du meintest, dass die Bitch, die wusste, dass ich verheiratet war, keinen Deut besser ist als ich. Würdest du das dieser Frau auch genauso hinfahren, wie du es eben bei mir konntest?"

Es dauerte eine Weile, doch dann hörte er hinter sich die Antwort. „Ich hätte damit kein Problem. Ich sehe darin nur keine Notwendigkeit, das ist alles."

„Sei lieber vorsichtig mit dem, was du sagst."

Jeremy hörte ihr scharfes Einatmen nach seiner Warnung, weshalb er sich zu ihr umwandte. Sein Blick war feurig, angriffslustig und herausfordernd. „Tue es!"

Emiliana stockte der Atem in der Kehle. „Was soll ich?"

Jeremys grinste. „Du sollst es der Frau sagen."

Während er das sagte, kam er immer näher auf sie zu.

Das Whiskeyglas stellte er auf die Seite und krempelte die Ärmel seines Hemdes hoch.

Die Muskeln seiner Unterarme zuckten vor Anspannung. Mit geröteten Wangen sah Emiliana zu ihm auf, während sie instinktiv mehrere Schritte zurückwich.

Sein Blick war mitten in ihre Augen gerichtet. „Trotz allem, was du über mich gehört hast, bist du hier bei mir. Warum? Ich meine, wenn Joel doch solche Bedenken bei mir hat und ich ein Bastard ohne jegliche Moral bin, wieso läufst du dann nicht schreiend aus dem Penthouse, sondern versuchst die Zeit hier abzusitzen, bis dein Traummann wieder von seinem Kurztrip zurückkehrt?"

Emiliana schwieg, während sie ihre langen Nägel fest in ihren Handflächen vergrub.

Dieser stechende Schmerz bewahrte sie davor, sich nicht ihrer aufkommenden Angst vor seiner bedrohlichen Art hinzugeben.

Jeremy beugte sich zu ihr herab.

Sie konnte seinen Whiskeyatem auf ihren Lippen spüren.

Dann packte er sie am Oberarm.

„Aua! Lass mich sofort los", protestierte Emiliana, doch Jeremy zog sie bis vor einen großen Standspiegel.

„Sag es!"

„Jeremy, ich verstehe nicht, was du von mir willst", antwortete sie mit schwachen Atemzügen.

„Sag dieser verfluchten Bitch, was du moralisch von einer Affäre hältst!"

Ihr Blick flehte ihn förmlich an, diesen Mist zu unterlassen, doch er legte noch einen drauf.

Mit der Hand umfasste Jeremy ihren Kiefer. „Öffne deinen Mund!"

Emilianas Kopf fiel dabei auf seine Schulter zurück und sie begann zu wimmern. „Ich halte gar nichts von einer Affäre."

„Sprich lauter!" schrie Jeremy.

Dabei griff er mit der anderen in ihr langes Haar und knetete es fest in seiner Hand. „Ich sagte, mach deinen Mund auf und sag der Bitch, was du von einer außerehelichen Affäre hältst!"

Seine Finger gruben sich tief in Emilianas Wangen, dass es schmerzte, doch ihre Augen weiteten sich als sie verstand.

Tränen liefen über seine Finger und dies war auch zeitgleich der Moment, wo Jeremy sie losließ.

Er entfernte sich zurück an die Terrassentür.

Am liebsten hätte er diese mit der Faust eingeschlagen, so wütend war er.

Verzweifelt traf es eher, denn was hatte er nur getan?

Plötzlich hörte er das Geräusch eines sich füllenden Glases.

Beim Umsehen machte er Emiliana an der Kücheninsel aus und genauso schnell, wie das Glas gefüllt wurde, genauso schnell leerte sie es.

Beim Abstellen fragte sie leise. „Wir hatten eine Affäre?"

Jeremy presste die Lippen zusammen. „Ja."

Emiliana zuckte zusammen. „Einen One-Night-Stand?"

Kopfschüttelnd antwortete er: „Nein, es war keine einmalige Sache."

Sie hielt sich die Rückhand vor den Mund. „Du meinst, wir hatten eine Beziehung?"

Jeremy streckte sich. „Mach dir keine Sorgen, wilde Schönheit. Ich komme schon klar. Werde ich eben für uns beide unsere Zeit in schöner Erinnerung bewahren."

Emilianas Hand bewegte sich jetzt langsam über die Stirn. „Jeremy, es tut mir leid. Ich kann mich seit dem Unfall an nichts mehr erinnern, was im letzten Jahr alles in meinem Leben abgelaufen ist. Joel meinte, ich würde …"

„Unfall?", schoss es pfeilschnell aus Jeremy heraus.

Dieser Wichser hat ihr einen Unfall als Ursache für ihren Zustand untergejubelt? Sieht ihm ähnlich!

„Ja, ein Unfall. Das Auto hatte sich nach der Feier mehrmals überschlagen und ich dachte wohl, dass ich sterben müsste. Da hat mein Kopf aus Selbstschutzgründen vollkommen dicht gemacht. Die Ärztin meinte, dass …"

Jeremy erhob abwehrend die Hand. „Erspar es mir!"

Mehrere Minuten vergingen, ehe Emiliana wieder das Wort an ihn richtete. „Macht es dir was aus, mir zu erzählen, wie es zu unsere Affäre …, sorry, ich meine, zu einem intimen Verhältnis zwischen uns beiden kam? Vielleicht würde das meiner Erinnerung helfen."

Mit der flachen Hand am Glas der Tür abgestützt antwortete Jeremy: „Ich hatte Streit mit meiner Frau, deshalb bot Joel mir im Sommer sein Hausboot für eine Weile an. Zumindest, bis sich die Wogen wieder geglättet haben. Du warst sehr zuvorkommend und hast mir Essen oder auch mal ein Eis vorbeigebracht, da ihr in dieser Zeit auf eurem Anwesen in Swan Lake Joels Geburtstagsfeier vorbereitet hattet. Wie es der Zufall so will, hattet ihr euch an einem der Abende ebenfalls lautstark gestritten. Du bist fluchend aus dem Haus und direkt in meine Arme gelaufen. Eigentlich wollte ich mir nur ein bisschen die Beine vertreten, doch als du mich gebeten hast, zurück auf das Boot zu kehren, da du niemanden sehen oder hören wolltest, taten wir das."

Er räusperte sich. „Tja, was soll ich sagen? Zwei Menschen in einer ähnlichen Situation ergibt dann wohl in unserem Fall eine ganze Nacht lang den geilsten Fick, den es zwischen einem Mann und einer Frau auf diesem Planeten geben kann. Es folgten ..."

„Danke, Jeremy. Das reicht mir fürs Erste", bat Emiliana. „Kann ich mir vorstellen."

Dieses Mal klang seine Stimme sogar sehr Verständnisvoll.

Als Emiliana zu ihm hinsah, neigte Jeremy seinen Kopf einige Male nach links und rechts.

Anschließend massierte er mit festem Druck den Nacken.

Bei diesem Anblick spürte Emiliana wie das Gefühl von unbändiger Erregung durch ihren Körper schoss.

Ihre Wangen wurden heiß und das Herz schlug um einige Takte schneller.

Sie drückte die Innenseiten ihrer Oberschenkel fest zusammen, in der Hoffnung es würde dadurch gelindert werden.

Das Gegenteil war der Fall.

Irgendetwas hatte Jeremy noch zu ihr gesagt, doch ihr Kopf war nicht in der Lage die Worte aufzunehmen.

Der Körper legte den Verstand lahm und Emiliana trat von hinten an ihn heran.

Ihre Finger strichen über seine Rückenpartie, was dazu führte, dass Jeremy reglos in seiner Position verharrte.

Elegant wie eine Katze schmiegte sie sich an ihn, ehe sie ihm ins Ohr flüsterte: „Eine ganze Nacht lang?"

Jeremy öffnete den Mund um zu antworten, musste jedoch zunächst scharf Luft ausstoßen, da er ihre sanften Küsse auf seinem Hals spürte.

Er zwang sich dennoch dazu sich herumzudrehen.

In ihren dunklen Augen war eine unstillbare Lust abzulesen und auch er hätte sich in diesem Augenblick nichts besseres vorstellen können, als sie besinnungslos zu vögeln.

Als sie nach den Knöpfen seines Hemdes griff, um einen nach dem anderen zu öffnen, packte er ihr Handgelenk.

„Lia, du weißt nicht, was du tust."

Emiliana leckte sich provokant über die Lippe. „Fühlt es sich denn so falsch an?"

Dieser gehauchte, beinahe gestöhnte Satz ging Jeremy durch sämtliche Glieder.

Sein Schwanz stand so stramm, dass es schmerzte und seine Muskeln zuckten unkontrolliert bei dem animalischen Gedanken über diese Frau herzufallen.

Er atmete tief ein und versuchte noch mal den guten Mann für sie zu markieren. „Lia, ich meine es ernst. Wir sollten das nicht tun. Zumindest solange nicht, bis du dich wieder an mich erinnern kannst."

„Scheiß drauf! Ich will wissen, wer du bist."

Dieser Satz und ihr unwiderstehlicher Blick, waren zu viel.

Jeremy umschloss mit der Hand ihren Nacken, packte mit der anderen um ihre Hüfte und schleuderte ihren Körper gegen die nächstgelegene Wand.

Der folgende Kuss war einnehmend, fordernd, und von einer märchenhaften Liebeserklärung weit entfernt.

Wer will schon ein Märchen, indem man als Frau die niedliche Prinzessin ist, wenn man in der Realität wie eine echte Göttin verehrt und durchgefickt werden kann?

Dieser Gedanke ließ Emiliana ihre Zunge noch schneller sich mit seiner duellieren.

Jeder griff in diesem Moment nach der Kleidung des anderen. Sie zog so stark an seinem Hemd, dass einzelne Knöpfe abrissen und sich klirrend auf dem edlen Holzboden verteilten.

Emiliana übersäte seine nackte Brust mit Küssen, während Jeremy die Faust fest in ihren Haaren vergrub. Als er glaubte es nicht mehr aushalten zu können, hob er sie hoch.

Ihre Beine schlangen sich fest um seine Hüften, während sie sich stürmisch weiterküssten.

Wieder drückte er ihren Rücken brutal gegen die Wand und sie konnte deutlich seine ausgeprägte Härte durch die Hose hindurch an ihrer Mitte spüren.

Jeremys einzige Erleichterung in diesem Moment lag darin, sich an ihrer hautengen Leggings reiben zu können.

Emilianas Hand fand einen Weg zu seiner Gürtelschnalle. Sie riss diese heraus und öffnete den Reißverschluss.

Ehe Jeremy etwas dagegen tun konnte, hatte sie hineingegriffen und auch die Shorts nach unten gedrückt.

Mit seinem harten Schwanz in der Hand hauchte sie: „Willst du, dass ich dir bei dem enormen Problem helfe?"

„Verflucht Lia, warum nur bist du so verdammt geil? Wie soll ich mich da noch zurückhalten, sag mir das!" Er ließ sie langsam von seinen Hüften herabgleiten.

Emiliana packte Jeremy an den Schultern und drehte sich mit ihm zusammen um hundertachtzig Grad.

Da sein Körper nunmehr an der Wand anlehnte, ging sie vor ihm auf die Knie.

Alles, was er tun konnte, war seine Hand noch einmal tief in ihrem Haar zu vergraben, als er spürte, wie ihre feingliedrigen Finger seinen Schaft umschlossen.

Irgendetwas in Jeremy triggerte ihn, denn er hatte plötzlich den unwiderstehlichen Drang, dass sie verstand, wer hier der Boss ist.

Wenn sich eine gewisse Angst in diese dunklen Augen mischt, dann brachte das jedes Mal sein Blut zum Kochen.

Ohne Vorwarnung packte er um ihren Kiefer und forderte: „Mach den Mund auf, mein süßes Püppchen."

Sie tat es.

Jeremy schob die Eichel hinein und genoss dabei, wie ihre Zungenspitze daran leckte.

Sobald er spürte, dass sich ihre Lippen vollends um seine Spitze schlossen, stieß er bis zum Anschlag in ihren Mund hinein. Wieder und wieder.

Der Atem ging schwer, als er vor Geilheit keuchend sagte: „So ist es richtig! Mach´s mir, du kleines versautes Luder." Emiliana saugte unerbittlich und Jeremy hatte es verdammt schwer, sich ihr zu entziehen.

Das Pumpen war bereits so stark, dass einige Lusttropfen, während des Herausziehens auf ihrem Fledermaus-Shirt landeten.

Behände zog Jeremy Emiliana zu sich nach oben, um sie ins Schlafzimmer tragen zu können.

Mitten auf dem Bett ließ er sie fallen.

Er griff nach ihrer Leggings, samt dem darunterliegenden Höschen, und zog ihr beides ruckartig von den Beinen.

Ehe er zu ihr aufs Bett kletterte, entledigte er sich seines Hemdes und der Anzughose.

Zwischen ihren Schenkeln strich er mit der Zungenspitze über die Schamlippen.

Dann sah er zu ihr auf. „Honey, du schmeckst verflucht gut. Ich habe deinen süßen Geschmack schmerzlich vermisst, weißt du das?"

Ohne ihr den Raum zu gewähren, ihm zu antworten, kreiste er mit der Zunge um ihren angeschwollenen Kitzler, ehe er tief in sie eindrang.

Emiliana warf den Kopf in den Nacken, denn das fühlte sich unglaublich an.

Mit beiden Händen umfasste Jeremy ihren Hintern, um die Pobacken währenddessen massieren zu können.

„Zieh dich komplett aus", forderte Jeremy, ehe er weiter in ihrer Spalte kreiste.

Emiliana gehorchte.

Beim Anblick ihrer vollen runden Brüste, drängte sich bei Jeremy umgehend wieder die schmerzende Härte in den Vordergrund.

„Jeremy …, ich kann nicht …, bitte …, O Gott!"

In dem Moment als Emiliana beinahe den Höhepunkt erreicht hätte, entzog Jeremy ihr seine Zunge.

Stattdessen riss er sie nach oben, küsste sie hart und fordernd, während er sie auf seinen Schoss zog.

Er packte um ihren Nacken und drückte die Stirn gegen ihre. „Komm her!"

Emiliana schien sich plötzlich nicht sicher zu sein, ob das richtig war, was sie da taten, deshalb versuchte sie sich von ihm zu entfernen.

Jeremy hingegen ließ das nicht zu.

Er packte ihre Hüften und schob sie mit Leichtigkeit zurück in die vorherige Position.

Sobald er spürte, wie die Eichel durch ihren nassen Eingang drang, war es um seine Beherrschung geschehen.

Jeremy schloss die Augen und betete.

Bitte lass sie mich mit dieser extremen Härte nicht verletzen.

Zu wem er da eigentlich betete war ihm nicht bewusst und im nächsten Moment sogar vollkommen überflüssig.

Emiliana übernahm den Rhythmus für ihn.

Unerbittlich hob und senkte sie ihre heiße Spalte und das Geräusch von Haut auf Haut füllte das Schlafzimmer aus. Während sie stöhnend den Kopf weit in den Nacken warf, blickte Jeremy an ihren wippenden Brüsten zu seinem Schoss herab.

Der Anblick war wahnsinnig erregend, den eigenen Schwanz dabei beobachten zu können, wie dieser wiederholt von einer glattrasierten Muschi umschlungen und wieder freigegeben wird.

Sie fickte ihn, als ob ihr Leben davon abhinge.

Ihr immer lauter werdendes Stöhnen verriet, dass sie jeden Moment einen Orgasmus haben wird und da Jeremy spürte, dass auch sein Schaft unaufhörlich zu pumpen begann, verankerte er ihre Hüften in seinen Händen.

Von nun an, würde er die Kontrolle übernehmen.

So war es auch.

Emiliana verlangsamte die auf und ab Bewegungen und genoss es, dass sie sich in seinem festen Griff vollkommen fallenlassen konnte.

Jedem einzelnen seiner Stöße war sie von nun an hilflos ausgeliefert, doch das war ihr egal.

Sie stöhnte ungehemmt weiter, während Jeremy wusste, dass er ihre Spalte rotfickte.

Plötzlich klammerten sich Emilianas nasse inneren Wände so eng um seinen Schwanz, dass er ihren Höhenpunkt miterleben konnte.

Ihr Gesichtsausdruck flehte ihn förmlich an, jetzt bloß nicht aufzuhören.

Daran dachte Jeremy auch in keinem Fall.

Mit einer Hand drückte er fest ihre Pobacken, ehe sein Finger in ihrer hinteren Ritze verschwand.

Mehrmals strich er über ihre kleine zusammengezogene Rosette, dann drang er auch dort tief in sie ein.

Emilianas Augen weiteten sich. „Ich bin gerade erst gekommen, bitte Jeremy ..."

Er lachte verführerisch. „Vertrau mir."

Mit dem freien Arm umschlang er ihre Taille und zog sie bis zum Anschlag auf seinen Schwanz.

Ein paar Stöße später musste sich auch Jeremy einer heftigen Orgasmus-Welle hingegeben.

Diese riss seinen Körper in solch einen gewaltigen Strudel aus purer Fleischeslust und unbändiger Erregung, dass sein Sperma sich spritzend, wie heiße Lava in Emilianas Unterleib verteilte.

Keuchend schnappte er nach Luft als ihr verführerischer Blick ihn erneut mitten ins Herz traf.

Sie wollte sich von seinem Schoß erheben, doch er umschlang ihre Beine und warf sie auf den Rücken.

Auf ihr liegend flüsterte Jeremy ihr ins Ohr: „Mein süßes Püppchen, ich bin noch lange nicht fertig mit dir!"

Jeremy rieb sich die Augen, als erstes Tageslicht durch die hohen Fenster in das Schlafzimmer drang.

Noch immer lag er Haut an Haut neben Emiliana, seinen Arm fest um ihre Taille geschlossen.

In exakt dieser Position war sie erst vor wenigen Stunden eingeschlafen.

Die ganze Nacht ..., diese simplen drei Worte haben sie dazu gebracht, sich ihm hinzugeben.

Alkohol war im Spiel, doch Jeremy weiß, wie viel er in der Lage ist zu vertragen, ohne sich oder seine Umgebung komplett zu vergessen.

Emiliana hatte lediglich ein Glas. Und auch wenn sie es sehr schnell hinuntergekippt hatte, war sie weit von Unzurechnungsfähigkeit entfernt gewesen.

Er wollte es - Sie wollte es!

Die Bilder in Jeremys Kopf, wie sie vor ihm auf die Knie gesunken war, nur um seinen prallen Schwanz bis zum Anschlag in ihrem süßen Mund aufzunehmen, ließen ihn wieder hart werden.

Am liebsten hätte er sie seitwärts wachgefickt, doch der SMS-Signalton seines Smartphones ließ ihn aufhorchen.

Im Wohnbereich dachte er als erstes an eine Anweisung von Joel, doch schon beim prüfenden Blick auf das Display, wusste er, dass es Douglas war.

Wer sonst, würde sich Speedy Gonzales nennen und wer würde wohl fragen, wie die Aktien stehen?

Jeremy ist froh, dass Douglas all diese Zweideutigkeiten aus dem Stegreif beherrscht und er bewundert ihn für seine Loyalität.

Er öffnete das Tastenfeld und antwortete: „Noch stehen die Aktien hoch im Kurs! Mal sehen, wie es sich im Laufe des Tages entwickelt."

Breitlächelnd sah Jeremy an sich herab. Die Ausbeulung in seiner Shorts bestätigte anschaulich seine Nachricht.

Als er wieder auf den Bildschirm sah, war eine weitere Nachricht eingegangen.

„Adams, ich werde die Post morgen um 4.00 p.m. vor dem Haupteingang von Marshall-Enterprises in Empfang nehmen. Bitte sei pünktlich."

Jeremy ließ das Smartphone zurück auf den Tisch gleiten. Sein nächster Weg führte ihn ins Badezimmer, wo er sich nach dem Toilettengang eine nagelneue Flasche Mundwasser schnappte, um den Geschmack von Whiskey und Trockenheit aus seiner Kehle zu bekommen.

Ein weiterer Tag mit ihr zusammen.

Mit diesem Gedanken ging er in die Küche und betätigte den Power-Knopf der Kaffeemaschine.

„Guten Morgen", kam es hauchzart aus Richtung des Schlafzimmers.

Als er sich umwandte stand Emiliana splitternackt im Türrahmen.

Jeremy wäre bei diesem Anblick beinahe die noch leere Tasse aus der Hand geglitten.

„Guten Morgen", erwiderte er rasch und öffnete den Arm.

Ohne zu zögern bewegte sie sich auf ihn zu, drehte ihren Körper in seinen Arm, und schmiegte sich an seine Brust.

Dies war erst der Anfang von weiteren unvergesslichen Stunden.

Was sie auch taten, es endete mit seinem Schwanz tief in ihrer nassen Spalte.

Jeremy war vorher nicht im Ansatz bewusst, dass er bis zu sechs Mal hintereinander konnte, ohne mindestens ein bis zwei Tage Pause dazwischen zu brauchen.

Von dieser Frau waren er und sein bester Freund im Schrittbereich eindeutig besessen. Anders konnte er sich den extrem harten Dauerzustand nicht erklären.

Man sagt, dass wenn man beschäftigt oder gar glücklich ist, die Zeit wie im Flug vergeht.

So war es leider auch.

Frühmorgens musste Jeremy mit Emiliana das Appartement verlassen, denn um Punkt zehn Uhr wurde er von Aktionären der Manhattan-City-Bank persönlich zu einem Meeting erwartet.

Douglas erklärte sich auch sofort dazu bereit, solange auf Emiliana bei ihm im Büro Acht zu geben.

Nicht gerade ein schöner Tagesablauf für sie, doch es blieb nicht sonderlich viel übrig.

Immerhin hatte Douglas ihr Mittagessen gebracht und sie mit lustigen Storys aus seinem Leben unterhalten.

Um kurz vor Vier öffnete Jeremy die Bürotür.

Die Atmung ging schnell, denn das Meeting hatte ihn mehr Zeit als geplant gekostet und gleich wird Joel auftauchen, um sie ihm wieder wegzunehmen.

Sein blaugrüner Blick wurde streng. „Lia, nimm bitte deine Tasche und folge mir."

„Aber ich …", wollte sie protestieren, doch sie las von seinen Augen ab, dass der Zeitpunkt für eine Diskussion eher ungünstig war.

Douglas erhob sich von seinem Stuhl. „Dann bis zum nächsten Mal, Lia."

Jeremys Kopf schoss zu ihm herum. *Lia? Hatte er sie Lia genannt? Darüber reden wir noch.*

„Auf Wiedersehen, Doug. Danke, für den schönen Tag", erwiderte sie freundlich.

Jeremy erhob warnend eine Braue, während Douglas über das Verhalten seines Bosses leicht schmunzeln musste.

Entweder dieses Theater hat bald ein Ende, oder ich ende in einer Zwangsjacke. So viel steht fest!

Mit diesem Gedanken griff Jeremy um Emilianas Handgelenk, denn jetzt musste es schnell gehen.

Wahrscheinlich wartete der graue BMW von Joel bereits vor dem Eingang.

Jeremy konnte sich nämlich nicht vorstellen, dass sich sein ehemaliger Boss das Vergnügen nehmen lassen würde, die Dame selbst abzuholen.

Ins Kreuthers zu gelangen schaffte dieser Bastard schließlich auch ohne seine Bodyguards.

Mit Emiliana Essen zu gehen, oder überhaupt sich mit ihr auf New Yorks Straßen blicken zu lassen, war ein sehr gewagter Spielzug.

Doch Joel Tale brauchte den Kick! Erst wenn das Adrenalin durch jede seiner Adern jagt, ist er zufrieden.

Jeremy wollte ihn nicht verärgern, deshalb wartete er nicht auf den Aufzug, sondern zog Emiliana die große Treppe nach unten in den Eingangsbereich.

Der Portier grüßte freundlich. „Schönen Feierabend, Mr. Adams."

„Danke Phil, den wünsche ich dir auch", rief Jeremy dem älteren Mann in einem pikfeinen Anzug entgegen.

Er wusste zwar, dass er gleich wieder in sein Büro zurückkehren würde, doch Phil hat in wenigen Minuten Schichtwechsel, weshalb hier gleich ein anderes Gesicht sitzen und Wache halten wird.

Jeremy drückte hektisch die Glastür nach draußen auf. Sein Blick fiel auf den besagten BMW, doch es war weit und breit niemand zu entdecken.

Keine Spur von Joel.

„Mr. Adams, wie schön sie anzutreffen."

Jeremys Körper verkrampfte bei den Worten, denn sein Gehirn hatte ihm sofort die Daten der Stimmerkennung übermittelt.

Detective Samuel!

Mit bebender Brust wagte er es sich umzuwenden. Dabei sah er den Detective auch schon auf ihn zu schlendern.

Mit erhobener Hand richtete Jeremy kleinlaut das Wort an ihn. „Ich kann es erklären."

„Oh, da bin ich aber mal gespannt, Sie wissen schließlich noch gar nicht, um was es geht."

Die Tonlage war seltsam höflich und als Jeremy zur anderen Seite blickte, wo sich Emiliana bis eben noch neben ihm befand, konnte er plötzlich nur Leere ausmachen.

Was zum Teufel?

„Mr. Adams, ist alles in Ordnung?"

„Ähm …, also …, Ja, alles in Ordnung. Was verschafft mir die Ehre?"

Qualvolle Sekunden vergingen, während Jeremys Blick die nähere Umgebung nach ihr absuchte.

Detective Samuel hingegen sprach: „Ich muss mich entschuldigen, Sie bei Ihrer Arbeit aufzusuchen, doch es ist unheimlich wichtig. Ich werde deshalb auch gar nicht lange mit meinem Anliegen hinter dem Berg halten, sondern direkt zur Sache kommen. Ist Ihnen der Name Kreuthers ein Begriff, Mr. Adams?"

Jeremy verengte die Augen. „Das Restaurant?"

„Bingo!"

Der Detective zog auf die klassische Art einen Notizblock aus seiner Jacke hervor. Er blätterte.

Zeitgleich erkannte Jeremy wie ein Mann Emiliana dazu zwang sich rückwärts immer weiter vom Ort des Geschehens zu entfernen.

So lange, bis ihr Rücken gegen die Fassade von Marshall-Enterprises prallte.

Mit dem Unterarm über ihrem Kopf sperrte er sie vor sich ein und mit der freien Hand umfasste er ihre Kehle.

Kein Zudrücken erfolgte, doch so konnte er ihre Bewegungen kontrollieren und eine mögliche hysterische Flucht verhindern.

Jeremys Puls raste, als er an der freigelegten Submariner Rolex erkannte, dass es sich bei dem Mann um keinen geringeren als Joel handelte.

Als Emiliana den Mund öffnete beugte sich Joel zu ihr herunter und presste seine Lippen fest auf die ihren.

Wahrscheinlich um den Anflug ihres Protestes zum Schweigen zu bringen, doch das machte die Sache für Jeremy in diesem Moment nicht angenehmer.

Was er nicht hören konnte war das hauchende Flüstern, dass Joel kurz darauf mitten in Emilianas Gesicht sprach: „Ich bin dein zukünftiger Mann und doch schreckst du vor mir zurück. Das hilft uns im Augenblick leider nicht weiter. Deshalb rate ich dir, mach mit und hilf damit dem lieben Jeremy. Dieser Mann bei ihm ist ein Cop, und auch wenn du dich nicht erinnerst, musst du mir vertrauen, dass Adams in den Knast wandert, wenn er dich entdeckt. Tick-Tack, Darling! Entscheide dich!"

Emiliana schluckte schwer.

Dann öffnete sie wieder leicht den Mund.

Joel lächelte, auch wenn das an den frisch operierten Wangenknochen schmerzte.

Er ließ von ihrem Hals ab und zog stattdessen spielerisch an einer langen Haarsträhne, die Emiliana bei dem wüsten Manöver ins Gesicht gefallen war.

Mit einem Arm um ihre Taille zog er sie noch einmal fest an sich, um sicherzugehen, dass sein Körper, den ihren komplett vor äußeren Blicken verdeckte.

Sanftes Spätnachmittagslicht brach sich kristallartig in Joels verspiegelter Sonnenbrille, ehe er mit der Zunge forsch in ihren Mund eindrang, um sie wie ein strahlender Held zu küssen.

Der Fehler darin, den auch Jeremy sofort erkannte, lag jedoch unumstritten darin, dass Joel in diesem, sowie in jedem weiteren Akt, der Böse ist, war, und es auch blieb.

Samuel schien gefunden zu haben, wonach er blätterte. „Ah, da haben wir es! Eine Kellnerin des Kreuthers rief gestern im Departement an und meinte, dass sie sich sicher ist, die entführte Frau aus den Medien bedient zu haben. Nicht nur das, sondern es hätte sogar ein Heiratsantrag stattgefunden. Haben Sie mir dazu irgendetwas zu sagen?"

Jeremys Blick haftete noch immer wie in Trance auf Joels Rücken.

Der Detective schnipste einmal laut vor seinem Gesicht. „Mr. Adams? Haben Sie mir zugehört? Wenn Sie sich mit einer Aussage selbst belasten würden, dann ..."

„Ich war schon lange nicht mehr in einem Restaurant", schoss es aus Jeremys Mund.

Detective Samuel schien jedoch keinen Zweifel daran zu haben, dass diese Aussage falsch sein könnte.

Er räusperte sich. „Sehen Sie, Mr. Adams. Ich verfolge ihren Fall nun schon seit Staten Island. So langsam, aber sicher sollten Sie wirklich Licht ins Dunkel bringen, bevor es Sie eines Tages ihre Existenz kostet."

Jeremys Augen weiteten sich. „Sie haben folglich noch immer keinen Anhaltspunkt gefunden, oder wissen, was mit Miss Brooks seit dem Tag ihrer Entführung geschehen ist? Ich will Ihnen jetzt mal was sagen, und bitte verzeihen Sie mir mein abwertendes Vokabular, aber das ist echt beschissene Arbeit, die Sie da erledigen."

Der Detective lächelte. „Mr. Adams, wo steht ihr Wagen?"

„Im Parkhaus. Wie immer."

„Sehr gut. Wenn Sie so sehr davon überzeugt sind, dass ich beschissene Arbeit verrichte, dann lassen Sie uns doch ganz einfach diese heikle Sache mit dem Restaurant vom Tisch bringen."

Samuel deutete in Richtung des Zugangs, der zu den Parkdecks führte.

Jeremy wurde heiß, doch er nickte.

Als die beiden Joel und Emiliana passierten, sprach Samuel: „Holla! Ich glaube ich werde meine Frau demnächst bitten, mich vor dem Präsidium abzuholen. Wenn sie sich nur halb so freut, wie die junge Lady, dann wäre ich schon voll und ganz zufrieden."

Noch einmal sah Jeremy wütend zu den beiden, ehe er schwungvoll die Tür für den Detektiv öffnete. „Bitte ..., nach Ihnen."

Mit der Fernbedienung entriegelte er den nachtschwarzen Audi, öffnete die Fahrertür und glitt elegant hinein.

Während er den Motor startete, sah er dabei zu, wie Samuel sich auf dem Beifahrersitz niederließ.

Das Lächeln reichte diesem mittlerweile bis zu den Ohren. „Sie wissen sicherlich, wo es hingeht. Nicht wahr, Mr. Adams?"

Netter Versuch, aber nicht mit mir, schoss es Jeremy durch den Kopf, ehe er das Touchdisplay des Bordcomputers durch eine Tastenkombination zum Leben erweckte.

„Kreuthers, sagten Sie?" Er wartete lässig die Antwort ab.
„Exakt."

„Das Navi wird uns sicherlich dorthin führen."

Guter Zug! Zumindest fürs Erste.

Denn für Jeremy gab es noch genügend Grund um Angst zu haben. Schließlich wusste er nicht, was ihn im Kreuthers gleich erwarten wird.

Weigert er sich jedoch von vornherein mit dem nervigen Cop dorthin zu fahren, kommt dies einem Geständnis ähnlich.

Er umfasste das Lenkrad und fuhr los.

Im Kreuthers erwartete man den Detective bereits, denn der Kellner, der Jeremy sogar bis zu den Toiletten gefolgt war, empfing die beiden mit einem strahlenden Lächeln.

Eine tiefe Verbeugung folgte. „Sie müssen der angekündigte Detective sein."

Leicht verwirrt schob sich Samuel einen Kaugummi zwischen die Zähne. „Guten Abend, ja der bin ich. Was hat mich verraten? Ich meine, ich trage meine Marke schließlich nicht mitten auf der Stirn."

Der Oberkellner legte dezent die Rückhand vor den Mund, um ein wenig Intimsphäre zu schaffen. „Sie kommen nicht im vorgeschriebenen Dresscode. Folglich werden sie bei uns auch nicht dinieren wollen."

Er wandte sich an Jeremy. „Guten Abend, der Herr. Haben Sie einen Tisch bestellt?"

Samuel sah mit zusammengekniffenen Augen zu Jeremy. „Dieser Mann wird auch nicht bei Ihnen dinieren. Anzug hin oder her. Und ja, Sie haben recht. Ich bin Detective Samuel vom NYPD und ich würde gerne mit einer Miss ..."

Wieder warf er einen Blick auf seinen Notizblock.

„ ... Branongard sprechen."

Der Kellner blickte in Richtung der Bar und als er die genannte Person ausfindig machte, winkte er die Frau mit einer deutlichen Handbewegung zu sich.

Im Laufschritt kam sie herangeeilt.

Weiterlächelnd sprach er: „Lori, das ist der Herr vom Police-Departement, mit dem du gesprochen hattest."

Samuel korrigierte: „Oh, nein. Sie hat nicht mit mir direkt gesprochen. Meine Kollegen haben mir den Fall heute Morgen übergeben."

Er reichte der jungen Frau die Hand. „Ich bin Detective Samuel. Freut mich Sie kennenzulernen, Miss Branongard. Sie sagten am Telefon, dass Sie glauben, die Frau, die kurz vor einer gerichtlichen Anhörung entführt wurde, als Gast hier bedient zu haben. Ist das richtig?"

Der Oberkellner sah seiner ihm unterstellten Bedienung lange und streng in die wässrigen Augen.

Dann übernahm er wieder das Reden. „Wenn ich das kurz erklären dürfte. Unsere Lori ist schweigsam, weil sie auch mir vorhin diese Geschichte ganz aufgeregt erzählt hatte. Allerdings musste ich mir durchaus ein Auflachen verkneifen, bei so viel blühender Fantasie. Schließlich sind wir hier im Kreuthers und nicht in irgendeiner Kneipe am Ende der Straße. Wenn also die Dame aus dem Fernsehen hier gewesen wäre, dann wäre das nicht nur unserer guten Lori aufgefallen, sondern dem gesamten Personal. Mich eingeschlossen."

Samuels Haltung verkrampfte sich und sein Finger deutete auf Jeremy. „Miss Branongard, kennen Sie diesen Mann? Beziehungsweise haben Sie ihn schon einmal gesehen?"

Ihr Blick traf sich mit dem von Jeremy.

Sein Herz klopfte ihm bis zum Hals, denn es war klar, dass sie ihn gesehen hatte.

Mit dem Daumen fuhr sie sich grübelnd über die Lippe. „Nein."

Ein tiefer Atemzug folgte von Jeremy, den er leider nicht unterdrücken konnte. So viel leichter war es ihm plötzlich in der Brustgegend.

Samuel hingegen wurde böse. „Miss Branongard, sie riefen an und meinten, dass die gesuchte Dame in Begleitung von zwei Herren und einer weiteren Frau gewesen wäre."

Lori sah wieder zu ihrem Vorgesetzten.

Als dieser lächelnd nickte, sprach sie: „Bitte entschuldigen Sie, aber ich habe da wohl etwas verwechselt."

„Verwechselt?", schoss es empört aus Samuel heraus.

Wieder übernahm der Pinguin im gestriegelten Anzug das Wort, was dem Detective sichtlich auf die Nerven ging. „Lori neigt dazu, Menschen andere Gesichter zuzuordnen. Ist nicht das erste Mal, dass so etwas bei ihr vorkommt. Wenn Sie mir bitte folgen würden."

Samuel und Jeremy folgten ihm bis an eine Fotowand.

Dort deutete er mit dem Finger auf ein Bild, worauf man eine braungebrannte Frau, mit schwarzen Haaren und einem kleinen Hund auf ihrem Schoß erkennen konnte.

„Das, meine Herren, ist die wunderbare Miss Greenhall. Bald jedoch die stolze Mrs. Robert Walsh. Sie erhielt tatsächlich vor wenigen Tagen, in keinem geringeren als unserem Etablissement, einen Heiratsantrag."

Samuel packte den Notizblock zurück in seinen Mantel. „Ist das korrekt, Miss Branongard?"

Die Kellnerin nickte beschämt.

Jeremy verfolgte schweigend das Geschehen.

Wie zum Teufel ist das alles möglich?

„Sie können zurück an die Arbeit gehen, Miss Branongard. Ich würde aber gerne noch die Gästeliste von vor einer Woche sehen. Ist das möglich?"

Detective Samuel war sich sicher, zumindest hier etwas finden zu können, was dieser Großkotz nicht vor seinen wachsamen Augen verstecken konnte.

Leider Fehlanzeige.

Auch vor einer Woche war feinsäuberlich der Name Robert Walsh für Tisch Nummer neun eingetragen worden.

„Möchten Sie die Nummer von Mr. Walsh? Er kann Ihnen die Reservierung bestätigen."

Samuel erhob abwehrend die Hand. „Danke, nicht nötig."

Ohne sich zu verabschieden zog er die gläserne Tür auf, denn wie es schien wollte der Detective nach diesem Tiefschlag schnellstmöglich raus aus diesem Laden.

Zurück im Audi, sah Jeremy zu ihm herüber, doch Samuel bevorzugte es, seinen Blick durch die Seitenscheibe gerichtet zu lassen.

Als Jeremy vor Marshall-Enterprises zum Stehen kam, riss ihm der Geduldsfaden. „Sie haben mich zu Unrecht dorthin geschleppt und jetzt kommt kein Wort der Entschuldigung?"

Samuel presste die Lippen fest zusammen, als er ausstieg. Mit den Händen am Dach des Audi abgestützt lehnte er sich noch einmal hinein. „Wissen Sie, Mr. Adams. Ich hatte heute einen wirklich beschissenen Tag. Dieser Aufwand kostet mich nicht nur Nerven, sondern auch kostbare Lebenszeit. Deshalb belassen wir es dabei, dass Sie noch einmal mit einem blauen Auge davongekommen sind. Ich bin lange genug im Departement, dass ich merke, wenn man versucht Spielchen mit mir zu spielen. Passen Sie also möglichst gut auf Ihren nächsten Zug auf, Mr. Adams. Wie Sie wissen, muss es dabei immer einen Gewinner und einen Verlierer geben. Nicht an jedem Tag wird Ihnen das Glück, dank dem maßgeschneiderten Anzug, aus dem Arsch scheinen. Schönen Abend."

Die Autotür fiel zu und Jeremy sah, wie Samuel in sein Dienstfahrzeug, welches auf der anderen Straßenseite parkte, umstieg.

Als jener losgefahren und außer Sichtweite war, schlug Jeremy mit der Faust wütend auf das Lenkrad.

Dann nahm er beide Hände vor das Gesicht. *So gefährlich, wie dieser Cop auch ist - Joel ist gefährlicher!*

Im Seitenspiegel des BMW konnte Emiliana mitverfolgen, wie die Wolkenkratzer von New York nach und nach in der Ferne verschwammen.

Joels Anwesen befand sich außerhalb der Großstadt.

Umgeben wurde es von mehreren luxuriösen Villen, deren Überwachungskameras man an nahezu jeder einzelnen Außenmauer wahrnehmen konnte.

Ein großes weißes Tor öffnete sich plötzlich wie von Geisterhand, als der BMW sich diesem langsam näherte.

Eigentlich wäre Joel mit dem Wagen bis vor den Eingang des Hauses gefahren, musste jedoch wenige Meter nach dem Tor hart auf die Bremse treten.

Der Grund dafür rannte wie vom Teufel besessen in diesem Moment auf das sich schließende Tor zu.

Emiliana hatte vorzeitig den Sicherheitsgurt gelöst, was umgehend einen lauten Alarmton im Innenraum des Wagens auslöste.

Joel wollte gerade fragen, warum sie nicht mit dem Abschnallen warten kann, da hatte das kleine Biest auch schon die Tür geöffnet und sich seitlich hinausfallen lassen.

Sofort riss der Stoff ihres Mantels wegen des Steinbodens auf und ihr Arm tat höllisch weh.

Das war allerdings Nebensache.

Emiliana rappelte sich vom Boden auf und lief so schnell sie nur konnte auf das sich schließende Tor zu.

Ihre Fußspitze erreichte sogar die Sensoren, damit sich das Tor nicht komplett schließen konnte, doch es war zu spät.

Zwei starke Arme umschlangen ihren Oberkörper und rissen sie in die Auffahrt zurück.

Für einen Moment glaubte sie, dass die Kraft sie ersticken würde, als sie Joels Worte vernahm.

„Lass sie sofort los!"

Stark hustend taumelte Emiliana zur Seite, als ihre Lunge wieder mit Sauerstoff versorgt wurde.

Joel sah ihr prüfend ins Gesicht. „Bist du verletzt? Was zur Hölle sollte das?"

„Ich ..., nein ..., alles in Ordnung", keuchte Emiliana.

Der Brutalo, der sie festgehalten hatte, war bis an das nunmehr geschlossene Tor zurückgewichen, doch Joel packte diesen an den Seiten der dicken Jacke.

„Verflucht Sean! Ich bezahle dich fürs Aufpassen und nicht dafür, dass du Hand an meine Verlobte legst!"

Mit der Faust schlug er unmittelbar neben dessen Kopf gegen das Tor, so wütend war er.

„Tut mir leid, Boss. Kommt nicht wieder vor", beteuerte der Mann kleinlaut.

Emiliana verstand die Demutshaltung nicht, denn rein körperlich wäre dieser King Kong in der Lage aus Joel Hackfleisch zu machen.

Alles, was sie jetzt fühlte, war Joels Hand fest um ihren Oberarm gelegt.

Er beugte sich zu ihr und sprach. „Mach das nie wieder! Hast du verstanden? Das ist gefährlich."

„Ich mache, was ich will!"

Dieser Satz entsprach zwar ihrer Überzeugung, doch das bockige Schulmädchenverhalten brachte sie nicht weiter.

Joel zog sie mit sich und manövrierte ihren Körper in Richtung des Haupteingangs.

Die Worte, die über seine Lippen kamen, waren plötzlich scharf wie Rasierklingen. „Du wirst nicht tun, was du willst, sondern was ich dir sage!"

Emilianas Augen füllten sich mit Tränen. „Warum tust du das? Ich dachte, wir wären verlobt."

Die tiefen Narben in seinem Gesicht wurden weicher. „Das sind wir, doch scheinbar hast du deine komplette Vergangenheit vergessen. Vor allem aber, dich mir gegenüber richtig zu verhalten."

Einige der Tränen liefen über ihre Wangen. „Lass mich los! Ich will nach meiner Granny sehen."

Joel grinste breit. „Du gehst in diesem Zustand nirgendwo hin. Und jetzt nimm meine Hand und benimm dich."

Bereitwillig tat sie, was er von ihr verlangte.

Beim Betreten des Hauses standen einige Männer in Anzügen im Foyer.

Sie alle trugen die verspiegelten Masken, während sie die Hand erhoben, um Joel zu begrüßen.

„Willkommen, Mr. Tale, war alles zu ihrer Zufriedenheit?"

Joel sah zu dem Mann hin, der ihn das gefragt hatte. „Durchaus. Unsere bezaubernde Dr. Clark hat wie immer hervorragende Arbeit geleistet."

Eine Frauengestalt, die Emiliana noch nie zuvor in der Villa gesehen hatte, trat auf die ersten Stufen der Treppe.

Joel reagierte auf sie. „Nina, wie schön dich zu sehen. Ich freue mich, dass du es kurzfristig einrichten konntest."

Die Frau hinter der Maske nickte.

Dann umschloss auch sie Emilianas Arm und deutete mit einer Kopfbewegung an, ihr nach oben zu folgen.

Beim nochmaligen Umblicken konnte Emiliana sehen, dass Joel mit den wartenden Männern einen angrenzenden Nebenraum der Halle betrat.

Es gibt noch so viele Dinge, die ich herausfinden oder lernen muss, dachte Emiliana, ehe Nina sie in ihr gewohntes Zimmer zurückbrachte und die Tür verschloss.

Nach einigen Minuten des Schweigens nahm die Frau die Maske ab.

Ihr braunblondes Haar fiel sanft bis über die Schultern, doch ihr Blick war streng auf Emiliana gerichtet.

Emiliana widerstand dem Drang provokant zu fragen, was diese Person eigentlich von ihr wollte, als Nina auch schon die Lippen spitzte. „Weißt du, wer ich bin?"

Vorsichtig schüttelte Emiliana den Kopf.

Prüfend kniff Nina die Augen zusammen. „Wirklich nicht?"

„Nein, tut mir leid."

„Schon in Ordnung. Ich habe von dem Unfall gehört. Dennoch wollte ich es versuchen", erklärte Nina, während die Züge in ihrem kantigen Gesicht weicher wurden.

Dies nutzte Emiliana für eine Frage. „Bist du das neue Hausmädchen?"

„Wie bitte?", schoss es empört aus Ninas Mund.

„Entschuldige, ich wollte dich nicht beleidigen", verteidigte sich Emiliana. „Ich habe Tamara schon länger nicht mehr gesehen, deshalb dachte ich ..."

„Denk lieber nicht zu viel, das steht einer Frau nicht. So sagt es zumindest Joel immer."

Verwundert über diese Aussage setzte Emiliana nach: „Woher kennst du meinen Verlobten?"

„Verlobter", kam es gelangweilt über Ninas Lippen. „Stimmt, der feine Herr ist ja jetzt verlobt. Ich kenne ihn durch meinen Bruder. Er hatte Geschäfte mit ihm am

Laufen, was Immobilien angeht. Und ob du es glaubst oder nicht, ich bin eine Freundin und zu deinem Schutz hier."

„Ich brauche keinen Schutz", verteidigte sich Emiliana abwehrend.

„Du belügst dich selbst und das weißt du hoffentlich."

Bilder von den maskierten Männern schwebten an Emilianas innerem Auge vorbei und sie war sich plötzlich nicht mehr sicher, ob Nina nicht doch mit ihrer Aussage, zumindest was den Schutz anging, recht hatte.

Nach dem Abstellen ihrer Tasche verschränkte Emiliana die Arme vor der Brust. „Du klingst ein wenig so, als ob Joel und du schon mal mehr als nur freundschaftlich zusammen gewesen wärt."

Ninas Augen weiteten sich. „Tut das etwas zur Sache?"

„Nun, ich möchte schon gerne wissen, wenn ..."

Weiter kam Emiliana nicht, denn ihr Satz wurde von schneidenden Worten unterbrochen. „Nina und ich waren nie ein Paar, Darling."

Joel trat von hinten an Emiliana heran und zog sie eng an seinen Körper.

Sein durchdringender Blick galt jedoch Nina.

Diese lächelte, auch wenn es ihr sichtlich schwer fiel. „Wie ich bereits sagte, ich bin nur eine Freundin."

Joel löste die Umarmung und griff nach Emilianas Hand.

Sie folgte ihm bereitwillig.

Einige Zimmer weiter öffnete er die Tür in einen der größten Räume des Hauses.

In dem Moment als er über die Schwelle trat gingen die eingebauten Spots über ihren Köpfen an und Emiliana erkannte, dass es sich um ein Arbeitszimmer handelte.

Von hier aus erledigst du also all deine Geschäfte und ruhst dich nicht, wie man das eigentlich denken würde, auf der verbrannten Haut aus.

Ein leichtes Grinsen zierte bei diesem Wortspiel ihr Gesicht, auch, wenn es selbstverständlich makaber war.

Burn in Hell, inklusive VIP-Bändchen!

Joels Worte rissen Emiliana schlagartig aus ihren Gedanken. „Schon mal jemanden umgebracht?"

„Was sagst du?"

Er ignorierte ihre entsetzte Frage.

Stattdessen korrigierte er sich: „Schon mal eine Waffe in den Händen gehalten?"

Emiliana wich mehrere Schritte im Raum zurück, als Joels Arm unter dem massiven Schreibtisch verschwand, um eine silberglänzende neun Millimeter hervorzuholen.

Er überprüfte das Magazin, schob es ein, und entsicherte den Riegel.

„Was hast du damit vor?" Die Frage kam stockend über ihre zitternden Lippen.

Joel trat hinter dem Schreibtisch hervor und richtete die Waffe auf Emilianas Stirn. „Ich weiß es noch nicht. Sag du es mir."

„Joel, bitte. Ich ..."

„Warum zum Teufel hast du solch eine Angst vor mir?"

Mit erhobenen Handflächen, versuchte Emiliana sich zu erklären. „Wer hätte das in diesem Fall nicht?"

„Gute Antwort, Darling. Allerdings möchte ich, dass du mir vertraust. Schaffst du das?"

Schnell nickend versuchte sie ihn zu überzeugen.

Fehlanzeige!

Er packte ihren Arm, zog sie an sich und legte die Waffe an ihrer Stirn an. „Meine nächste Frage ist: Kann ich dir vertrauen?"

Sämtliche Farbe wich aus ihrem hübschen Gesicht und das Schlucken fiel ihr schwer.

Plötzlich fühlte sie, wie Joel ihre Hand öffnete.

Er nahm die Waffe von ihrer Stirn und platzierte den Kunststoffgriff mit Nachdruck in ihrer Handfläche.

Den Blick ließ er dabei keine Sekunde von ihren Augen ab. Dann trat er in die Mitte des Raumes und riss sich das Hemd auf.

Vernarbte Haut kam zum Vorschein, doch so schwer wie man sich die Verletzungen nach solch einer Explosion wie in Swan Lake vorstellen würde, waren es nicht.

Die Ärzte hatten in den letzten Monaten wirklich alles gegeben, um Joel wieder zusammenzuflicken.

Mit funkelnden Pupillen wies er sie an: „Komm, drück ab!"

Emilianas Finger verkrampften sich.

Sie spürte die Schwere der Waffe deutlich in ihrer Hand.

Joel trat näher.

„Bleib zurück!" Mit diesen Worten, erhob sie den Lauf und drückte den Ellbogen bis zum Anschlag durch.

Ihre Wangen glühten feuerrot.

Joels Lippen verzogen sich zu einem düsteren Lächeln.

„Das ist es, was ich die ganze Zeit sage. Du bist nicht das schüchterne Mädchen, welches Angst davor hat, dass Daddy ihr gleich den Hintern versohlen könnte."

Sein Blick wanderte über ihren gesamten Körper, was sie umgehend wütender werden ließ. „Ich glaube, du bist vollkommen geisteskrank. Und jetzt lass diese Spielchen!"

Langsam bewegte sich Joel vorwärts.

Emiliana schüttelte erneut mit dem Kopf. „Wage es nicht!"

Er griff nach vorne und umschloss ihr Handgelenk. „Was soll ich nicht wagen? Das? Oder, vielleicht dies?"

Die Mündung der Waffe lag jetzt fest auf Joels Brust.

Würde Emiliana abdrücken, wäre die Kugel imstande das Gewebe in Fetzen zu reißen und wenn es kein direkter Durchschuss ist, mitten im Herzen stecken bleiben.

Dennoch sah sie in seinem Blick, dass die unkontrollierte Situation Joel in einen rauschähnlichen Zustand versetzte. Immerhin lag sein Leben jetzt einzig und allein in ihrer Hand. Eine Chance von maximal fünfzig Prozent.

Emilianas Finger zuckte nervös am Abzug.

„Beende dein Misstrauen und erschieß mich! Jetzt oder nie, Darling! Denn, wenn du es nicht tust, will ich nie wieder sehen oder hören, dass du an mir zweifelst."

Joel erkannte, dass sie nach diesen Worten blinzelte. Erstes deutliches Anzeichen von Schwäche.

Wenn man jemanden erschießt, dann mit starrem, kaltem und ausdrucklosem Blick. Eine Bewegung, ein Schuss! Ende!

Seine Gedanken rissen ab, als sie sagte: „Tut mir leid! Ich weiß nicht, was ich von der Sache halten soll. Es fällt mir alles so verdammt schwer. Zwing mich bitte nicht dazu, etwas dummes zu tun."

„Hör auf dich zu entschuldigen! Das, was gerade geschieht ist kein Zwang, sondern eine Entscheidung! Du hältst mein Leben in deinen Händen. Wie könnte ich dich also zu etwas zwingen? Falls du jedoch von mir erwartest, dass ich um deine Gnade winsele oder dich anflehe, es nicht zu tun, muss ich dich leider enttäuschen. Ich empfehle dir also ein allerletztes Mal diesen Wahnsinn zu beenden. Drück ab!"

Plötzlich war da diese unbändige Entschlossenheit in ihren dunklen Augen.

Die Körperhaltung festigte sich, als sie zischte: „Grüß den Teufel von mir!"

Joel schloss die Augen.

Dann hörte er wie etwas auf dem Schreibtisch landete und im nächstem Moment brannte seine Wange wie Feuer.

Er riss die Augen auf und starrte in Emilianas wütendes Gesicht.

Unfähig etwas zu dieser unerwarteten Wendung zu sagen, trat er nach vorne, packte ihre langen Haare und zog ihren Kopf weit zurück.

Mit der Zunge fuhr er über seine untere Lippe.

Emilianas Atmung ging unkontrolliert, als er flüsterte: „Noch nie hat es jemand gewagt auf diese Weise mit mir umzugehen. Ich persönlich liebe es, wenn die Menschen nicht wissen, wie mein nächster Zug in einem Spiel aussehen wird, oder ob es schon das Game Over für sie bedeutet. Selbst in dieser Lage zu sein, hat mir bestätigt, dass sich diese Art durchaus lohnt. Man wird ehrfürchtig. Du, sweet Darling, bist mir soeben sprichwörtlich bis tief unter die Haut gegangen."

Joels Hose wies eine eindeutige Ausbeulung auf, so sehr erregte ihn dieses kleine, aber feine Machtspiel.

Nach weiteren Sekunden entfernte er sich jedoch von Emiliana und schnappte sich die Waffe vom Schreibtisch.

Er deutete auf die Tür. „Ich sehe dich zum Abendessen."

Da Joel seine Hand nicht ausreichte, um die unbändige Lust nach dem Vorfall mit Emiliana zu besänftigen, rief er Nina in dieser Nacht zu sich.

Sie hatte noch nicht richtig das Zimmer betreten, da packte er ihre Oberarme und schleuderte sie aufs Bett.

Nur in Shorts bekleidet stellte er sich davor und zog sie an den Haaren wieder heran. „Mach den Mund auf!"

Ninas Blick wurde starr und die Lippen dünn. „Joel ..."

Es folgte eine Ohrfeige.

„Ich sagte, mach deinen verdammten Mund auf!"

Ihre Augen füllten sich mit Tränen, doch Joel hatte kein Mitleid. Er drückte die Shorts herunter und stieß solange seinen harten Schwanz gegen ihre Zähne bis Nina endlich öffnete. Ohne Vorwarnung schob er die volle Länge hinein. Nina rang nach Luft.

Joel sah deutlich, wie sich ihre Lippen unter der Folter dehnten, doch er hörte erst auf, als seine Hoden den Mund berührten.

Als Joel lustvoll aufstöhnte, würgte Nina.

Dies hatte zur Folge, dass sein Schaft aus ihrem Mund gepresst wurde.

Der Speichel darauf glänzte sichtbar im schummrigen Nachtlicht, als Joel empört darauf deutete. „Ich will, dass du dich zusammenreißt, wenn ich in dir stecke. Egal, in welcher Öffnung. Verstehst du das?"

Ninas Unterlippe zuckte nervös, doch sie nickte.

Joel strich ihr eine Haarsträhne von der Wange. „Das ist mein Mädchen! Und jetzt mach´s mir!"

Mit halb geöffneten Augen griff sie nach seinem harten Schaft, leckte mit der Zungenspitze um die Eichel, ehe sie ihre Lippen fest darum verschloss.

Für Joel gab es ab jetzt kein Halten mehr.

Wieder und wieder stieß er die Hüften kraftvoll nach vorne.

Er stöhnte laut, als ein gewaltiger Strahl aus ihm heraus, bis tief in Ninas Kehle spritzte.

Ihr Körper verkrampfte, während sie versuchte alles von ihm herunterzuschlucken.

Plötzlich entzog sich Joel.

Er warf sie zurück in die Mitte des großen Bettes. „Zieh dich aus."

Nina gehorchte.

Mit all seinem Gewicht glitt er auf ihre nackte Haut, bewegte sich sanft um ihre Brüste zu streicheln, und hielt ihren Kopf wie, als wolle er sie beschützen.

Sogar das Eindringen wurde von einem leidenschaftlichen Kuss begleitet, den Nina so von Joel noch nie erlebt hatte. Sie genoss es.

Die Bewegungen waren fließend, rhythmisch, voller Liebe. Nina glaubte einen Moment lang, dass sie endlich mit ihrem geliebten Mr. Tale im siebten Himmel angekommen ist, doch das gefühlte Glück währte nur kurz.

„Hör auf!"

Sie stieß ihn ruppig von sich herunter.

Joel, der auf den Knien aufkam, erhob fragend die Hände.

„Was ist in dich gefahren? Warum aufhören?"

Ihre Lidfalten zuckten nervös. „Du hast an sie gedacht!"

Joel verlagerte erneut die Hand zwischen ihre Schenkel.

„Ich weiß nicht, was du für komische Vorstellungen hast, doch lass uns das hier erst einmal zu Ende bringen."

Er hielt inne, als er spürte, dass Nina sich ihm verweigerte.

„Ist das dein Ernst? Ich meine, da ficke ich dich einmal

nicht wie ein aufgeputschter Zuchtbulle und du machst gleich ein Drama daraus? Aber okay, dreh dich um! Wenn du dich besser fühlst, dann hämmere ich wie immer ...“

„Halt den Mund, Joel! Es geht nicht darum, wie ich mich fühle, sondern um deine Gedanken.“

Joel grinste breit. „Die sind bekanntlich frei.“

Ninas Wangen verfärbten sich in wütendes Rot. „Warum nimmst du sie dir dann nicht?“

„Es ist noch nicht an der Zeit“, flüsterte Joel beinahe andächtig in die Dunkelheit.

Nina schnappte sich seine Hand und hielt sie sich an die Brust. „Weißt du denn gar nicht wie viel du mir bedeutest?“

Jetzt musste Joel auflachen. „Wer? Ich, oder all der Luxus?“

Empört sog Nina Luft ein. „Du denkst, ich bin wegen deines Geldes bei dir?“

Neckend verdrehte er ihr die Knospe. „Sind das nicht alle Frauen?“

„Nein.“

„Dann wärst du eine Ausnahme.“

„Vielleicht bin ich das, doch du musstest dich ja unbedingt mit diesem Flittchen verloben.“

Ein tiefer gelangweilter Seufzer entfuhr Joel. „Bitte, erspar mir derartige Vorhaltungen. Das steht einer Anwältin nicht.“

Nina nickte verärgert. „Richtig, ich bin Anwältin. Auf deinen Wunsch habe ich Himmel und Hölle in Bewegung gesetzt, um Miss Brooks Pflichtverteidigerin zu werden. Du wolltest sie hinter Gittern sehen und mit mir zur Belohnung einen Urlaub auf Bali genießen. Stattdessen hast du es dir anderes überlegt. Dir ist in den Sinn gekommen, dass dein ehemaliger Buddy, Jeremy Adams, leiden soll. Also haben wir die Entführung geplant und sie hierher verschleppt. Wenn der richtige Zeitpunkt gekommen ist, wolltest du sie töten und Jeremy damit in ein tiefes Loch fallenlassen. Und was ist? Sie soll deine Frau werden!"

Joel presste ihr den Finger auf den Mund. „Hör auf zu schreien! Es muss keiner dein Palaver hören und ich bekomme davon fürchterliche Kopfschmerzen."

Nina griff sich verzweifelt an die Stirn. „Warum willst du nicht, dass ich deine Frau bin?"

Joel stand wortlos auf.

Er schnappte sich die Shorts, schlüpfte hinein und begab sich an die Bar.

Das Geräusch der sich öffnenden Cognacflasche hallte an den Wänden wieder.

Nachdem Joel einen großen Schluck zu sich genommen hatte, wandte er sich zu Nina um. „Ich finde, dass Emiliana Tale einen wundervollen Klang hat. Geschwungen, elegant, einprägend, ... erotisch."

Nina schluckte schwer, während sie den Schmerz seiner Worte in jeder Faser ihrer Brust spürte.

Sie stammelte: „Das meinst du nicht ernst. Joel, sag mir, dass du nicht in diesem Ausmaß etwas für sie empfindest. Ich schwöre bei Gott, dass ich dieses Flittchen mit bloßen Händen ..."

Plötzlich spürte sie seine Hand um ihre Kehle.

Der Druck nahm schnell zu und Joel sah ihr dabei tief in die verängstigten Augen. „Wage es nie wieder meine Pläne oder Handlungen in Frage zu stellen! Wenn ich sie zu meiner Frau nehmen will, dann hast du das zu akzeptieren und wenn es jemanden gibt, der Hand an diese Frau legt, um sie zu züchtigen, dann werde ich es sein. Du wirst dich gut um sie kümmern und dich mir zur Verfügung stellen, wann immer ich es möchte. Wenn du dazu nicht in der Lage bist, dann verpiss dich! Hau verdammt noch mal ab! Glaube aber nicht, dass du deinen Job als Anwältin noch länger haben wirst. Nicht in Manhattan, nicht in New York, nicht in Amerika. Nirgendwo auf diesem gottverdammten Planeten wirst du mehr auf die Beine kommen. Das schwöre ich dir."

Als er die Adern in ihren Augen sah, lockerte er den Griff. Dann ließ er von Nina ab.

Am Hals reibend keuchte sie leise: „Hast du mir gedroht?"

Joel nahm einen weiteren Schluck aus der Flasche.

Seine Körperhaltung war angsteinflößend. „Sweetheart, das war keine Drohung. Das ist ein Versprechen, von mir an dich!"

Nina konnte nunmehr mit all ihre Enttäuschung nicht mehr länger zurückhalten.

Tränen schossen aus ihren Augen, wie das Wasser aus einem Springbrunnen. „Fick dich, Tale!"

Joel zerschmetterte die Flasche an der nächstgelegenen Wand.

Wie eine Kreatur in der Dunkelheit schoss er auf Nina zu. „Nein, ich werde mich gewiss nicht ficken! Dich dafür umso härter!"

„Jeremy?", schrie Douglas wiederholt und suchte dabei sämtliche Büroräume von Marshall-Enterprises ab.

Wo zum Teufel steckt er?

Als er sich über das Treppengeländer lehnte, entdeckte er seinen Boss in der Eingangshalle.

Als dieser die Treppen zu ihm nach oben sprintete hielt er ein schwarzes Kuvert in Händen.

Besorgt über Jeremys Haltung fragte Douglas: „Geht es dir gut? Ich meine …"

Er deutete auf den mysteriösen Umschlag.

„Kommt von ihm", flüsterte Jeremy.

Wegen der deutlichen Betonung *IHM*, musste Douglas nicht nachfragen, um wen es sich dabei handelte.

Seite an Seite gingen die beiden den langen Flur zu ihren Büros zurück.

Douglas grüßte lächelnd einige Kollegen, während er so unauffällig wie möglich sprach. „Weißt du was drin steht?"

„Nein. Ich bekam eine Nachricht auf mein Handy, dass ich die Tagespost persönlich in Empfang nehmen soll."

Tief einatmend öffnete Douglas eine schwere Glastür.

Nur noch wenige Meter und sie waren an ihren Büros angekommen.

Jeremy blieb abrupt stehen und seine Augen verengten sich. „Ich öffne es."

Nickend bestätigte ihm Douglas dieses Vorhaben.

Er war sich zu neunundneunzig Prozent sicher, dass Tale und Co. sich innerhalb von Marshall-Enterprises mit der Verwanzung einzig und allein auf Jeremys Großraumbüro konzentriert hatten.

Einen Moment hielt er sogar den Atem an, als er sah, wie Jeremys Augen auf dem geöffneten Kuvert hafteten.

Erst als er selbst den Inhalt in die Hand gedrückt bekam, bemerkte Douglas, dass er langsam, aber sicher wieder einatmen sollte.

Mit hochgezogener Braue sah er auf zwei Karten, ehe ein gekünsteltes Lächeln folgte. „Sieht so aus, als würdest du heute Abend in die Oper gehen."

Ohne jeglichen Ausdruck der Vorfreude, nahm Jeremy die Karten wieder an sich.

Du kannst mich mal, Tale! Erst meldest du dich drei Tage nicht bei mir und dann willst du dich mit mir im Lincoln Center treffen. Was soll ich da? Mir ein weiteres dramatisches Theaterstück von dir ansehen? Bestimmt nicht! Eher sorge ich dafür, dass es dein letzter Akt sein wird und der Vorhang endgültig fällt!

Die Gedanken endeten, als Jeremy Douglas Lachen hörte.

„Lady Macbeth oder Madame Butterfly hätte ich im Metropolitan als anschaulicher empfunden. Ein Musical, welches in zwei Akten aufgeführt wird, noch dazu mit solch einer Story, finde hierbei eher sehr provokant."

„Wie meinst du das?", hakte Jeremy zischend nach.

„Sorry Jeremy, aber das sieht ein Blinder. ER schickt dir zwei Karten für das Metropolitan Opernhaus und was wird aufgeführt?"

Jeremys Blick fiel erneut auf die Karten. „Ja, und? Scheißegal, was dieser Kerl …"

„Schht!", ermahnte Douglas mit Blick auf eine Kollegin, die sich mit einer Akte auf dem Weg zum Kopierraum befand. Er wartete bis diese die Tür hinter sich schloss.

„Jeremy, verzeih mir meinen schwarzen Humor, aber findest du nicht, dass zwei Akte genau auf dich und ihn ausgerichtet sind? Ich meine, du weißt, wie entstellt seine Haut ist, Lia ist die Hauptdarstellerin und du sein Gegenspieler, den es loszuwerden gilt. Was passt da also besser als …"

„Das Phantom der Oper", vollendete Jeremy den Satz.

Er versuchte die aufkommende Wut in der Magengegend zu ignorieren, doch Douglas machte es ihm momentan mit seinem breitgefächerten Wissen über dieses Stück nicht gerade leicht.

„Erst kommt das große Erschrecken und bald darauf Gefühle ins Spiel! Oder wie das mit der Liebe halt so ist."

Entnervt steckte Jeremy die Karten in das Kuvert zurück. „Doug, das ist alles schön und gut. Doch solange man spielt, ist es keine Liebe!"

Mit diesen Worten riss er die Tür zu seinem Büro auf.

Schwungvoll flog diese sekundenspäter vor Douglas Nase zu, denn er wollte zumindest einen Moment mit all seinen aufgestauten Emotionen allein sein.

„Komm schon, Jeremy! Es tut mir leid, das wollte ich nicht", hallte es zu ihm nach innen, doch sein Blick haftete auf dem Monitor seines blinkenden Laptops.

1 NEW MESSAGE!

Jeremy begab sich in seinen Schreibtischstuhl.

Der Cursor bewegte sich schnell.

OPEN!

Er las:

Lieber Mr. Adams,
ich bin überwältigt von Ihrer spontanen Einladung in die Oper, der ich heute Abend sehr gerne nachkomme.
Holen Sie mich um 7.00 p.m. ab?
Die Adresse ist Ihnen bereits aus den Unterlagen bekannt. Und Mr. Adams, bitte nennen Sie mich nicht Mrs. Owner, denn ich lebe ich in Scheidung.
Sharon wäre mir sehr angenehm, mein lieber Jeremy.

CU KISS

Ist das ein Scherz? Mit diesem Gedanken scrollte Jeremy den Anhang der Nachricht bis auf deren Ursprung.

Seine Augen überflogen starr den Text, den er mit Sicherheit niemals verfasst hatte.

Liebe Mrs. Owner,
da Sie eine meiner liebsten Investmentkundinnen sind, lade ich Sie heute Abend ein, mit mir die Metropolitan Opera zu besuchen.
Den Dresscode brauche ich solch einer eleganten Dame, wie Sie es sind, nicht mitteilen. Ich bin mir sicher, dass Sie mir, und all den anderen Gästen, in einem Ihrer schönsten Abendkleider gewiss den Atem rauben werden.
Eine Absage kann mein freudiges Herz leider nicht dulden.

Mit erwartungsvollen Grüßen,
Jeremy A.

CLOSE!

Am liebsten hätte Jeremy lautstark vor sich hin geflucht, doch diese Genugtuung wollte er Joel nicht gönnen. *Arroganter kleiner Wichser! Als ob ich so eine gequirlte Scheiße schreiben würde. Schon gar nicht einer Mrs. Owner. Diese Frau hat Marshall-Enterprises erst vor wenigen Wochen beauftragt, die Immobilien ihres Mannes pfänden zu lassen, da jener dem Schuldenberg nicht mehr Herr wurde. Sie ist eine Frau, die einen Mann bis auf sein letztes Hemd auszieht, und wenn er bankrott ist, tritt sie mit den High-Heels nach. So eine würde ich niemals ...*
Der Cursor bewegte sich und oben rechts ging ein neues Fenster auf.

„Ich habe die Nachricht auch gelesen. Denkst du dennoch, dass ER dahintersteckt?"

Ist Doug heute schwer von Begriff? Jeremy tippte. **„Sicher ist ER der Drahtzieher. Du glaubst doch nicht ernsthaft, dass ich solch eine E-Mail verfassen würde."**

„Sorry Jeremy, wieder mein Fehler."

„Ist alles in Ordnung?"

„Ja. Alles bestens. Nun ja ..., es geht schon."

„Was ist los, Doug?"

„Ach nichts."

„Komm schon, was ist los?"

„Stacy und ich haben uns heute Morgen gestritten und jetzt will sie zu ihrer Schwester ziehen."

Jeremy biss sich leicht auf die untere Lippe.
Kann momentan echt nichts ohne Katastrophen ablaufen?
„Doug, das legt sich wieder. Da bin ich mir ganz sicher. Dich verlässt niemand freiwillig."

Der Cursor blinkte einige Sekunden, dann stand im Display Douglas Antwort. **„Danke, Jeremy. Ich weiß das zu schätzen."**

Das Fenster schloss sich und Jeremy starrte auf die Zeitanzeige. 2.00 p.m.
Nur noch fünf Stunden, dann wird er in die Oper gehen.
Und ihr lauschen - der Musik der Nacht.

Auch wenn man inmitten von unlösbaren Schwierigkeiten steckt, sollte man gelegentlich ausgehen. Sei es nur, um die Alltagssorgen kurzzeitig zu vergessen.

Was Jeremy an diesem Abend im Lincoln Center noch nicht wissen konnte, war, dass sich seine Sorgen einmal mehr verdoppeln sollten.

Während sich das Parkett, sowie die riesigen Ränge des goldbronzierten Saals füllten, war es für ihn der reinste Balanceakt.

Sich gleichzeitig seiner Begleitung in einem mintgrünen Abendkleid respektvoll gegenüber zu verhalten und diese aufdringliche Person dennoch auf Abstand zu halten, erwies sich schwieriger als zunächst von ihm erwartet.

Mrs. Owner sah in ihm wohl bereits den nächsten Kandidaten auf ihrer Gattenliste.

Selbst bei der Hinfahrt konnte sie ihre Finger nur schwer von Jeremys Schenkeln lassen. Er schaffte es gerade noch rechtzeitig sie am Handgelenk zu umfassen, ansonsten hätte Sharon ihm unverblümt in den Schritt gegriffen.

Tiefdurchatmend führte er die vermeintliche Dame an einen von vielen Stehtischen, die extra für diesen Anlass mit weißen Tüchern, zweiarmigen Kandellabern und jeweils einer roten Rose drapiert worden waren.

Da das Licht in den gigantischen Aufgangsbereichen nur leicht gedämmt von den kunstvollen Deckenleuchten herabstrahlte, wirkte alles sehr geheimnisvoll.

In dem Moment, als Jeremy bei einem vorbeihuschenden Kellner auf dem Tablett nach zwei Champagnergläsern griff, vernahm er eine Stimme.

Die Tonlage war tief und die Worte sorgfältig gewählt.

Es passte zu Joel.

Tatsächlich stand dieser nur wenige Meter von Jeremy und Sharon entfernt.

Wie es schien war er in eine Unterhaltung mit einem älteren Ehepaar vertieft, welches ihn gut kannte.

Zumindest freute sich die Frau mit der goldenen Spange in ihren weißlich schimmernden Haaren breitlächelnd und auch ihr Mann, der auf die klassische Art ein Monokel am rechten Auge trug, verfiel in einen regen Redefluss.

Plötzlich sah Joel in Richtung der breiten Aufgangstreppe. Jeremy folgte seinem Blick.

Da war sie.

Emiliana trug an diesem Abend ein enganliegendes champagnerfarbenes Kleid, das ungeniert den Eindruck einer zweiten seidigen Haut vermittelte.

Ihr langes dunkles Haar lag fließend glatt nach vorne fallend über ihrem durchaus ausgeprägten Dekolleté.

Dazu trug sie klassisch geschnittene Pumps, die aus schimmerndem Satin gefertigt wurden.

Selbst die hauchzarten Handschuhe, die sich weit über die Arme zogen, passten perfekt zum Gesamtbild.

Vor allem aber war die Kleidung auserwählt, um jede einzelne ihrer erregenden Kurven deutlich zu betonen.

Es war unübersehbar, dass Joel auch hierbei keinerlei Kosten gescheut hatte.

Noch ehe Emiliana die oberste Stufe erreicht hatte, streckte er ihr gentlemanlike die Hand entgegen.

Nachdem Joel sie in seinen Arm gezogen und die Hand um ihre Taille gelegt hatte, folgte ein Kuss auf die Wange.

Auch andere vorbeikommende Männer, wagten es einen Blick auf sie zu werfen und das, obwohl die meisten bereits eine eingehakte Dame an ihrem Arm vorzuweisen hatten.

Joel schien die lüsternen Augenpaare zu bemerken, doch sein zufriedenes Grinsen zeugte davon, dass er Emiliana mit Stolz und Arroganz wie ein Objekt vorführte.

Es verhielt sich wie mit seinem teuren Luxuswagen. Man durfte hinsehen, doch gehören tat es ihm allein.

Jeremy wurde nervös.

Das brennende Gefühl aufkommender Eifersucht jagte unaufhaltsam durch seine Adern und er fühlte, dass selbst, wenn er versuchen würde es zu kontrollieren, er machtlos dagegen war.

Durch den Lärm der vielen Gespräche von Leuten, hatte Jeremy nicht verstanden, was Sharon von ihm wollte.

Sie zog wild an seinem Jackett, damit er sich wieder zu ihr umwandte.

„Bekomme ich noch ein Glas Champagner?", lautete ihre banale Frage.

„Ich besorge dir eines", antwortete Jeremy rasch, während er nach einem Kellner Ausschau hielt.

In dem Moment, als Jeremy die Hand erheben wollte, trat Joel genau neben ihn.

Trotz, dass dessen halber Körper an diesem Abend auf den Mahagoni-Gehstock mit dem goldenen Ring und der eingefrästen Rillenstruktur aufgestützt war, wirkte die Haltung alles andere als hilflos.

Der dunkle Anzug, mit der eingesteckten Seidenblume, die farblich mit Emilianas Abendkleid harmonierte, wirkte sogar so imponierend, dass Sharon ein lauter Pfiff über die Lippen entwich. „Wow! Also Jeremy, ich muss schon sagen, dass es heute Abend hier nur so von appetitlichen Sahnestücken wimmelt. Aber keine Sorge, Sie sind und bleiben meine einzige Sünde an diesem Abend."

Joels Augen blitzten. „Jeremy, was für ein Zufall."

Für Jeremy war es unmöglich sich so zu verhalten, als wäre er genauso über das unverhoffte Aufeinandertreffen überrascht, deshalb hob er den Kopf und lächelte seinem

Rivalen herausfordernd in das entstellte Gesicht. „Zufälle regieren das Leben."

„Für wahr", entgegnete Joel ruhig.

Er wusste ganz genau, dass er selbst diesen Spruch in der Firma mindestens hundert Mal bei Meetings mit wichtigen Geschäftspartnern benutzt hatte.

Emiliana stockte einen Moment lang der Atem, als sie Jeremys Blick begegnete.

Er bot ihr die offene Handfläche an und wartete darauf, dass sie ihre hineinlegte.

Unter Andeutung des Handkusses wurde seine Stimme rau und sehr verführerisch. „Du siehst bezaubernd aus."

Emiliana wurde heiß und ihre Wangen glühten.

Sie fühlte, wie ihre Mitte sich unkontrolliert zusammenzog, bei dem Gedanken daran, wie sie es mit ihm wild und zügellos hoch über den Dächern New Yorks mehrfach bis zum Äußersten getrieben hatte.

Selbst die Tage danach hatte sie noch immer das Gefühl, er würde bei jedem ihrer Schritte tief in ihrem feuchtem Eingang stecken.

Die traumhafte Erinnerung wurde jedoch abrupt beendet. Sharon Owner, zwang sich ruppig dazwischen. „Hallo, meine Teure. Ich finde Ihr Kleid auch sehr ansprechend. Ist es, genau wie das meinige, aus purer Eis-Seide gefertigt?"

Den überforderten Blick an sich herabgerichtet, wagte Emiliana es nicht zu antworten.

Zum ersten Mal sah Jeremy zu Joel wie in alten Zeiten hin, wenn es darum ging, in eine unangenehme Zwickmühle einzugreifen.

Joel verstand.

Mit einem breiten Lächeln lehnte er sich vor Sharon, die diese Haltung selbstverständlich einmal mehr als deutliche Anmache aufnahm.

Seine Worte waren mit Bedacht gewählt. „Sie sind eine durchaus elegante Dame, Miss ... ?"

„Mrs. Owner. Aber bitte, nennen Sie mich Sharon."

Ihre Augen weiteten sich lüstern, als Joel ihr ungefragt, über den Rücken strich.

Auch Emiliana wusste nicht, was sie von diesem Schauspiel halten sollte, doch in Jeremy kehrte plötzlich ein Gefühl von Ruhe ein.

Er kannte Joel gut genug, um zu wissen, dass jeden Moment etwas unangenehmes folgen würde.

Etwas, das diese Frau sogar in ihrem übertriebenen Stolz brechen konnte.

Wenn es eine Sache an diesem verkorksten Mann gab, die von Vorteil war, dann sein Gespür für Täuschung.

Liegt diese vor, dann konnte Joel unerbittlich mit Wissen über die Wahrheit zuschlagen.

So war es auch.

Während Sharon noch immer seine warme Hand an ihrem Rücken genoss, begann er monoton zu sprechen. „Begriffe wie „Eis-Seide" sind noch lange keine Echtheitsgarantie. All das ist in der Regel nur Polyester. Seriöse Hersteller geben die Materialzusammensetzung an. Darf ich?"

Mit den letzten Worten zog er das schmale Etikett aus Sharons mintgrünem Abendkleid heraus.

Bis auf einen unbekannten Firmennamen war jedoch alles andere fein säuberlich herausgeschnitten worden.

Größe, Herkunft, Material.

Joel steckte es behände zurück an seinen Platz.

Seufzend stellte er sich vor Sharon, die mittlerweile nervös mit den Augen hin und her wanderte.

„Es gibt selbstverständlich noch einige andere Methoden, um echte Seide zu erkennen. Aussehen, Geruch …" Joel legte seine Nase am Träger des Kleides an, ehe er fortfuhr: „…, oder, um ganz sicher zu gehen, eine Brennprobe."

Sharon wurde leichenblass.

Das Klicken eines Sturmfeuerzeugs an ihrem Ohr zeigte die gewünschte Wirkung.

Nervös erhob sie die Handflächen. „Nun, ich denke, dass ich vielleicht heute Abend nicht das richtige Kleid aus reiner Seide trage. Da habe mich wohl vergriffen."

Diese Antwort schien Joel zu gefallen.

Zumindest schloss er das Feuerzeug und ließ es zurück in seine Hosentasche gleiten.

Auch Jeremy konnte sich nur schwer ein triumphierendes Lächeln über den Sieg von Joel gegenüber dieser arroganten Lady verkneifen.

Leider fror es ihm im nächsten Augenblick auch schon wieder ein, als er sah, wie Joel sich raubtierartig um Emiliana herumbewegte.

Am seitlich offengelegten Beinausschnitt nahm er das Material ihres Kleides zwischen die Finger und nur ein leichter Anriss genügte, um ein Paar der Fäden zu lösen.

Sanft sprach er zu Sharon: „Gute Qualität hat ihren Preis. Wenn dieser zu billig ist, ist es keine Seide. Kein Händler der Welt würde echte Rohstoffe unter Wert verkaufen. Eher das Gegenteil."

Wieder klickte das Sturmfeuerzeug.

Es dauerte eine halbe Ewigkeit bis die Fäden von einer weißgelben Flamme umspielt wurden. Der dabei freigegebene Geruch erinnerte sofort an verbranntes Haar. In Joels Handfläche befanden sich Sekunden später nurmehr leicht zerreibbare, bröckelige Ascherückstände.

Synthetische Imitate hingegen würden lichterloh in Flammen aufgehen und eine gehärtete schwarze Masse hinterlassen, die nicht zwischen den Fingern zerbröckelt.

Da mittlerweile jeder verstanden hatte, dass es sich bei Emilianas Kleid um echte, reine und absolut unverfälschte Seide handelte, blieb Sharon nurmehr ein Nicken übrig.

Auf Jeremy wirkte dieses Bildnis verstörend.

Die Frau, die bis eben noch ohne Punkt und Komma gesprochen hatte, stand da wie ein getadeltes Mädchen, dessen Daddy ihr eine Lektion fürs Leben erteilt hatte.

Jeremy gab es nur ungern in Gedanken zu, doch es stand in diesem Fall glasklar eins zu null für Joel Tale.

Den Beinausschnitt richtend, strich er mit den Knöcheln provokant über Emilianas entblößten Oberschenkel.

Jeremy fühlte sich umgehend alarmiert, doch Joel bedeutete ihm, allein mit seinem Blick, dass dies dem Deal zwischen ihnen keinen Abbruch tat.

„Wie sieht es aus, Jeremy? Habt ihr gute Plätze ergattert?"

„Das haben wir."

„Wunderbar, denn meine Verlobte und ich freuen uns auch schon sehr auf diese durchaus spezielle Aufführung. Musical meets Opera. Verdammt gute Kombination."

Sharon, die noch immer verlegen ihr Kleid richtete, sah zu Jeremy auf. „Wollen wir auf unsere Plätze gehen?"

Emilianas Augen hafteten vorwurfsvoll auf Jeremys Gesicht, denn sie konnte sich keinen Reim darauf machen, warum er mit dieser Frau heute Abend hergekommen war. *Erst sagt er, ich bin seine Affäre und Stacy ist bei ihrer Mum. Kurz darauf trifft man ihn mit einer vollkommen anderen Frau in der Oper. Joel hatte somit recht, als er sagte, dass Jeremy zwar einen loyalen Freund, doch in gar keinem Fall einen treuen Mann abgab. Hätte ich gewusst, dass er anwesend sein würde, dann hätte ich Joels Vorschlag, mal aus der Villa zu kommen, um andere Eindrücke auf sich wirken zu lassen, niemals angenommen.*

Sie sammelte sich innerlich und setzte wieder das gekünstelte Lächeln auf.

Der abstemmende Griff in ihre Hüften war unnötig dramatisch, doch das würde in dem ganzen Schauspiel um sie herum kaum mehr ins Gewicht fallen.

Joels Wahl der Logenplätze war ausgezeichnet.

Überhaupt ist die Metropolitan Opera dafür bekannt, dass sich die Besucher in diesen exklusiven Bereichen sehr intim und privat fühlen können.

Dass sich die beiden Logen direkt gegenüber befanden, war mit Sicherheit nicht dem Zufall, sondern der weiteren Planung Joels zuzuordnen.

Nachdem die Besucher an ihren Plätzen saßen, folgte auch schon das erste Highlight.

Drei vor Acht!

Die Kronleuchter werden vor jeder Vorstellung bis an die Decke des riesigen Opernsaals hinaufgezogen.

Kurz darauf öffnet sich der mehrere hundert Kilogramm schwere Wagner-Vorhang aus speziell gewebtem Damast.

Begleitet wurde das gigantische Prozedere von den berauschenden ersten Tönen des weltbekannten Musikstückes ´THE PHANTOM OF THE OPERA`.

Von nun an konnte das Drama unaufhaltsam seinen Lauf nehmen - auf und jenseits der Bühne.

1 Akt:

Während der Proben zur Oper „Hannibal" von Chalumeau, als die junge Carlotta eine Arie vortragen soll, stürzte ein Teil der Kulisse ein.

Die Direktoren und André versuchten, das Ensemble zu beruhigen, doch Carlotta weigerte sich erbost und aufgeschreckt weiterzusingen.

Das Chormädchen Christine wurde als Ersatz vorgeschlagen und schließlich ausgewählt, andernfalls müssten die Direktoren die ausverkaufte Vorstellung stornieren. Christine sang vor, und während des Liedes wechselte die Szenerie zur Galavorstellung. Der junge Adlige Raoul saß in der Loge und war verblüfft Christine zu sehen. Er erkannte sie als seine Jugendfreundin wieder und erinnerte sich an die erste Liebelei mit ihr …

Auch Jeremy war verblüfft Emiliana dicht an dicht neben seinem ehemaligen Boss in einer Loge sitzen zu sehen.

Mehrmals rieb er sich mit einer deutlichen Geste über die Augen und den Ansatz seiner Stirn, was Sharon die Hand um seinen Unterarm legen ließ. „Geht es dir gut, Jeremy?" „Ja, es geht mir gut. Danke, Sharon."

Während er weiterhin versuchte das beginnende Stechen von akuten Kopfschmerzen zu unterbinden, streichelte sie mit den Fingern über seine Wange.

Diese Aktion hatte Emilianas Blick von der Bühne gelenkt. Ihr Herz begann unkontrolliert schneller zu schlagen und der Magen zog sich ihr krampfartig zusammen.

Unwillkürlich dachte sie an das Wochenende mit ihm zusammen im Penthouse zurück und alles lief jetzt rasend schnell durch ihre Gedanken.

Die Bilder ihrer heißen brennenden Körper in den Fängen von purer unverfälschter Leidenschaft, wurden deutlich sichtbar. Die Blicke, die Küsse, … der Sex!

Verflucht! Warum musste er ausgerechnet heute Abend mit dieser schrecklichen Person hierherkommen. Alles, was ich wollte, war ein bisschen durchzuatmen und etwas anderes zu sehen. Bei Gott, wenn ich das geahnt hätte, wäre ich

*lieber den ganzen Abend vor dem großen Fenster in der Villa
sitzengeblieben. Wenn nötig bis zur Morgendämmerung, nur
um bei den ersten Strahlen des neuen Tages meine Augen
zu schließen und diesen bestenfalls zu verschlafen.*

Auf der Bühne war Christine nunmehr alleine in ihrer
Garderobe, als sie die Stimme des „Engels der Musik" hört.
Wie du mir, so ich dir, schoss es Emiliana urplötzlich in den
Sinn. *Sieh, was ich sehe!*

Wie in einem Spiegel.

Ihre zierlichen Finger tasteten nach Joels Oberarm und
strichen dabei zärtlich über den Stoff des teuren Anzugs.

Nichts fühlte sich vertraut an.

Im Schutz der versetzten Loge, dachte sie einen Moment
lang, dass es wahrscheinlich gar nicht auffallen würde,
was sie da tat, doch da hatte sie sich gewaltig geirrt.

Christine stieg jetzt eine lange Treppe hinab und stand
dem Phantom von Angesicht zu Angesicht gegenüber.

Als dichter Nebel über die Bühnenbretter kroch und das
venezianische Gondelboot wie aus dem Nichts auftauchte,
begannen die Lichter zu flackern und die Musik hallte
unheilvoll durch den Saal.

*„In Sleep he sang to me. In Dreams he came. That Voice
which calls to me and speaks me name ..."*

Mehr brauchte Jeremy nicht zu hören.

Am liebsten hätte er ihren Namen in diesem Augenblick
mit Nachdruck aus seiner Kehle herausgeschrien, doch die
Erkenntnis darüber, dass seine Lia diesen kranken Arsch
neben sich freiwillig begrabschte, ließ ihn mit offenem
Mund zurück.

Auf den Brettern, welche die Welt bedeuten, war das
Phantom mit Christine in seinem Versteck angekommen.

Es sang für Christine von seiner Liebe zur Musik (*The Music of the Night*) und verkündete ihr, dass es sie auserwählt habe, seine Kompositionen zu singen. Es zeigte ihr auch eine Nachbildung ihrer Selbst - eine Puppe im Brautkleid - worauf sie in Ohnmacht fiel. Das Phantom trug sie daraufhin behutsam zu einem prunkvollen Bett.

Emiliana sah von der Seite aus Joels lüsternen Blick auf die Handlung.

Ohne sich erklären zu können, was sie da tat, drückte sie ihre Wange an die Wärme seiner Schulter.

Joel, dessen Gesichtsausdruck die Verwirrtheit über Emilianas plötzliche Zuneigung nicht verbarg, strich ihr sanft eine lange Strähne hinters Ohr.

Es folgte ein Flüstern. „Empfindest du Erik als Gefahr?"

Die Musik wurde still.

Als Emiliana zögerlich mit dem Kopf schüttelte, rieb er beruhigend seine Handfläche in gleichmäßigen Kreisen über ihren freien Rücken.

In diesem Augenblick erwachte die Schauspielerin Christine wieder und sah sich um. Sie entdeckte eine Spieluhr aus Pappmaschee in Form einer Drehorgel.

Zur selben Zeit war scheinbar auch Sharon um einiges aufgeweckter geworden, denn ihre Hand strich jetzt kontinuierlich über Jeremys muskulösen Oberschenkel.

Emilianas Augen weiteten sich, als diese alte Lustnatter ihre Finger immer weiter in Richtung seiner Mitte streckte.

Als Sharon mutig genug wurde, um komplett darüber zu streichen, biss sich Emiliana so fest auf die untere Lippe, dass sie sofort den metallischen Geschmack von frischem Blut auf ihrer Zunge schmecken konnte.

Anstatt die Aktion zu unterbinden, entschied sich Jeremy dazu, seine Krawatte zu lockern und sich zurückzulehnen.

Sein Blick galt Emiliana.

Du warst diejenige, die mit diesen Spielchen angefangen hat. Wollen doch mal sehen ...

Zu weiteren Gedanken kam Jeremy nicht, denn er spürte, wie sein Schwanz sich unter Sharons beginnender Massage unwillkürlich aufrichtete.

Sie strahlte bis über beide Ohren. „Jeremy! Ach du meine Güte! Ich merke schon, dass es hierbei dringend die Hand einer Frau braucht, die weiß, was sie tut."

Einen Moment lang konnte er mit der vorherrschenden Situation nicht richtig umgehen.

Eine Frau mit all ihrer Genussfreude in seinem Schritt, eine Frau halbnackt auf der Bühne, und eine Frau, die er am liebsten sofort packen und übers Knie legen würde, ihm direkt gegenüber.

Wieder sprang das Gedankenkarussell an und er konnte nichts gegen die sündigen Bilder tun.

Für diesen Abend wollte er Emiliana eine Lektion erteilen. Am besten sofort!

Übers Knie gelegt, wollte er ihr das Kleid nach oben schieben, um ohne Vorwarnung mit deutlicher Kraft ihr den Hintern zu versohlen. Selbst wenn sie vor Schmerzen laut aufschrie oder gar weinte, er würde nicht aufhören.

Sobald Emilianas Pobacken vor Hitze glühten, wollte er sie ungestüm auf die Arme nehmen und bis zur Bühne tragen. Dort würde er sie in dem großen Bett, dass über und über mit weichem Satin bezogen war, vorsichtig ablegen.

Ohne, dass sie wüsste, dass ihre eigentliche Strafe noch bevorstand, würde er sich zu ihr legen, ihre Schenkel spreizen und sie vor den Augen der anwesenden Operngäste besinnungslos vögeln.

Unerbittlich pochte jetzt sein praller Schaft gegen die Innenseite der Anzughose.

Sharon war kaum mehr auf ihrem Sitz zu halten.

Wie es schien freute sich ihre eigene Spalte in diesem Moment unbändig darauf, in dieser Nacht noch so richtig durchgefickt zu werden.

Das alles mitanzusehen war vollkommener Wahnsinn und Emiliana hoffte inständig, bei dem sich ihr gebotenen Anblick endlich aus diesem Alptraum zu erwachen.

Doch vergeblich.

Als ihr Magen immer rebellischer wurde, beschloss sie aufzustehen.

Joels starker Griff um ihren Unterarm hinderte Emiliana jedoch an ihrem Vorhaben, die Loge verlassen zu können.

„Ich wollte nur kurz auf die Toilette."

„Meine Liebe, dafür ist gleich die Pause da."

„Aber ich ..."

Mit Schwung zog er sie zurück auf ihren Sitzplatz.

Auf der Bühne riss Christine zeitgleich dem Phantom die schützende Maske herunter, während dieser auf einer Orgel spielte, und sah endlich dessen entstellte Gestalt.

So auch Emiliana.

Sie sah Joel mitten ins Gesicht, während er eine Hand fest unter ihren langen Haaren verkeilte.

„Lass mich los", krächzte sie kaum hörbar.

„Nein, Darling! Das werde ich gewiss nicht tun und jetzt versuch dich zu entspannen."

Mit diesen Worten strich er zwischen ihren Brüsten langsam über den Bauch hinab, bis zum Saum ihres Kleides.

Dort angekommen griff Joel ziemlich grob darunter.

Hilflos versuchte Emiliana seiner Macht zu entkommen, doch seine Zunge drang bereits forsch in ihren Mund ein.

Zwischen ihren Beinen fühlte sie, wie er ihre Schenkel gnadenlos auseinanderzwang.

Da Emiliana aufgrund des durchaus harten Kusses, kaum noch genügend Luft in die Lungen befördern konnte, fiel ihr die Abwehr seiner Finger ungemein schwer.

Nach weiteren Sekunden musste sie die Berührungen sogar akzeptieren, genau wie das mehrmalige Streichen über den hauchdünnen Stoff ihres Tangas.

Erniedrigenderweise schwoll ihr Kitzler dabei merkbar an und auch an ihrem Eingang breitete sich unaufhaltsam warme Nässe aus.

Das Phantom drohte laut, dass, wenn seine Forderungen nicht erfüllt würden, eine Katastrophe geschehe.

Joel hingegen schien mit seiner Vorgehensweise ziemlich zufrieden, denn er flüsterte Emiliana keuchend ins Ohr: „Es fühlt sich nicht so an, als wolltest du mich nicht."

Die Kopfhaut schmerzte unter seinem festen Griff, doch sie zwang sich zu Worten. „Warte! Du hast es versprochen!"

Allein das Gewicht von Joels halbem Körper fühlte sich von der Seite aus so an, als könne er sie, wenn er es denn wollte, wie ein lästiges Insekt unter sich zerquetschen.

Sein Schwanz drückte hart gegen Emilianas Hüftknochen, als er seine Hand wiederwillig unter ihrem Kleid hervorzog.

Der Duft seines markanten Aftershaves zog sich zurück, als er auf sein grellaufleuchtendes Smartphone blickte.

Wenige Sekunden später spähte Joel streng in das, bis auf den letzten Platz ausgebuchte, Parkett hinab.

Beim Zurücklehnen genügte ein Griff in sein Jackett, um eine kleine Dose zwischen den Fingern zu halten. Daraus zog er eine unscheinbare Pille.

Als er diese zwischen die vorderen Schneidezähne nahm, konnte Emiliana unmöglich ahnen, was gleich mit ihr passieren würde.

Joel packte sie um den Nacken und beugte sich noch einmal komplett über sie.

Für jeden, der in diesem Moment zu der Loge hinsah, musste es aussehen, als ob ein junges Paar seinen Trieben nicht bis zu Hause den nötigen Einhalt bieten konnte.

Nicht mehr und nicht weniger.

Doch als Jeremy die Situation erfasste, wurde ihm heiß und kalt zur selben Zeit. Er richtete seinen Körper aus dem Sitz auf, verwarf ruppig Sharons Hand aus seinem Schritt, und beobachtete, was sich sein Erzfeind herausnahm.

Das Publikum raunte, als während des vorgezogenen Balletts der erhängte Bouquet von oben herab auf die Bühne fiel. Chaos brach aus und Christine und Raoul flohen aufs Dach.

Christine hatte panische Angst vor dem Phantom, doch Raoul versuchte sie zu beruhigen (*Why have you brought us here?/ Warum soweit hinauf?*).

Sie gestanden sich ihre Liebe.

Raoul versprach ihr, sie von nun an immer zu beschützen. (*All I ask of you / Mehr will ich nicht von dir*).

Jeremys starrer Blick wanderte von der Bühne zu Emiliana und Joel - und umgekehrt.

Die grenzenlose Wut auf diesen Mistkerl verhärtete sich, auch wenn das einzig Harte bis vor wenigen Augenblicken noch sein Schwanz gewesen war.

Das Phantom hatte nunmehr die Szene von Christine und Raoul beobachtet und war außer sich.

(*All I Ask of You / Mehr will ich nicht von dir (Reprise)*).

Es bringt den Kronleuchter zu Fall, der spektakulär mitten auf die Bühne fiel.

PAUSE!

Jeremy sprang von seinem Sitz auf.

Die empörten Fragen von Sharon ignorierte er, denn jetzt wollte er nur noch eines - zu Joels Loge gelangen.

Diesem Wichser werde ich für den geplatzten Deal die neu implantierte Haut aus der Visage schlagen!

Im Sprint versuchte Jeremy sich an den Menschen, die zuhauf ins Foyer und auf die Gelegenheiten zusteuerten, vorbeizudrängeln.

Gleich würde er bei ihr sein.

Währenddessen schlang Joel um einiges fester seinen Arm um Emilianas Taille. Die Luft strömte unaufhaltsam aus ihren Lungen und sie war gezwungen, die von ihm auf ihre Zunge platzierte Pille zu schlucken.

Trotz des verzweifelten Versuchs, nicht in seiner Umklammerung wegzusacken, konnte Emiliana spüren, wie sich ihr Körper dem Schicksal hilflos ergab.

Breitlächelnd ließ Joel von ihr ab.

Es folgte, worauf er gehofft hatte, dass es passieren würde. Durch den Sauerstoffmangel atmete Emiliana nach ihrer Befreiung viel zu schnell hintereinander die dringend benötigte Luft ein.

Ihre venösen Gefäße weiteten sich, als er in ruhigem Ton sprach: „Keine Angst! Lass es geschehen. Ich verspreche, ich werde da sein und gut auf dich aufpassen."

„Was zur Hölle soll das ..." Zu mehr kam Emiliana nicht, denn Joel zog sie ruckartig auf die Füße.

Das Blut folgte der Schwerkraft und versackte in ihren Beinen. Der Saal drehte sich und alles wurde schwarz. Emiliana verlor das Bewusstsein.

Jeremy hatte zwischenzeitlich die erste Stufe der Treppe, die zu den gegenüberliegenden Balkonen führte erreicht. Seine versteinerte Miene sprach Bände und gleich würden nicht nur Kulissen zu Bruch gehen, sondern Knochen.

Der nächste Schritt nach oben konnte von ihm jedoch nicht ausgeführt werden, da er unsanft an den Schultern nach unten und anschließend in eine kleine Ecknische gezerrt wurde.

Pflanzen verdeckten frontal die Sicht der anderen Gäste.

In dem Moment als Jeremy mit der Faust ausholen wollte, erkannte er den Mann vor seinen Augen.

Gekleidet war dieser in etwas zu enganliegenden Smoking, einer Krawatte und einem klassischen Opernmantel.

Es sah aus, als hätte er sich in der Garderobe der Schauspieler bedient, doch das war für Jeremy Nebensache.

„Lass mich los", zischte er boshaft.

„Jeremy, das werde ich, wenn du mir versprichst, dich für einen kurzen Moment neu zu sammeln und Luft zu holen."

„Hilf mir, Doug!"

„Deswegen sind wir hier."

Als Douglas noch einmal fest um Jeremys Schulter fasste, ehe er die Hände von seinem Boss nahm, sackte Jeremy schweratmend in die Hocke.

Die Eifersucht hatte seine Sinne verrücktspielen und die Wut ihn beinahe zum eiskalten Killer werden lassen.

Verflucht! Ich wünschte mein Verstand wäre nicht so vernebelt, dann könnte ich klar denken.

„Doug, was machst du hier und was meintest du mit: Wir?"

Als ob Douglas nur auf diese Frage gewartet hatte, schwang er theatralisch den Opernmantel hinter sich.

„Mit: Wir, meine ich Stacy und mich. Sie steht dort drüben am Accessoire-Stand und wartet auf mich."

„Schön für dich, Doug! Ich sagte dir bereits, dass dich niemand verlässt. Wenn du mich jetzt allerdings entschuldigen würdest ..."

„Jeremy!"

Douglas Worte hatten eine Schärfe an sich, die er noch nie zuvor aus dessen Mund vernommen hatte.

Jeremy wartete.

„Tut mir leid, aber ich kann nicht mitansehen, wie du in dein Unheil läufst. Ich meine, wem hilfst du damit?"

„Ich muss Lia helfen!"

Kopfschüttelnd schenkte Douglas ihm einen mitleidigen Blick. „Sieh dich unauffällig um."

Jeremy tat es.

„Siehst du den großen Typen am Fenster neben den Flyern?", wollte Douglas wissen.

Jeremy nickte.

„Und auch die beiden zu seiner Linken, die scheinbar in eine angeregte Unterhaltung vertieft sind?"

Wieder ein Nicken.

„Gut, und wie steht es mit ..."

„Doug!" Jeremy zog sich die Krawatte fest. „Komm bitte auf den Punkt."

Douglas tat es und erklärte: „Das alles sind Leute, die über eine verschlüsselte Verbindung mit Mr. Tales Smartphone verbunden sind."

„Komplizen?", brach es empört aus Jeremy heraus.

„Pscht! Nicht so laut!" Mit der flachen Hand brachte Douglas Jeremys Mund umgehend zum Schweigen.

Nicht dazu bereit, gegen seinen Freund zu kämpfen, schlug Jeremy ruppig dessen Hand zur Seite.

Neben ihnen wurde eine schmale Tür geöffnet und einige der Musical-Darsteller strömten aus Hinterzimmern in das Foyer.

Douglas sah nervös aus, doch die Tonlage blieb ruhig.

„Jeremy, das Beste wird sein, wenn du nach Hause fährst. Stacy wird sich für Mrs. Owner etwas einfallen lassen und in den kommenden Tagen überlegen wir uns, wie es weitergehen kann."

Der Eingangsbereich füllte sich mehr und mehr mit Menschen, doch was Jeremy plötzlich zu sehen glaubte, konnte unmöglich sein.

Die Pause war vorüber und die Zuschauer begaben sich scharenweise zurück auf ihre Plätze.

Joel platzierte den Gehstock griffbereit vor sich, als der Vorhang zur Loge ruckartig aufgerissen wurde.

Er öffnete den Mund, um über diese unverschämte Aktion zu protestieren, entschied sich jedoch lieber dafür die Fassung zu wahren. „Detective Samuel! Welch Zufall. Heute Abend trifft man hier wirklich auf ganz Manhattan, so gefragt ist dieses Event."

Samuels Augen waren finster. „Mr. Tale, bitte ersparen Sie uns den Smalltalk."

Mit ausgestreckter Hand griff der Detective an die Schulter der Frau neben Joel. „Miss Brooks, Sie sind verhaftet. Hände über den Kopf und langsam zu mir herumdrehen."

Während sie das tat, hielt Detective Samuel sein Schulterhalfter frei, falls es notwendig werden sollte, die Waffe zu ziehen.

Ein unangenehmes Gefühl durchfuhr ihn, als er der Frau in das entnervte Gesicht blickte.

Ihre Worte holten ihn kurz darauf aus seiner kurzzeitigen Schockstarre zurück. „Verhaftet? Wie lautet die Anklage? Hat einer meiner Patienten mich für einen misslungenen Eingriff angezeigt? Alles, was unter meiner Aufsicht in der plastischen Chirurgie geschieht, das …"

Samuel ließ das Jackett wieder über den Halfter gleiten und erhob beide Hände. „Entschuldigen Sie bitte, Miss …"

„Clark! Barbara Clark."

Breitlächelnd lehnte sich Joel in seinem Sitz zurück. „Sie haben tatsächlich Miss Brooks erwartet? Ich glaube, Sie sollten in diesem Fall mal darüber nachdenken sich ein paar schöne Urlaubstage zu nehmen. Die Sache nimmt Sie ja förmlich ein."

Den Frust darüber, dass es sich bei der schwarzhaarigen Frau neben Mr. Tale nicht um Emiliana Brooks handelte, konnte er nur schwer verbergen.

Samuel holte tief Luft und versuchte umgehend seine Gedanken zu fokussieren, auch wenn momentan nichts, aber auch rein gar nichts, für ihn einen Sinn ergab.

„Verzeihung, Miss Clark. Eine Verwechslung."

Kopfnickend wandte sich die Frau wieder der Bühne zu.

Joel ergriff noch einmal das Wort: „Genießen Sie den zweiten Akt, Detective."

„Gleichfalls", knurrte Samuel erbost durch die Zähne, ehe er die Loge verließ.

„Bitte Jeremy, du weißt nicht, was du da tust."

Douglas versuchte alles, um seinen Boss von einer weiteren Dummheit abzuhalten, doch es war vergeblich.

„Doug, nun mach schon! Uns bleibt nicht viel Zeit", forderte Jeremy eilig.

Seufzend griff Douglas in seine Hosentasche.

Nachdem er mit Jeremy die Autoschlüssel ausgetauscht hatte, hielt er noch einmal die Handfläche auf.

Jeremy verzog fragend die Stirn.

„Dein Handy", flüsterte Doug.

Ein seltsamer Austausch, doch Jeremy verstand.

Kurz bevor er sich von Douglas abwandte stellte er klar: „Fühlt euch wie zu Hause. Auto, Schlafzimmer und der Pool sind tabu. Ach, und Doug ..., wisch danach die Spuren weg."

Mit weit geöffneten Augen sah Douglas ihm hinterher.

Wenn das mal gut geht!

Tief in Jeremys Bewusstsein lag dieselbe Angst verborgen, doch er musste es riskieren.

Jetzt oder nie!

Wieder konzentrierte er sich darauf, was seine Augen vor wenigen Minuten ins Visier genommen hatten.

Emiliana.

Wie eine Skulptur, die zur prunkvollen Innenausstattung der Oper gehörte, stand sie an eine Wand gelehnt.

Es sah so aus, als fühle sie sich nicht sonderlich wohl, denn ihre Hände zitterten.

Ein breitschultriger Mann in einem dunklen Anzug, mit einem Glas Wasser in der Hand, stand unmittelbar vor ihr.

Wie es schien war er zu ihrer Aufsicht abgestellt worden.

Was tun?

Noch während dieses Gedankens handelte Jeremy.

Er gab einem vorbeilaufendem Kellner, der beflügelt ein Tablett mit mehreren Champagnergläsern balancierte, einen kräftigen Schubs.

Dies war alles, was es brauchte.

Das Tablett schaukelte nach vorne, die Gläser kippten und deren Inhalt ergoss sich komplett über dem Oberkörper des vermeintlichen Bodyguards.

Lautstarkes Fluchen zog die Blicke umstehender Leute auf sich und es folgte eine hitzige Diskussion darüber, ob der Kellner nicht gefälligst besser aufpassen könne.

Diesen Moment nutzte Jeremy.

Er stellte sich dicht an die Wand neben Emiliana und flüsterte: „Lia, sieh mich an."

Erschrocken tat sie, was er von ihr verlangte.

In der nächsten Sekunde fühlte sie seinen starken Arm um ihre schlanken Schultern.

Willenlos ließ sie sich von ihm die Treppen hinunter bis zum Ausgang begleiten.

Da Jeremy wusste, dass Douglas seinen Dienstwagen nur ungern in einem Parkhaus abstellte, sah er sich zunächst am Lincoln Center um.

Schnell entdeckte er den dunkelgrauen VW Passat Variant am Ende der Reihe, in der an Eventabenden eigentlich nur Taxis anhalten dürfen.

Als Jeremy zusammen mit Emiliana nähertrat, öffnete er die Zentralverriegelung und ließ sie auf dem Beifahrersitz Platz nehmen.

Anschließend ging er um den Wagen herum, riss den Strafzettel von der Frontscheibe, und stieg ein.

Von der 11th Avenue aus, beschloss Jeremy den Lincoln Tunnel zu nehmen.

Um diese Uhrzeit sollte sich das Verkehrsaufkommen in Grenzen halten und er würde in weniger als einer Stunde an seinem spontan auserwählten Zielort ankommen.

Während der Fahrt wurde nicht gesprochen.

Erst als Emiliana an der Ausfahrt 8 Richtung South Ave erkannte, wo Jeremy mit ihr hinfuhr, fand sie leise zu Worten. „Warum bringst du mich hierher?"

Er fuhr reglos weiter.

Emilianas Brust zog sich ängstlich zusammen und die Atmung wurde schneller. „Ich habe dich etwas gefragt!"

Jeremy atmete tief durch, ehe er an der Richmond Street auf einen kleinen verlassenen Parkplatz abbog.

Nachdem der Motor verstummt war, packte er Emilianas Handgelenk und drehte es herum.

Nachdem er die Submariner Rolex ein wenig nach hinten geschoben hatte, legte er sein Gelenk genau an ihrem an. „Willst du weiterhin leugnen, dass es uns beide gibt? Oder

gefällt es dir mit diesem Wichser vor meinen Augen rumzumachen?"
Emiliana sah verwirrt auf die beiden Tätowierungen herab.

41°45´02N 74°46´41W

Bis zum N befanden sich die Zahlen und Buchstaben auf ihrer Haut.
Tränen bildeten sich in ihren Augen.
Als Jeremy ihr Handgelenk losließ, schüttelte sie verständnislos mit dem Kopf.
Mit dunklem, doch hochverführerischem Blick griff er fest um Emilianas Kinn.
Während er sprach sah er ihr bedrohlich tief in die Augen.
„Das, was heute Nacht mit dir geschieht, wird sehr verstörend auf dich wirken. Allerdings musste auch ich mich damit abfinden, dass ich gewisse Dinge, die du mir einst angetan hast, auf krankhafte Art und Weise bis ins Detail genossen habe."
Emiliana wischte sich die Tränen aus dem Gesicht und ballte die zierlichen Hände in ihrem Schoß zu Fäusten.
„Wage es nicht", stellte Jeremy mit Blick auf ihr Vorhaben klar. „Du hättest nicht den Hauch einer Chance."
„Was hast du vor?" Die Frage stolperte zitternd über ihre vollen Lippen.
„Ich will, dass du dich erinnerst. Vor allem aber daran, wer ich wirklich bin."
„Bitte Jeremy, ich …" Weiter kam Emiliana nicht, da er ihr einen festen Kuss aufdrückte.
„Willkommen zurück auf Staten Island, meine wilde Schönheit!"

Am Zielort angekommen parkte Jeremy den Wagen unweit der Auffahrt eines stilvollen und sehr luxuriösen Hauses, dessen Eingangsbereich mit den Laternen der Straßenbeleuchtung beinahe um die Wette glänzte.

Noch konnte Emiliana unmöglich erahnen, was sie im Inneren erwartete, doch das würde sie gleich herausfinden.

Nachdem Jeremy die Beifahrertür aufgehalten und ihr die Hand zum Geleit angeboten hatte, standen sie beide vor der Eingangstür.

Emiliana schwieg, während er klingelte.

Nichts.

„Verdammt", zischte Jeremy vor sich hin, ehe er auf das Display von Douglas Smartphone sah.

Keine Nachricht.

Ich hätte nicht mit ihr hierherkommen dürfen. Schon gar nicht aus einer Überreaktion heraus. Doch was hätte ich anderes tun können? Sie in diesem Zustand Joel überlassen, damit er seine krankhaften Triebe heute Nacht auslebt und den Deal aus purer Rache platzen lässt? Nein! Nur, was mache ich jetzt? Die Fletschers sind nicht da und meine Nachricht hatte die Gute bis jetzt noch nicht einmal gesehen. Mit einem Video hatte Mrs. Fletscher mir damals im Gericht den Kopf aus der Schlinge gezogen, nach Swan Lake kam sie, ohne nach dem WARUM zu fragen, nur heute ist Irene keine sonderlich große Hilfe.

Als Emiliana fragend seinem Blick begegnete, fiel Jeremy plötzlich etwas anderes ein.

Ohne zu zögern griff er nach einer Marmorskulptur, die zahlreich den Vorgarten zierten.

Es handelte sich dabei um ein Rind.

Ob Kuh oder Stier, das konnte Emiliana anhand der verwobenen Schwingungen im nächtlichen Licht nicht ausmachen, doch was sie sehen konnte, war, dass Jeremy jetzt einen silbernen Schlüssel in der Hand hielt.

Triumphierend lächelnd steckte er diesen ins Schloss.

Einmal mehr war Jeremy um sein Wissen darüber dankbar, dass das Rind nicht nur an der Börse für Optimismus bei den Investoren sorgt.

Besonders in Kriegszeiten verband man mit dem gutartigen Wiederkäuer ein Gefühl von Geborgenheit, was dazu führte, dass man die Familie absicherte.

Kehrte der Hausherr mit dem Hauptschlüssel nicht zurück, weil er gefangengenommen oder gar getötet wurde, so konnten die Angehörigen dennoch Schutz in den eigenen vier Wänden finden.

Dass solche Figuren auch heute noch gerne als Schlüsselversteck genutzt werden, als zweite Sicherheit sozusagen, zeigten ihm mehrere Zwangsvollstreckungen, bei denen er als Interessenvertreter von Marshall-Enterprises vor Ort gewesen ist.

Heute Nacht war es allerdings einzig und allein dem Glück-im-Unglück-Prinzip zuzuordnen, dass auch die Fletschers diesem uralten Ritual folgten.

„Ist das dein Haus?"

Die Frage kam kaum hörbar über Emilianas Lippen, doch ihr ängstlicher Blick verriet, dass sie Antworten brauchte.

„Lia, tritt bitte ein", antwortete er streng, während sein ausgestreckter Arm in den großen Flurbereich deutete.

Als sich die Tür hinter ihr schloss, spürte sie, wie eine kleine schwarze Katze um ihre Beine herumschlich.

Auch Emilianas Katz-und-Maus-Spiel begann, denn Jeremys Verhalten wurde immer merkwürdiger.

Während ihre Augen auf den abstrakten Wandbildern hafteten, die wohl eine Art der gehobenen Kunst darstellen sollten, hörte sie, wie er telefonierte.

Der Person am anderen Ende der Leitung machte Jeremy unter massivem Druck klar, dass er sofort die Zahlenkombination für die Alarmanlage benötigte.

Dies war wichtig, andernfalls würde diese spätestens 60 Sekunden nach dem Aufsperren den Wachdienst und mit diesem die Cops auf den Plan rufen.

„Was meinst du damit, dass du keinen Zugriff auf Staten Island hast? Ich dachte, ihr Hacker beherrscht nahezu jeden Technik-Scheiß!"

„Jeremy, Willkommen in der Realität! Wir sind mitten in New York auf einem schönen Planeten, genannt Erde, und nicht im Film Mission Impossible. Ich tue, was ich kann!"

„Doug, du musst einen klaren Kopf bewahren!"

Während er weiterhin darauf wartete, dass sein Mitarbeiter ihm endlich ein paar simple Zahlen durchgab, beobachtete er, wie Emiliana ihren Finger auf dem Eingabefeld platzierte.

Sie schloss eine Sekunde lang die Augen, dann tippte sie.

Jeremy wollte sie davon abhalten, doch der Text im Display der Anlage belehrte ihn eines Besseren.

SYSTEM DISARMED!

Verblüfft sprach er: „Doug, alles bestens. Danke."
Aufgelegt.

Kurz darauf zog Jeremy das Jackett aus und warf es elegant über einen Garderobenhaken.

Sein nächster Weg führte ihn in den Wohnbereich, genauer gesagt, an die Bar.

Daraus schnappte sich Jeremy eine Flasche Whiskey und zwei Longdrink-Gläser.

Genau wie Emiliana es damals bei seiner Ankunft getan hatte, befüllte er diese zunächst mit klirrenden Eiswürfeln.

„Für mich bitte nichts", entfuhr es ihr leise.

„Keine Sorge, es ist nur ein Highball", erwiderte er, während das Sodawasser sich mit dem Alkohol vermengte.

Nach einem Probeschluck stellte er ein Glas auf dem Tisch ab, das andere blieb fest in seiner Hand.

Jeremy lächelte. „Woher kanntest du den Code?"

Schulterzuckend nahm Emiliana das Getränk an. „Ich weiß es nicht."

„Du weißt es nicht?"

„Richtig, ich weiß es nicht", wiederholte sie schroff.

„Weißt du, was ich denke?", fragte Jeremy mit konstantem Blick auf ihr Gesicht gerichtet.

„Du wirst es mir sicherlich gleich mitteilen."

Ein weiterer Schluck, ehe er zu Worten fand. „Du weißt ganz genau, wo wir hier sind. Stimmt´s?"

Emiliana stellte das Glas zurück. „Nun, du sagtest doch, dass wir eine Affäre haben. Warum sollte ich dann nicht den Code kennen?"

Jeremy räusperte sich. „Nicht schlecht, wilde Schönheit! Es gibt da nur ein Problem."

„Und das wäre?"

„Ich gab dir nie die Zahlenkombination."

Emiliana sah dabei zu, wie Jeremy sich puren Whiskey nachschenkte.

Ihre Finger spielten nervös am Saum ihres Kleides herum.

„Da musst du dich irren. Wie sonst hätte ich mich an die Zahlenfolge für dein Haus erinnern können?"

Jeremy erhob sein Glas. „Damit kommen wir zu Problem Nummer zwei."

„Nummer zwei? Jeremy, ich …"

Mit teuflisch dunklem Blick, schnitt er ihr das Wort ab. „Das ist nicht mein Haus."

Emiliana stolperte rückwärts über ihre Pumps.

Sie wusste nicht, wie sie ihm jetzt noch erklären sollte, warum ausgerechnet diese Kombination nun mal in ihrem Kopf abgespeichert war.

„Wer wohnt hier?" Ihre Stimme klang schwach.

Dies war der verabreichten Droge von Joel zuzuordnen, womit er es nach dem Erwachen um einiges leichter gehabt hätte, ihr die Story eines plötzlichen Schwächeanfalls aufzubinden.

Dazu kam es jedoch dank der ungeplanten Flucht nicht.

Jeremy trat näher und mit jedem Schritt wurde seine Stimme kräftiger. „Du brauchst scheinbar die harte Tour, um dich daran zu erinnern, was in diesen Wänden geschehen ist."

Entsetzt über diese Worte sah Emiliana dabei zu, wie er sich die Krawatte lockerte und die ersten Knöpfe seines Hemdes aufriss.

Das Glas fest umklammert drohte sie: „Bleib stehen, oder ich werfe es dir mitten ins Gesicht!"

Unbeeindruckt setzte Jeremy seine Schritte fort.

Mit zusammengepressten Zähnen schleuderte Emiliana das Glas in seine Richtung.

Durch eine elegante Drehung verfehlte dieses sein Ziel um wenige Zentimeter und prallte gegen die Wand neben der Bar.

Scherben und Flüssigkeit zierten umgehend den teuren Boden, doch das war ihr kleinstes Problem, denn das größte stand jetzt unmittelbar vor ihr.

Aus einer Art Selbstschutzreflex trat sie ihm mit der Spitze ihrer Pumps kraftvoll gegen das Schienbein.

Jeremy entwich ein schmerzhafter Aufschrei, doch seine Hand griff im selben Moment in ihr langes Haar.

Mit rauer Stimme sprach er: „Das weckt Erinnerungen, nicht wahr?"

Kopfschüttelnd versuchte Emiliana sich aus seinem Griff zu befreien. Ihre Fingernägel krallten sich dabei unglaublich tief in sein Handgelenk.

„Die Wildheit in dir ist erwacht. Das freut mich, denn dann wird es höchste Zeit das Kätzchen zu zähmen!"

Ohne darüber nachzudenken, was sie tat, schnellte ihr Arm nach vorne und die Rückhand traf auf seine Wange.

Mit weit geöffneten Augen sah Emiliana wie sich Jeremys Kopf unter der Wucht des Schlages zur Seite drehte.

Plötzlich wurde es still.

Gott, wenn es dich wirklich gibt, dann bitte hilf mir, dachte Emiliana als sie seinem diabolischen Blick begegnete.

Mit der Fingerkuppe strich Jeremy an seiner unteren Lippe entlang, denn dort schmeckte er den metallischen Gehalt seines eigenen Blutes.

Dieses Bildnis war erschreckend und erregend zugleich, und das Geräusch von zerreißendem Stoff rundete das Ganze schamlos ab.

Mit komplett offener Brust griff Jeremy um Emilianas Nacken, ehe er seine Lippen fest auf die ihren presste.

Blut vermengte sich mit gleichfarbigem Lippenstift, während er sie mit solch einer ungezügelten Gier küsste, die einen zart besaiteten Menschen durchaus verstören konnte.

Emilianas Körper wurde dabei so ungestüm an Jeremys gedrückt, dass sie die enorme Härte seines Schwanzes durch den feinen Stoff des Kleides hindurchfühlen konnte.

Seine markante Hand strich über die Rundung ihres Pos, als er spürte, wie sie zitterte.

Was ist mit dir, wilde Schönheit? Angst oder Erregung? Finden wir es heraus!

Mit diesem Gedanken drehte Jeremy sie herum und zwang sie unter seinem Geleit in Richtung des Esstisches.

Dort angekommen drückte er Emilianas Oberkörper auf die glatte Oberfläche der marmorierten Platte, während seine freie Hand den Stoff des Kleides nach oben schob.

Mithilfe eines Beines zwang er ihre Schenkel auseinander. Da Emiliana halterlose Strümpfe in der Farbe ihres Kleides trug, lagen umgehend ihre Oberschenkel, der Hintern, und auch der Schlitz ihrer heißen Spalte frei zugänglich.

Jeremy stockte bei diesem Anblick der Atem.

Sein Schwanz schwoll auf solch ein schmerzhaftes Maximum an, dass er dachte, er würde jeden Moment hilflos auf die Knie sacken.

Mit fest zusammengepressten Lippen versuchte er ein lautes Aufstöhnen zu unterdrücken. Vorerst zumindest, denn er wollte unbedingt die Kontrolle über die Situation behalten.

Plötzlich fiel sein Blick auf einen der Esszimmerstühle.

Langsam kehrten auch die Szenen in seine Erinnerung zurück, als er darauf saß und spürte, wie seine Arme brutal nach hinten gerissen und seine Handgelenke mit Kabelbindern gefesselt wurden.

So eng, dass er hätte meinen können, sie habe vor, ihm die Hände damit von den Unterarmen abzutrennen.

Jeremy weiß auch noch, wie kalt sich der Marmor unter seinen Füßen anfühlte und wie er all seinen Mut zusammengenommen hatte, um sie anzuflehen, ihn freizulassen.

Mittleidlos hatte sie auf ihn herabgesehen, ehe sie sich entschloss, ihn wortwörtlich aus seinem bisher gekannten Leben zu ficken.

Jetzt lag sie hilflos vor ihm und die Ironie dabei war, dass sie vorgab, sich kein bisschen daran erinnern zu können.

Wollen doch mal sehen!

Emiliana schrie auf, als sie das Brennen seines ersten Schlages auf ihrer kühlen Pobacke spürte.

„Hast du Angst vor mir?"

Ohne zu wissen, ob es in diesem Moment das Richtige oder das Falsche war schüttelte sie mit dem Kopf.

„Antworte mir, Lia!"

„Nein", brachte sie leise über die Lippen.

Wieder schnellte seine Hand auf ihren Hintern herab. „Was denkst du, werde ich wohl gleich mit dir machen?"

Einzelne Tränen des Schmerzes rannen über ihre Wangen, doch sie antwortete. „Dich an mir vergehen!"

Mehrere Schläge trafen jetzt schnell hintereinander auf die angespannte Haut ihres Pos. Auch die Oberschenkel ließ er in seinem Rausch nicht unverschont.

Jeremys Stimme klang düster. „Ich warne dich, Lia! Die Vergewaltigungs-Tour ziehst du gewiss kein zweites Mal mit mir ab, denn vorher zeige ich dir, was es bedeutet ungefragt genommen zu werden."

Der Stoff seiner Anzughose war zum Zerreißen gespannt, weshalb es unheimlich gut tat, die Schnalle des Gürtels zu lösen und den Reißverschluss herunterzuziehen.

Endlich hatte Jeremys Schwanz die Freiheit erlangt, die er dringend benötigte.

Mit aller Kraft versuchte Emiliana ihre Beine wieder zusammenzupressen, doch sie schaffte es nicht.

Das warme Gefühl von Feuchtigkeit, welches ihren Tanga benetzte, fühlte sich beschämend an, doch sie war geil.

Anders konnte Emiliana die freudigen Zuckungen in ihrem Unterleib nicht definieren.

Jetzt spürte sie, wie Jeremy damit begann sich an ihrem wundem Hintern zu reiben. Es schmerzte, doch ihrem halbgeöffnetem Mund entwich solch lustvolles Stöhnen, dass Jeremy glaubte, er würde jeden Moment die Kontrolle über sich und seine Taten verlieren.

„Was hast du vor?" Emiliana klang bemitleidenswert, doch das beeindruckte ihn nicht.

Jeremy kannte ihre Art, die Spiele, und ihren trügerischen Sinn, die Leute, inklusive ihm, schamlos zu täuschen.

Mit beiden Händen griff er nach vorne um ihre Brüste, ehe er ihr haargenau denselben Satz ins Ohr flüsterte, den sie damals in exakt diesem Raum zu ihm gesagt hatte.

„Die Frage ist nicht, was ich mit dir vorhabe, sondern wie viel du davon in der Lage bist zu ertragen."

Ihre Wange berührte das kalte Marmor des Tisches, als er von hinten in sie stieß.

Tiefer und tiefer.

Der dicke Schaft drang gnadenlos in Emilianas widerstrebenden Körper vor.

Jeremys Atem wurde dabei so schwer, dass man hätte meinen können, er wäre bereits explodiert.

Dieses wollte er jedoch unbedingt hinauszögern, denn er liebte es auf diese dominante Weise mit ihr zu ficken.

Gnadenlos hart – schmerzhaft intensiv – unvergesslich!

In der Metropolitan Opera fiel der Vorhang.

Das weltbekannte Musical, Phantom of the Opera, stieß auch an diesem Abend auf große Begeisterung.

Standing Ovation und tosende Beifallsstürme ließen die Gesichter der Darsteller mit den Kronleuchtern um die Wette strahlen.

Der rote Teppich dämpfte Joels wütende Schritte, als er zusammen mit seiner Leibärztin Dr. Clark die Loge verließ. Ihm war nicht entgangen, dass ihn Detective Samuel vom Parkett aus unter ständiger Beobachtung hielt.

Wäre er ein besserer Mann, dann hätte er Emiliana die Prozedur mit dem Ohnmachtsanfall erspart, doch das war er nun mal nicht. Nein, Joel hatte sie auf natürliche Weise knockout gesetzt und blitzschnell einem seiner Lakaien übergeben, der nur wenige Logen weiter mit Dr. Clark sich das Bühnenspiel angesehen hatte.

Barbara, die extra für solch einen Notfall eine pechschwarze Perücke trug, hatte Emilianas Platz eingenommen und somit den Detective in seiner Wahrnehmung aufs Glatteis geführt.

Jetzt musste Joel nur noch zu seinem Wagen in die Tiefgarage gelangen und sich anschließend eine nette kleine Story für Jeremys Wildkatze einfallen lassen.

Die verabreichte Pille würde helfen, dass sie ihm so gut wie jede Erzählung abkaufte.

Es blieb dabei, Joel verfolgte rücksichtslos seine Ziele - im Geschäfts- sowie im Privatleben.

Zusammen mit Jeremy hatte er es geschafft sich ein Vermögen anzusammeln und das verhalf ihm auch heute dazu schwierige Lagen zu meistern oder gar Menschen zu manipulieren.

Money is the key to your own happiness ... , diesen Leitsatz druckte er sich in Goldbuchstaben auf eine große nachtschwarze Leinwand und hing diese über sein Bett.

Es hatte ihn viel Zeit und körperliche Anstrengung gekostet nach der Explosion in Swan Lake wieder auf die Beine zu kommen, doch er hatte es geschafft.

Jetzt wollte er die Verantwortlichen zur Rechenschaft ziehen und diese waren nun mal Emiliana und Jeremy.

Als Joel bemerkte, dass Emiliana scheinbar ein solch tiefsitzendes Trauma erlitten hatte, dass ihre Erinnerung dabei nicht nur getrübt, sondern Teile davon vollständig aus ihrem Gedächtnis verbannt wurden, beschloss er nicht mehr sie zu töten, sondern ihre Seele und ihren Körper zu besitzen.

Von jetzt an würde es einfach werden, Jeremys Loyalität zurückzuwinnen, denn er konnte seinen langjährigen Freund da treffen, wo es einem Mann am meisten wehtat. Zwischen den Eiern.

Je mehr die Tage voranschritten, in denen Emiliana bei ihm wohnte, umso mehr fühlte Joel sich zu ihr hingezogen. Er wusste, dass er nichts weiter als Verachtung für die Frau empfinden sollte, der er seinen jetzigen körperlichen Zustand zu verdanken hatte, doch irgendetwas in ihm hatte sich verändert.

Normalerweise lassen ihn die Morde, die in seinen Augen unumgänglich und schlichtweg nur ein Teil des Schicksal waren, völlig kalt, doch erst letzte Nacht schossen ihm die Erinnerungen an den Abend in den Kopf, als er die Waffe erhob, den Lauf fest an die Schläfe der alten Mrs. Brooks presste, und abdrückte.

Obwohl er unter massivem Alkohol- und Drogeneinfluss stand, würde er den verstörten Blick in Emilianas dunklen Augen niemals vergessen.

Es war, als hätte man nicht der alten Frau, sondern deren Enkelin in diesem Moment das Leben genommen.

Verstörend und doch machtvoll! Eine wunderschöne aufmüpfige Frau, allein auf dieser Welt, mit niemandem außer mir ...

Das Vibrieren seines Smartphones riss Joel unsanft aus den Gedanken.

Während er Barbaras eingehakten Arm spürte und der Menschentraube die Stufen nach unten ins Foyer folgte, nahm er den Anruf an.

An der untersten Schwelle stoppte er und sein Blick wurde finster. „Wiederhole das!"

Seine Haltung verriet, dass ihm erneut missfiel, was er zu hören bekam.

Dr. Clark sah sich nach allen Seiten um, doch Joels Aufmerksamkeit galt nur noch dem Telefon.

Zischend sprach er: „Wenn das ein schlechter Scherz sein soll, dann bitte sag mir, falls ich den Einsatz zum Lachen verpasst habe. Und falls es die Wahrheit ist, dann Gnade dir Gott, du verblödeter Wichser!"

Barbara drückte mit den Fingern fest in Joels Unterarm, um ihm zu bedeuten, solche Ausdrücke hier lieber nicht zu verwenden.

Er legte auf.

Kopfschüttelnd wählte er eine andere Nummer.

Es klingelte und klingelte.

Annahme.

Joels Stimme klang bedrohlich, auch wenn er nahezu im Flüsterton sprach. „Es ist besser, du bringst sie sofort zu mir zurück, oder ich schwöre, dass unser Deal geplatzt ist. Ich werde sie finden und dann ..."

Joel stockte.

Dann hinterfragte er: „Wie meinst du das?"

Unbewusst entzog er der Ärztin seinen Arm. „Jeremy, du willst mir allen Ernstes erzählen, dass du zu Hause bist?"

„Sieh nach, wenn du mir nicht glaubst, oder besser ...,
komm vorbei!"

Wenn man nah genug stand, wie Dr. Clark, konnte man
die Worte von Jeremy auch ohne Lautsprecher hören, so
wütend schien dieser über den Anruf zu sein.

Das Letzte, was Joel im Ohr widerhallte war: „Verflucht
noch mal! Finde sie!"

Aufgelegt!

Sein Atem ging in schnellen Zügen, als er im Parkhaus
seinen Wagen erreichte.

Der Lakai, der auf Emiliana hätte Acht geben sollen, wurde
von zwei weiteren Männern in einer Nische, die von den
Überwachungskameras nur sehr schlecht einsehbar ist,
festgehalten.

Schweißperlen tropften von dessen Stirn, als Joel sich vor
ihn stellte. „Bitte, Mr. Tale. Ich kann es erklären ..."

Doch ein gezielter Faustschlag reichte aus und der Kerl
sackte wie ein Häufchen Elend in sich zusammen.

Knöchelreibend wies Joel die anderen beiden Männer an:
„Na los! Sagt es den anderen! Wer sie zuerst findet,
bekommt 50.000$ bar auf die Hand."

Voller Gier ließen sich die Handlanger darum nicht
zweimal bitten.

*Wenn du zurück bist, du kleines gewieftes Miststück, werde
ich einiges ändern müssen. So viel steht fest!*

Mit diesen Gedanken öffnete er Barbara die Beifahrertür,
ehe er selbst in den Wagen stieg.

Detective Samuel, der soeben mit seiner Frau den Aufzug
verließ, konnte nurmehr in die grellen Rücklichter des
BMWs blicken.

Er wusste, dass er über kurz oder lang die Mäuse in eine
Falle locken würde und dann hieß es für sie: GAME OVER!

Jeremy steckte sein Smartphone zurück in das in der Garderobe hängende Jackett.

Er hoffte inständig, dass sein Schauspiel ausreichend genug gewesen und Joel damit fürs Erste überzeugt worden ist.

Dass Douglas und Stacy längst bei ihm zu Hause waren hielt er für sehr wahrscheinlich, denn andernfalls hätte sein Speedy Gonzales ihm den Anruf von Joel nicht auf dessen Handy weitergeleitet.

Es ärgerte Jeremy maßlos, dass er in genau der Sekunde unterbrochen wurde, wo sein Schwanz so schön tief in ihrer Nässe steckte und seine Hüften sich qualvoll langsam an ihren warmen Pobacken rieben.

Ein paar Stöße mehr und Lias innere Muskeln hätten sich schmerzhaft eng um meinen immens harten Schaft zusammengezogen und wir wären beide gnadenlos einem heftigen Orgasmus ausgeliefert gewesen. Dann werden wir das jetzt nachholen, denn ich …

Weiter kam Jeremy nicht, da seine Augen beim Betreten des Wohnbereichs nichts als Leere entdeckten.

Auf dem Absatz kehrtmachend, lief er zurück in den Flur, in dem er gerade noch gestanden hatte, und hämmerte mit der Unterseite seiner Faust auf die Alarmanlage.

SYSTEM ARMED!

Sollte Emiliana auf die Idee kommen, das Haus durch eine Tür oder ein Fenster nach draußen zu verlassen, würde er dieses Vorhaben hören und somit auch Unterbinden können.

Für den Wachdienst musste ihm dann zwar schnell eine plausible Story einfallen, doch darauf musste er es jetzt schlicht und einfach ankommen lassen.

In wenigen Augenblicken wird Lia unter meiner Kontrolle sein und von heute Nacht an, wird sie es auch bleiben. Nichts und niemand kann mich jetzt noch aufhalten.

Mit diesem Gedanken begab sich Jeremy auf die Jagd.

Zwischenzeitlich hatte Emiliana ihren Körper von der Tischplatte gelöst, sich das Kleid zurechtgezogen, und war in die Küche geflüchtet.

Von dort aus konnte sie ihn telefonieren hören.

Ihre Kehle fühlte sich so trocken an, dass sie befürchtete, man könnte ihr schweres Schlucken bis in den Flur hören.

Atemlos sackte Emiliana an der Center auf den Boden, und die zwiespältigen Gefühle für Jeremy waren allgegenwärtig.

Auf der einen Seite wäre sie am liebsten zurück in seine schützenden Arme gelaufen und auf der anderen hatte sie einen unvergleichbaren Respekt vor seiner Dominanz entwickelt.

Eine Angst, die sie dennoch weniger das Fürchten, sondern vielmehr das Flehen lernte.

Betteln um seine Gnade - um ihre Erlösung.

Emilianas Körper versteifte sich als sie schwere Schritte wahrnahm, die immer näher kamen.

Er war hier. In der Küche.

Mit fest auf den Mund gepresster Handfläche verbot sie sich jeden noch so kleinen Laut, sowie das Atmen.

Nur ihre Ohren lauschten aufmerksam seinem Flüstern.

„Lia."

Ihr Name klang wie eine Drohung.

„Du weißt, dass dieses Versteckspiel wenig Sinn macht und du damit das Unvermeidliche lediglich hinauszögerst. Sei also vernünftig."

Ihr Magen zog sich zusammen, als er ungeduldig mit den Fingern auf die Platte der Mitteleinsel tippte.

Verzweifelt versuchte Emiliana ein wenig Sauerstoff in ihre Lungen zu befördern. Es gelang ihr.

Erleichterung machte sich breit, doch diese war nur von kurzer Dauer.

Mit festem Biss auf die untere Lippe versuchte Emiliana herauszufinden, wo Jeremy sich ungefähr befand.

Wenn er weit genug in die Küche getreten war, dann konnte sie versuchen zurück in den Wohnbereich zu gelangen.

Ein weiterer Schritt.

Jetzt!

Emiliana stieß sich mit den Handflächen vom Boden ab und rannte los.

Zwar fühlte sie sich wie ein hilfloses Tier, dass von den Bluthunden eines eiskalten Jägers verfolgt wurde, doch in ihr drin keimte die Hoffnung, dass sie es schaffen konnte.

Als ob ihr Leben davon abhinge sprintete sie die Treppe nach oben, was zur Folge hatte, dass das enganliegende Kleid am seitlichen Schlitz zu reißen begann.

Nur noch eine Stufe und Emiliana hätte das Obergeschoss erreicht, wäre da nicht Jeremys fester Griff um ihren Fußknöchel, der sie daran hinderte.

Mit aller Kraft versuchte sie ihn von sich zu stoßen, doch da war sein Körper auch schon über ihr.

Die Wärme seiner Brust schlug ihr aus seinem offenem Hemd entgegen, als er sie unter sich herumdrehte.

Ihre Augen funkelten im Schein des schwachen Mondlichtes, welches von einem Eckfenster aus bis auf die Treppe schien.

Als sich ihr Mund für einen Hilfeschrei bereitmachte, drückte er ihr schmerzhaft seine Lippen auf.

Die Zunge zwang er forsch hinein und holte sich damit den Kuss, den er in diesem Moment von ihr haben wollte.

Widerwillig, die Fassung verlierend, und doch süßer im Geschmack als jeder Chardonnay es je sein könnte.

Als Jeremy von Emilianas Mund abließ, um selbst zu Atem zu gelangen, schlug sie mit den zierlichen Händen gegen seine Brust.

Er konnte nicht mehr tun, als breit zu lächeln, denn das Bildnis war ungemein niedlich.

Was glaubt diese Frau, dass sie Wonder Woman ist und mich mit bloßen Händen von sich schlagen könnte?

„Jeremy! Geh sofort von mir runter, oder ich ...“

Er schnappte sich ihre Handgelenke. „Oder was?“

Mit ihren langen Fingernägeln krallte sie sich in seine Unterarme.

„Autsch“, kam es theatralisch leise über Jeremy Lippen. „Ich sehe schon, meine Wildkatze will spielen. Bitte, nur zu! Ich bin bereit.“

Panik stieg in Emiliana auf, als er plötzlich auf der Treppe über ihr kniete und ihren Körper unter seinem Gewicht einsperrte.

Als Nächstes straffte er seine Krawatte.

Den seidigen Stoff platzierte er zwischen ihren Lippen und knotete beide Enden an ihrem Hinterkopf fest.

Emilianas Wimmern ignorierend hob er sie hoch und trug sie zu ihrem Entsetzen nicht nach oben, in das Schlafzimmer oder einen ähnlichen Raum, sondern hinab in den Keller.

Bereits auf den ersten hinabführenden Stufen stieg ihr abgestandene Luft in die Nase. Es war eine Mischung aus Moder, Stein, und altem Gemäuer.

Grelle Neonröhren erhellten den schmalen Gang, der bis nach unten in einen schallisolierten Raum führte.

Als er sie auf dem Boden absetzte und streng mit den Augen bedeutete dort sitzen zu bleiben, kam sie sich wie in einer Art Trance gefangen vor.

Der relativ kühle Raum, wies einen Teppichboden, mehrere Regale, und eine breite Werkbank vor, auf die Jeremy jetzt zusteuerte.

Seine Hand schnappte sich die dort hängende Nagelpistole und damit kehrte er zu ihr in die Mitte des Raumes zurück.

Emilianas Herz schlug ihr beim Anblick des unheilvollen Gerätes bis zum Hals, doch der Blick blieb fokussiert.

Trotz, dass ihr ein wenig schwindelig wurde, hörte sie seinen Worten aufmerksam zu.

„Vor wenigen Monaten konntest du in exakt diesem Raum meine Angst spüren. Es hat dich wahnsinnig erregt, dass du die Oberhand hattest. Du hast mir in wenigen Tagen meine Sicherheiten, meine Vernunft, mein Denken, und mein Leben genommen. Mein Körper hat nur noch auf Regeln gehorcht. Deine Regeln, Lia."

Jeremy hielt ihr seine offene Handfläche vor die Augen. „Siehst du die Narbe? Erinnerst du dich?"

Jeremy zog die Stirn zu einer deutlichen Strenge zusammen. „Nicke oder schüttele mit dem Kopf!"

Sie tat es.

„Du erinnerst dich nicht?", hinterfragte Jeremy schneidend, ehe er ihr die Krawatte ruckartig aus dem Mund riss.

„Bitte Jeremy, leg die Maschine weg", kam es flehentlich über ihre Lippen.

Er kann doch nicht so grausam sein und mir damit wehtun. Oder doch?

Emiliana strengte sich jetzt wahnsinnig an, ihre Tränen und die stetig steigende Angst zu verbergen. Vergeblich! Er spürte es, sah es - labte sich darin.

„Nimm deine verfluchten Hände von mir, du kranker Bastard. Joel hatte recht, du bist der Teufel in Person!"

Jeremy lachte auf. „Und das aus dem Mund, von der Frau, die mich erst zu diesem gemacht hat."

Ein wütendes Zischen schwang mit ihren nächsten Worten mit. „Fick dich! Ich will sofort hier raus!"

„Tut mir leid, aber ich fürchte diesen Wunsch kann ich dir momentan noch nicht erfüllen, mein Püppchen!"

Emiliana wurde blass, als seine Hand fest den Griff der Pistole umfasste.

Seine tiefe Tonlage schwebte unheilvoll durch den Raum. „Steh auf!"

„Bitte Jeremy, ich ..."

Doch er hievte sie schwungvoll an den Oberarmen auf die Füße und seine Hand umfasste ihr Kinn. „Zieh dich aus!"

„Was? Nein! Jeremy, bitte lass uns reden."

„Das wollte ich auch, doch du hast mir nicht den Hauch einer Chance dazu gelassen, warum sollte ich es also tun? Und jetzt zum letzten Mal: Zieh. Dich. Aus!"

Es lag so viel Autorität in seiner Stimme, dass Emiliana nicht anders konnte, als ihm zu gehorchen.

Nachdem sie sich vollständig vor ihm entblößt hatte, verschränkte sie schützend ihre Arme vor den Brüsten.

Nicht, dass Jeremy diese noch nicht gesehen hätte, doch es fröstelte sie umgehend.

Jeremy streichelte sanft mit den Knöcheln seiner Hand über ihre puterrote Wange. „Beruhige dich, Lia. Ich versichere dir, dass es ganz schnell gehen wird und nur zu deinem eigenen Wohl ist. Ich helft dir, dich zu erinnern."

„Das kannst du nicht tun, ich ..."

Emiliana konnte den Satz nicht beenden, denn das, was mit ihr geschah, konnte ihr Kopf in der Schnelle des Geschehens kaum erfassen.

Somit war auch ihr Körper nicht in der Lage mit den erforderlichen Gegenmaßnahmen zu reagieren, sondern war hilflos dieser Prozedur ausgeliefert.

Das alles war so dermaßen verrückt, dass man keiner Menschenseele jemals davon erzählen darf.

Eiskaltes Wasser schwappte jetzt über den Rand einer höhergestellten Zinkwanne aus den 1950er Jahren, da Emiliana darin mit ihren Armen und Beinen wild umherstrampelte.

Jeremy hingegen, der die Nagelpistole beiseite, ihren nackten Körper dafür gepackt und in die Wanne geworfen hatte, kniete daneben und drückte ihren Oberköper immer weiter in das Wasser hinein.

Als es ihr Gesicht umspülte begann Emiliana zu keuchen, da sie sich mehrfach verschluckte. Und genau wie es in dem Film Titanic so schön von Jack Dawson beschrieben wurde, verursachte solch eisiges Wasser, dass es sich auf der Haut wie winzige Nadelstiche anfühlte, die den Körper gnadenlos durchbohrten.

Hilfesuchend umklammerte sie Jeremys Arme, doch er ließ nicht locker, bis ihr Kopf sich vollständig unter Wasser befand.

Erst als ihre Bewegungen sich verlangsamten und kaum mehr Luftbläschen aus Nase und Mund nach oben stiegen, holte er sie zurück an die Oberfläche.

Der Körper krampfte und sie zog heftig die Luft in ihre Lunge. „Lass mich raus! Ich bringe dich um, das schwör ich!"

Mit festem Blick, doch ohne jegliche Antwort drückte Jeremy sie zurück in die Wanne.

Wieder drang das Wasser in Mund und Nase ein, doch dieses Mal holte er sie schneller wieder zu sich nach oben.

„Erinnerst du dich, was hier geschehen ist?"

Emiliana presste die bläulichen Lippen fest zusammen, als Jeremy ihr eine nasse Haarsträhne hinters Ohr strich.

Zum ersten Mal sehnte sie sich nach der Wärme seines Körpers, seinen starken Armen, und seinem Schutz.

„Bitte Jeremy, es tut mir leid, was ich dir angetan habe." Ihr mitleidiger Blick fiel auf seine Handinnenflächen, dann verdrehte sie die Augen und verlor das Bewusstsein.

Als Emiliana diese wieder schlitzartig zu öffnen versuchte, spürte sie wie eine wohlige Wärme ihren Körper umspielte. Beim vollständigen Öffnen erkannte sie, dass erneut Wasser dafür verantwortlich war.

Ruckartig wollte sie nach oben schießen, um sich klarer darüber zu werden, wo sie sich befand, doch zwei Arme, die ihren Oberkörper fest umschlangen, hielten sie umgehend von diesem Vorhaben ab.

Jeremys warme Finger spielten mit den harten Knospen, die aus dem Wasser hervorblitzten, und an ihrem Hintern spürte sie deutlich seinen anschwellenden Schwanz.

Er hat mich aus dem eiskalten Kellernass in die Wärme eines Badezimmers gebracht. Jetzt liege ich vor ihm in der Wanne und frage mich, was das werden soll? Mich mit Eis und Feuer in die Knie zwingen? Oder will er …

„Geht es dir besser?", fragte Jeremy in sanfter Tonlage.

Emiliana nickte.

Sie spürte seine Hand über ihre Schulter immer weiter nach oben rutschen, bis er den Nacken umfassen konnte. Plötzlich drückte er zu.

Jede Sanftheit war aus seiner Stimme gewichen. „Du verarscht mich nach Strich und Faden! Nicht wahr, Lia?"

Der Puls rauschte in ihren Ohren, denn die Angst vor diesem durchtriebenen Mann war zurückgekehrt.

Jeremys andere Hand tauchte in das Wasser ein, um sich zwischen ihre Schenkel zu pressen.

„Erinnerst du dich, wie du in dieser Wanne gelegen bist und es dir so heftig besorgt hast, dass ich dachte, mein Schwanz würde jeden Moment explodieren? Ich musste auf die Gästetoilette ausweichen, um mir bei diesem enormen Problem helfen zu können."

Tränen liefen über ihr porzellanartiges Gesicht, doch es kam keine Antwort.

Jeremy nickte, auch wenn sie das nicht sehen konnte.

Dann sprach er: „Ich bereue keine Sekunde, die ich mit dir verbracht habe. Nicht hier, nicht in Swan Lake, nicht in meinem Haus, und auch nicht in der Hölle, in die uns unsere Beziehung zueinander jedes Mal aufs Neue führt. Ich bin vorhin in deinen Augen extrem hart mit dir umgegangen, doch es hatte alles seine Gründe."

Das Gefühl, mit den Fingern zwischen ihren Schamlippen zu gleiten, während ihre Pobacken sich um seinen Schaft schmiegten, war wahnsinnig geil.

„Sei ein braves Püppchen und öffne die Schenkel."

Auch wenn Emilianas Körper noch immer unter der nervlichen Anspannung leicht zitterte tat sie es.

Jeremys Hand glitt tiefer.

Eine leichte Gänsehaut lief über ihren geschmeidigen Rücken, als sie sein schweres Atmen dicht an ihrem Ohr vernahm.

Der Fokus auf ihre langen nassen Haare ließ ihn härter und härter werden, und gleich würde er sich auch nicht länger zurückhalten können.

Noch einmal tief einatmend, drückte er die Spitze in ihren hinteren engen Eingang.

Mit einem weiteren Stoß hatte er sie komplett ausgefüllt.

Ihr Aufschrei vermischte sich mit seinem lustvollen Keuchen, als er ihren wehrlosen Körper für sich einnahm. Von nun an gab es kein Zurück.

Während Emilianas Hände stützend den Rand der Wanne umklammerten, griff Jeremy von unten um ihre Oberschenkel, um sie hochheben zu können.

Das Wasser wurde bei jedem Stoß aufbrausender, doch Jeremy konnte nicht anders, als seine wilde Schönheit gnadenlos hart in dieser verruchten Position zu ficken.

Ihre inneren Muskeln zogen sich schmerzhaft zusammen, doch es gab kein Entkommen.

Sein Schwanz hämmerte so gnadenlos tief in sie hinein, dass Emiliana nicht recht wusste, ob sie lieber stöhnen oder aufschreien sollte.

Ich fühle den Schmerz, fühle wie er mich dominiert, mich benutzt, und doch sehne ich mich nach mehr. Viel mehr!

„Fick mich! Tu mir weh!"

Jeremy glaubte sich einen Moment lang verhört zu haben. Allerdings gab es auch für ihn keinen Grund das Gefühl der schamlosen Lust, die in diesen Sekunden durch ihre hitzigen Körper jagte, zu leugnen.

Seine Stöße wurden abrupt langsamer, dafür umso härter. Mit rollenden Augen öffnete Emiliana weit den Mund, doch es kam kein einziger Ton mehr heraus.

Die Macht seiner Dominanz, mit der er sie im warmen Wasser zu einem ultimativen Höhepunkt brachte, war gigantisch.

Auch Jeremys letzter Stoß war für Emiliana mehr als deutlich spürbar.

Heißes klebriges Sperma wurde mit exorbitantem Druck in sie hineingeschossen, nur um kurz darauf neben seinem Schwanz wieder aus ihrer wundgefickten Rosette tröpfchenweise herauszulaufen.

In dem Moment als er sich ihr langsam entziehen wollte, konnte man eine Frauenstimme durch das Haus rufen hören: „Jeremy? Sind Sie da? Hallo?"

Mit versteinerter Miene sprang Jeremy aus der Wanne. Emiliana sah ihm dabei zu, wie er in Anzughose und Hemd schlüpfte.

Während er den Gürtel und anschließend die Knöpfe schloss, wies er sie an: „Wasch dich! Tu so, als wäre alles normal. Ich bitte dich, Lia. Das ist jetzt wichtig."

Emiliana legte sich zurück und tauchte bis zum Hals ins Wasser ein.

Reglos beobachtete sie, wie er die Tür des Badezimmers aufzog und sie hinter sich wieder schloss.

Alles, was sie noch hören konnte, war folgender Satz. „Irene? Ich komme zu dir nach unten."

Schnelle tippelnde Schritte auf der Treppe bestätigten Emiliana jedoch, dass Jeremy sich das sparen konnte.

So war es auch.

„Jeremy, tut mir so leid, dass ich es nicht früher geschafft habe. Wo ist sie?"

Er deutete auf das Badezimmer.

Ohne anzuklopfen wurde die Tür aufgerissen und Emiliana konnte der Hausherrin in das abgeklärte Gesicht blicken.

„Miss Brooks, ich meine, Emiliana, wie schön. So sieht man sich also wieder."

Da Emiliana eine gewisse Scham darüber überkam, sich in der Wanne dieser älteren Frau zu befinden, stand sie auf und griff nach dem Handtuch, welches Jeremy ihr von einem Haken aus reichte.

Ihr irritierter Ausdruck zeugte davon, dass sie keinerlei Ahnung hatte, wie sie am besten mit der neuen Situation umgehen sollte.

Während sie das Handtuch um ihren Körper wickelte, nahm Irene auf dem Rand der Wanne Platz und verschränkte Arme und Beine.

An Jeremy gewandt sprach sie: „Die Entführung sitzt tief, nicht wahr?"

Er nickte.

„Die Kaltwasser-Prozedur hatte auch nicht den gewünschten Effekt?"

Er schüttelte verlegen mit dem Kopf.

Empört darüber, dass diese alte Nebelkrähe scheinbar mit Jeremy und seiner Tat vorhin im Keller unter einer Decke steckte, sog Emiliana hörbar Luft ein.

Noch ehe sie etwas sagen konnte, ergriff Irene erneut das Wort: „Jeremy, ich schrieb dir, dass so etwas nicht von Jetzt auf Gleich funktionieren kann. Es erfordert Geschick und Planung. Nicht umsonst wurden diese durchaus brutalen Maßnahmen erst auf ärztlichen Rat in den früheren Psychiatrien und in der Seelenheilkunde zum Einsatz gebracht. Der Verstand des Menschen arbeitet komplex und alles, was dem Bewusstsein schaden könnte, das verdrängt er."

Vollkommen überfordert und nur mit einem Handtuch bekleidet, wirkte Emiliana auf Jeremy in diesem Moment nicht nur schön, sondern vor allen Dingen verletzlich.

Das Schlimme daran war, dass er kein Mitleid, sondern erneut ungeheure Lust auf sie verspürte.

Emilianas Stimme war schwach und kaum hörbar. „Ich fühle mich nicht sonderlich gut. Können Sie mir helfen?"

Irene stand auf.

Mit einem wohlwissenden Lächeln führte sie Emiliana an Jeremy vorbei und geleitete sie einige Zimmer weiter.

Als sich die Tür in den Raum öffnete, stockte ihr der Atem.

Durch den eintretenden Luftzug züngelten die niedrigen Flammen in einer marmorierten Kaminöffnung bedrohlich nach oben.

Emiliana wich instinktiv zurück, doch hinter ihr stand bereits Jeremy, um sie dieses Mal von einer möglichen Flucht abzuhalten.

Mit großer Mühe gelang es ihr die aufgeregte Atmung und das schnelle Schlagen ihres Herzens unter Kontrolle zu bringen, dennoch zitterten ihre Lippen. „Jeremy, was soll das werden? Ich verstehe ..."

Irene legte ihren knochigen Finger auf Emilianas Mund. „Da du keine Familie mehr hast und einige Leute, die vor nichts zurückschrecken, bereits auf der Suche nach dir sind, müssen wir schnell handeln. Ich weiß, das wird dir nicht sonderlich gefallen, würde es mir auch nicht, doch manche Methoden von Früher sind auch heute noch die effektivsten."

Emiliana hasste die Abgeklärtheit in der sachlichen Tonlage dieser Frau. Sie war nicht nur alt, sondern obendrein eingebildet und arrogant.

„Jeremy!"

Sein Name aus dem Mund der Alten genügte, damit er Emiliana auf seine Arme nahm, um sie bis auf das Herzstück des Raumes zu tragen - ein weißbezogenes, mit geschwungenen Goldrändern umrandetes Himmelbett, dessen Kopfende zwei starke Metallringe aufwies, an denen dicke Lederfesseln festgemacht wurden.

Nachdem er sie abgelegt hatte klickte es um ihren Hals und das schützende Handtuch wurde ihr von Irene weggerissen. „Erinnerst du dich an das Band?"

Plötzlich schüttelte ein Stromstoß Emilianas Körper so lange, dass sie glaubte, der Kopf würde ihr zerspringen.

Ihr Geist weigerte sich die Prozedur hinzunehmen, weshalb sie wegzusacken drohte.

„Hör sofort damit auf", wies Jeremy die Hausherrin schroff an, doch diese schubste ihn forsch zur Seite.

Ein gezieltes Klatschen auf Emilianas Wange verhinderte deren unfreiwilligen Schlaf und sie öffnete wieder die Augen.

Irene schüttelte den Kopf. „Nein, meine Liebe. So läuft das nicht."

Zu Jeremy gewandt sprach sie: „Fessel ihre Hände!"

Wegen der Befehlsgewalt in ihrer Stimme, tat er, wie es von ihm verlangt wurde.

Seine warmen Finger umschlossen Emilianas Handgelenke, ehe das Leder sich darum festzog.

Sie war mutig genug um seinem Blick dabei zu begegnen. Irene streckte währenddessen Emilianas nackte Beine bis fast an das Bettende aus, ehe sie diese weit spreizte, um sie an den äußeren Rändern mit den gleichen Fesseln wie an den Händen fixieren zu können.

„Im späten achtzehnten Jahrhundert, wirkte man der ungehorsamen Frau nicht mit Luxus, sondern mit Folter entgegen. Es machte sie empfindlicher und feinfühliger dem Mann gegenüber, der sie besaß. Nun schau nicht so griesgrämig, mein liebes Kind. Die heutige Zeit ist leider überlastet, von Frauen, die nicht mehr wissen, zu welchem männlichen Wesen sie gehören und die Männer …, nun, wo soll ich anfangen? Die Herren der Schöpfung haben verlernt die Kontrolle über das Geld, den Hof, und das liebe Weib zu behalten. Alle reden von Freiheit, Emanzipation und dass der Mann ruhig auch die Kindererziehung übernehmen kann. All dieser Humbug, lässt unseren Verstand verrücktspielen und unseren Ursprung vergessen. Seien wir also ehrlich! Jede Frau wünscht sich insgeheim eine starke Hand, die sie tagsüber durchs Leben und des nachts durchs Bett führt. Und ein Mann, will hin und wieder die Demut, wenn nicht sogar Funken von Angst, in den Augen einer Frau sehen, wenn er sein bestes Stück vor ihr entfaltet. Ich weiß, das klingt heftig, doch die meisten Kinder wurden auch damals schon unter animalischen Praktiken gezeugt. Der Verstand macht sich keinerlei Sorgen mehr, sondern lässt den Körper seine Arbeit verrichten. Das ist die schmerzhafte Wahrheit."

Emilianas Augen waren weit geöffnet und ihre Frage war kaum hörbar. „Wird es wehtun?"

„Ja, das wird es."

Für Irene gab es keinen Grund an dieser Stelle zu lügen.

Als sie Jeremys Blick begegnete, wusste sie, dass es auch für ihn an der Zeit war, jegliches Bitten und Flehen, das von nun an über Emilianas wunderschön geschwungene Lippen kam, zu ignorieren.

Dieses schwache Geschöpf musste daran erinnert werden, dass in ihr die Extravaganz einer Dämonin schlummerte.

Und Irene war sich sicher:

Der Teufel höchstpersönlich wird heute Nacht einzig wegen
ihr die sicheren Gefilde der Hölle verlassen.
Nur, um sie schmerzhaft daran zu erinnern,
wer ihn zu dem gemacht hat,
was er ist.

Noch einmal beugte sich Irene zu Emiliana herab, um sicher zu gehen, dass die Fesseln der kommenden Prozedur auch standhalten würden.

„Möchtest du dich erinnern?"

Ihre Stimme klang wie unheilvoller Nebel, der in schwärzester Nacht über ein Feld strich.

Nur war es in diesem Fall Emilianas Körper, der von diesem vollends eingehüllt wurde.

Jeremy schien den Worten keine Beachtung zu schenken, sondern er hielt den strengen Blickkontakt beständig auf seine wilde Schönheit gerichtet.

Emiliana kam es so vor, als warte er nur auf ein Zeichen.

Irene nahm eine Kerze in ihre knochigen Hände und entzündete deren Docht mit einem Streichholz.

„Schmerzen erhöhen die Aufnahme des Gehirns um neunundachtzig Prozent. Ich weiß das, da ich viele Jahre in der hiesigen Nervenheilanstalt als Oberschwester gearbeitet habe. Vor allem bei sexuellen Handlungen, weiß der Körper oftmals nicht, welches Signal er zuerst weiterleiten soll. Schmerz oder Lust. Es kommt zu einer sogenannten Overcross-Reaktion, in der sich die Gefühle vermischen und als vollkommen neuer Reiz am Ende wahrgenommen werden."

Emilianas Augen wurden glasig. „Jeremy, mach mich los."

Irene lächelte, während sie die Kerze leicht kippte, damit sich flüssiges Wachs an der Vorderseite sammeln konnte.

„Man kann dein Herz schlagen sehen."

Schnelle Atemzüge entkamen Emilianas Lippen, denn sie konnte es auch deutlich in ihrer Brust fühlen.

Erste Wachstropfen verließen den sicheren Schoß der Kerze und landeten rings um den Bauchnabel.

Emiliana presste die Lippen zusammen und wölbte ihr Kreuz.

Die Anspannung ihres gefesselten Körpers sorgte dafür, dass sich allein beim Anblick in Jeremys Hose etwas regte.

Irene hielt die Kerze tiefer.

Dieses Mal schwappte ein ganzer Schwall des Wachses auf Emilianas Venushügel herab.

An der babyweichen Haut, bahnte es sich schnell einen Weg zwischen die ebenso glattrasierten Schamlippen.

Das heiße Brennen auf den empfindlichsten Hautstellen des Körpers entlockte ihr ein leises Wimmern.

Sie flehte: „Ich werde versuchen mich zu erinnern, nur bitte hört damit auf."

Irene wandte sich an Jeremy. „Betteln ist vollkommen normal unter solchen Umständen. Vertraue mir, wenn ich eines in meinem Beruf gelernt habe, dann, dass man dem Patienten nicht zu früh seinen Glauben schenken darf. Die meisten täuschen vor, sich im Griff zu haben, um den Therapiemethoden schnellstmöglich entgehen zu können."

Wieder kippte sie die Kerze in ihrer Hand.

Dieses Mal floss das Wachs abwechselnd über Emilianas bebende Brüste.

Die Knospen zogen sich hart zusammen und auch Jeremys Schwanz hatte sich nunmehr zu einer beachtlichen Größe aufgestellt.

Er leckte über seine trockenen Lippen, während er sich vorstellte das getrocknete Wachs langsam von ihrer Haut zu ziehen, nur, um die roten Stellen darunter mit dem Speichel auf seiner Zungenspitze mildern zu können.

Irene löschte die Kerze mit Daumen und Zeigefinger, ehe sie mit wissendem Blick nach der Schnalle von Jeremys Gürtel griff.

Behände zog sie das Leder durch die Schlaufe, während sie flüsterte: „Auf Schmerz folgt Lust."

Wie in Trance riss Jeremy den Reißverschluss herunter, packte sein Glied am harten Schaft und zog es heraus.

Ihm schien vollkommen egal zu sein, dass sich eine ältere Frau direkt neben ihm befand und noch mysteriöser war, dass diese sich so verhielt, als wäre es etwas tagtägliches. Frauen zu fesseln und zu foltern und Männern zu einem ultimativen Ständer dabei zu verhelfen.

KRANK! Wo bin ich hier reingeraten?

Emilianas Gedanken wurden von Irenes Worten abrupt unterbrochen. „Schon mal einen Mann oral befriedigt?"

Heilige Mutter Maria, was will sie von mir?

„Ja", kam es ehrlich über ihre Lippen.

Irene nickte, ehe sie zu Jeremy sprach: „Zieh dich aus!"

Einen kurzen Moment zögerte dieser. „Irene, ich weiß nicht, ob das, was wir tun, das Richtige ist."

Als ob sie der Blitz getroffen hätte, schwenkte Irenes Kopf zu ihm herum.

Unverblümt sah sie auf seinen Schwanz, dessen straffe Spitze violett glänzte. „Fühlt sich das für dich falsch an?"

Jeremys blaugrüne Augen schienen im schwachen Licht des Raumes eine bedrohliche neue Färbung anzunehmen. „Nein."

Zufrieden mit dieser klaren Antwort, wandte sich Irene wieder Emiliana zu. „Liebes Kind, öffne deinen Mund."

Unfähig das Zittern der Lippen zu kontrollieren, zischte sie: „Niemals!"

Augenrollend griff Irene neben sich in eine Schublade.

Emilianas Körper spannte sich erneut an, als ihre Augen erfassten, was als Nächstes kommen würde.

„Nein! Ich will das nicht! Ich werde ..." , weiter kam sie nicht, denn ein dünner Nackenriemen schnappte hinter ihrem Kopf zu.

Irene platzierte eine Art Wangenöffner so präzise, dass Emilianas Protest sofort zum Schweigen gebracht und der Mund weit geöffnet wurde.

Als sie sah, dass Jeremy ihrer Anweisung, sich komplett zu entblößen, gefolgt war, packte sie seinen Oberarm, und führte ihn ans Bett.

Ohne mit der Wimper zu zucken wies sie ihn an, sich beidseitig über Emilianas Brust zu knien.

Mit den knochigen Händen um seine Hüften schob sie ihn so weit nach vorne, dass der pralle Schwanz Emilianas Zunge berührte.

„Gut so. Da unser kleines Luder weiß, wie man einen Mann oral befriedigt, wird es höchste Zeit, dass ihr die Macht über dieses Spiel entzogen wird. Jeremy, ich will, dass du ihren Mund fickst, als wäre es ihre Muschi!"

Emilianas Schultern drückten sich mit aller Kraft nach oben und ihre weitgeöffneten Augen flehten ihn förmlich darum an, diese Anweisung nicht zu befolgen.

Vergeblich!

Irene schob Jeremy an dessen Rücken weit nach vorne. Die Gesamtlänge seines harten Schaftes befand sich jetzt tief in ihr und die nasse Spitze drückte gegen den Rachen.

Überschüssiger Speichel lief Emiliana unaufhaltsam aus den Mundwinkeln und etwas äußerst animalisches war plötzlich in Jeremys Blick zu erkennen.

Diesen Moment nutzte Irene, um ihn zu weiterer Handlung anzuspornen. „Fick sie!"

Vergib mir, mein Püppchen. Ich weiß, dass ich das Falsche tue, doch es fühlt sich so verdammt richtig an.

Mit diesem Gedanken drang er stoßweise immer weiter in Emilianas Kehle vor.

Verzweifelt versuchte sie durch die Nase zu atmen, doch es kam ihr so vor, als ob es nur geringe Anteile des Sauerstoffs, bis in ihren Körper schafften.

Die Stöße wurden sogar so heftig, dass ihr Kiefer kurzzeitig unter dem Wangenöffner verkrampfte.

Unnachgiebig fuhr der sehnige Schaft über ihre Zunge und als Emiliana die Augen schloss, gab es für Irene keinen Zweifel mehr, dass sie ihre Position als Frau, in der Rolle der Unterworfenen, vollständig akzeptiert hatte.

Jeremy konnte angestautes lustvolles Keuchen nicht länger zurückhalten, so sehr fing sein Schwanz in ihrem Mund an zu pumpen.

Ein weiterer Stoß und Emiliana fühlte, wie dickflüssiges warmes Sperma ihre Zunge benetzte und kurz darauf die Kehle überschwemmte.

Irene hatte große Mühe Jeremy im Bauchbereich nach hinten zu drücken, damit er sich ihr entzog.

Als Emiliana die plötzliche Freiheit spürte, begann sie instinktiv damit die Flüssigkeit wieder aus ihrem Mund herauslaufen zu lassen.

Hastig presste Irene die Handfläche auf die Öffnung des Wangenöffners. „Schluck es! Und gewöhne dich an den Geschmack des Mannes, zu dem du gehörst!"

Der Salzgehalt seines Spermas trieb Emiliana Tränen in die Augen, doch sie ließ es geschehen.

Irenes Hand löste sich und mit den Knöchel strich sie sanft über Emilianas Stirn. „War doch gar nicht so schwer."

Jeremy, der noch immer über ihrem Bauch kniete, lief der Kopf darüber heiß, was er soeben mit ihr getan hatte.

Dennoch konnte er nicht leugnen, dass es ihm so viel mehr gegeben hatte, als erwartet.

Ihr hübscher eingesperrter Mund, der unfähig war ihm Widerworte hinzufahren, ihre, durch die Tränen noch glänzender wirkenden Augen, und ihr nackter Körper, der dazu imstande war, jeden Mann in die Knie zu zwingen, war für ihn wie eine Opfergabe in einem heiligen Tempel.

Und er war ihr einziger Gott!

Auch dann, wenn sie den wahrhaftigen Teufel in ihm sah.

Es war in Ordnung, dass Irene ihm dabei zusah, denn schließlich hatte sie ihm versprochen, dass sie wüsste, wie man Emiliana aus dieser prekären Lage befreien könnte.

Alles, was es dazu von ihm brauchte, war bedingungsloses Vertrauen in für mancher Menschenverstand fragwürdige Praktiken.

Irenes Gesicht zeugte keine Sekunde davon, dass sie selbst sexuelle Emotionen dabei empfand.

Nein, es wirkte, als ob sie die neue Schöpferin von Adam und Eva war und schlicht austestete ob die beiden auch wahrlich das Paradies auf Erden verdient hatten.

Ihre Handlungen und Aufforderungen waren so präzise, dass man meinen konnte, sie würde in diesen Minuten nichts, rein gar nichts, dem Zufall überlassen.

Als sie Emiliana die Mundfolter entfernte, begann diese zu würgen.

„Nicht weiter schlimm, das legt sich gleich", erklärte Irene an Jeremy gewandt.

„Was zum Teufel ..." Emiliana hustete stark. „Was soll das werden?"

Irene konnte nicht anders als breit zu lächeln. „Das weißt du ganz genau. Wie fühlt es sich an, nicht die Kontrolle über den eigenen Körper zu haben. Mein Mann war damals so schlau und hat vorsorglich ein Video-Tape zur

Überwachung mitlaufen lassen, da wir niemandem vertrauen, wenn es um das Haus oder um meine geliebte Cynthia geht. Was ich allerdings nach dem Catsitting zu sehen bekam, war eine rollige, durchtriebene Wildkatze, die sich einen Löwen zum Spielen aussuchte. Der Löwe war schwach und ließ es über sich ergehen, und das obwohl er die Macht besessen hätte, das Kätzchen auseinanderzunehmen. Und wie du heute siehst, kann auch Jeremy dieses Spiel mit dir spielen."

Mit lustvollem Blick konnte dieser nicht anders als bei diesen Worten siegessicher zu lächeln.

Sekunden später erhielt er dafür von Irene eine Ohrfeige. Kieferreibend verstand er die Welt nicht mehr, doch ihre Worte klärten ihn auf. „Du verlierst viel zu schnell die Fassung. Kein Wunder, dass dieses kleine Luder dich mit solch einer Leichtigkeit um den Verstand ficken konnte."

Während dieser Ansprache drängte sie Jeremy an das Bettende zurück.

Zwischen Emilianas gespreizten Beinen kniend, wartete er darauf, was Irene jetzt vorhatte.

Diese löste die Lederfesseln um Emilianas Fußknöchel und winkelte deren Beine ab.

Der Blick auf ihre Mitte war jetzt vollständig freigelegt, was Jeremys Schwanz wieder nach oben zucken ließ.

Irene schnappte sich seine Hand und platzierte den Daumen an Emilianas angeschwollener Klitoris.

„Fühlst du das?"

Er nickte.

„Ganz genau. Das Kätzchen ist angeschwollen, während du ihren Mund gefickt hast. So schlimm kann sie es also nicht empfunden haben."

Großer Gott! Irene hat recht. Und ich habe mir Sorgen gemacht, dass ...

Weiter kam Jeremy gedanklich nicht, denn Irene streckte seinen Zeige- und Mittelfinger und steckte diese tief in Emilianas feuchten Eingang.

Eigentlich wollte sie dagegen protestieren, doch als sie einen dritten Finger in sich spürte, kam lediglich ein Wort über ihre bebenden Lippen.

„Jeremy ...“

Sein Name ging klangvoll in lustvolles Stöhnen über und ihr Rücken wölbte sich weit nach oben.

Irene entfernte sich einige Schritte vom Bett und verschränkte abwartend die Arme, denn Jeremy schien selbst zu wissen, was er zu tun hatte.

Er beugte den Kopf zwischen Emilianas Schenkel und begann damit ihren Kitzler mit der Zungenspitze zu umkreisen. Die Finger tief in ihrem Inneren bewegte er im gleichen Rhythmus.

„Jeremy, nicht ..., ich flehe dich an“, doch ihr Körper erzählte unter beständiger An- und Entspannung eine vollkommen andere Geschichte.

Insgeheim wollte Emiliana nicht, dass er aufhörte, sondern sie bis zu ihrem Höhepunkt begleitete.

Plötzlich schnitten Irenes Worte die Luft wie ein Messer.

„Jeremy, konzentriere dich! Sie ist fast so weit.“

Entsetzt stoppte Emiliana ihre gleichmäßige Atmung, und auch Jeremy sah zunächst unwissend in Irenes Richtung.

Sie hingegen fuhr, wie eine alte Schullehrerin, mit dem Reden fort: „Spürst du an deinen Fingern etwas, dass sich schwammartig, beinahe wie die Haut einer frischen Orange anfühlt?“

Vorsichtig tastete Jeremy die ersten zwei bis drei Zentimeter nach ihrem heißen Eingang ab.

Irene lachte auf. „Na los! Drück ruhig ein bisschen rum. Die Vagina ist nicht so zerbrechlich, wie manch einer es wohl annehmen würde. Schließlich müssen wir Frauen es oftmals mit großen, harten Rohren aufnehmen, ohne dabei von innenheraus zerfetzt zu werden."

Erneut hohes Aufstöhnen von Emiliana bewies Irene, dass Jeremy gefunden hatte, wonach sie ihn suchen lies.

„Sehr gut!"

Dem Loben folgte allerdings auch schon die nächste Order.

„Umkreise den G-Punkt, Jeremy."

Er tat es.

„Wird er Größer?"

Keuchend vor Lust, sah Jeremy auf seine sich vor ihm windende Emiliana herab. „Ja, so groß wie eine Walnuss."

Irene rieb sich die Hände. „Dann bist du auf dem richtigen Weg. Jetzt nur nicht lockerlassen, hörst du?"

Emiliana wand sich jetzt laut stöhnend unter seiner unablässigen Massage.

Kaum hörbar fielen die Worte: „Ich muss ganz dringend ..."

„Gutes Zeichen! Jeremy weiter!"

Irene packte Emilianas Schultern und drückte diese fest in das seidene Laken. „Locker atmen! Hör auf dich zu verkrampfen, auch wenn das Gefühl seltsam erscheinen mag, in einer hocherotischen Situation urplötzlich auf Toilette gehen zu müssen."

Wieder spürte Emiliana wie Jeremy haargenau den G-Punkt erwischte und diesen meisterhaft mit seiner Fingerkuppe massierte.

Der unverkennbare Klang ihres Höhepunktes verlor sich an den Wänden des Zimmers.

Für Jeremy gab es an dieser Stelle kein Halten mehr.

Wieder und wieder schob er die Finger vor und zurück.

Der Druck ihrer Vagina war so immens, dass Jeremys Finger mit ihrem schwallartigen heißen Saft aus dieser herausgeschossen wurden.

Irene wich erneut vom Bett zurück, um sich das Resultat in seiner ganzen Schönheit ansehen zu können.

Eine Puppe, mit schweißgebadeter Haut wie reinstes Porzellan, lag vor ihrem Herren, dessen eigene Haut über und über mit ihrer Lust getränkt ist.

Irene erklärte: „Früher nannte man diese Prozedur, in einigen Frauenhäusern den Teufelskitzler. Die Betroffenen erzählten meist davon, dass der Teufel aus der Hölle entstieg, um ungehorsamen Damen, höchstpersönlich die die Seele, samt ihrer enormen Geilheit, aus dem Unterleib zu pumpen. Meist erschien er ihnen dabei in Form ihres Mannes oder auch Liebhabers. Heute genießt man es, auch als Frau das Privileg zu haben, genau wie der Mann abspritzen zu können. Von einer Freundin habe ich im letzten Urlaub davon erfahren, dass es Squirting genannt wird, wobei es sich um eine gesonderte angesammelte Flüssigkeit handelt und nicht, wie von vielen vermutet, um eine Mischung aus klebrigem Schleim und Urin. Weibliches Ejakulat - der Saft der Göttinnen."

Die körperliche Euphorie über den gewaltigen Orgasmus flachte bei Emiliana schnell ab und auch die Erklärung dieser alten Nebelkrähe konnte sie nicht vom Nutzen ihrer prekären Situation überzeugen.

Wie sie sich aber in keinem Fall fühlen konnte, war schuldig.

Warum auch?

Das Gefühl von Jeremy tief in ihrem Inneren, die gekonnten Bewegungen, nur um sie in den siebten Himmel der Lust zu katapultieren, war am allerwenigsten mit Vernunft zu beschreiben.

Und auch eine alte Frau konnte sie nicht davon abhalten, sich seinen Berührungen willenlos hinzugeben.

Ein Glas Champagner, Wein, oder Whiskey, würde jetzt guttun ..., doch für Emiliana sah es noch nicht danach aus, als wäre Irene mit ihrem Vorhaben schon an einem Endpunkt angekommen.

„Küss sie!"

Jeremy runzelte die Stirn, ehe er sich nackt, wie einst Gott Adam schuf, über seine Eva beugte.

Seine Lippen schmeckten wie immer, vielleicht etwas rau. Irene beobachtete die Liebelei eine Weile, dann griff sie nach einer über einem Wandhaken hängenden Peitsche.

Leder traf auf Haut.

Während Jeremy die Lippen zusammenpresste, um sich einen schmerzhaften Aufschrei zu verkneifen, sprach sie: „Genug mit der Gefühlsduselei! Du sollst ihre Erinnerung an einen anderen Mann löschen! Schon vergessen?"

Kurzzeitig schloss Jeremy die Augen.

Er kämpfte mit sich, seiner Moral, und mit seiner Ethik. Plötzlich wurde es still.

Einen Moment später schnitt das erneute Zischen der Peitsche die Luft des Raumes in zwei Teile.

Treffer!

„Jeremy ...", entfuhr es Emiliana mitleidig, denn sie konnte sich denken, wie sein Rücken nach diesem harten Schlag aussehen musste.

Irene tobte und setzte zu einem weiteren Schlag an. „Nimm endlich in Anspruch, was dir gehört!"

Mit weit aufgerissenen Augen musste Emiliana hilflos mitansehen, wie das Leder sich fest über seine Haut zog.

„Du kranke alte ...", weiter kam sie nicht, denn Jeremys Blick zu ihr herunter sprach Bände.

Er schien Irene keinen Vorwurf zu machen.

Im Gegenteil, er schien ihr Vorhaben sogar für angemessen zu halten, denn sein nächster Griff umfasste grob Emilianas Nacken.

Forsch drang er mit der Zunge in ihren Mund ein.

Da sie durchaus in diesem Augenblick dazu bereit war, ihm in die Zunge zu beißen, hielt er mit der anderen Hand ihren Kiefer fest umschlossen.

Seine Finger gruben sich schmerzhaft in ihre Wangen, doch der Kuss, den er einforderte, war bühnenreif.

Als Jeremy den dicken Knauf der Peitsche unter seinem Kinn spürte, nahm er Abstand von ihren Lippen.

Irene forderte: „Sieh ihm in die Augen!"

Emiliana gehorchte.

„Sag ihm, dass es dir leidtut, was du ihm angetan hast."

Mit zitternden Lippen sprach sie in sein markantes Gesicht. „Es ..., tut mir leid, Jeremy."

Irene deutete auf Emilianas Brüste. „Fass sie an! Streichle und knete sie."

Jeremy tat es.

Emiliana wand sich in ihren Handfesseln über dem Kopf. Mit den Füßen versuchte sie sogar auszutreten, doch es war vergeblich.

Irene blieb sachlich. „Es tut dir nicht leid, nicht wahr?"

„Doch, tut es", flüsterte Emiliana in ihre Richtung.

Mit einer Hand unter ihrem Kinn, drehte Irene ihr Gesicht zu sich. „Sag ihm, was genau dir leidtut."

Emiliana atmete tief ein. „Alles."

Die Peitsche sauste unheilvoll auf den Boden herab. „Jeremy! Sie weiß es nicht! Hilf ihr!"

Bei diesen Worten begannen Emilianas dunkle Augen wie Lavasteine zu funkeln und ihre Kopf schmiegte sich an seinen Hals an.

„Ich …, also, was immer ihr vorhabt, mir tut alles leid! Ich schwöre es. Jeremy, du glaubst mir doch, oder nicht?"

Hin und hergerissen von zwischen Irenes Worten und Emilianas Schutzsuche, wollte er sich von ihr erheben. „Irene, ich denke wir sollten an dieser Stelle …"

Diese packte Jeremy unsanft an den Haaren und im nächsten Augenblick hielt sie ihm ein Klappmesser dicht an die pulsierende Schlagader. „Dein Leben oder dein Schwanz?"

„Irene …", keuchte er.

Doch sie fuhr fort: „Wenn du es jetzt nicht zu einem sauberen Abschluss bringst, ist sie für immer verstört, was dich oder deinen ehemaligen Boss angeht. Des Weiteren hättest du vollkommen umsonst um ihre schwarze Seele gegen den Teufel in dir gekämpft. Willst du das?"

„Nein!"

„Sehr gut! Dann nimm sie dir, oder lass mich dich kastrieren! Denn genauso würde es sich anfühlen, wenn du jetzt aufgibst."

Irene nahm das Messer runter und zog sich wieder in den Schatten des schwach beleuchtenden Raumes zurück.

„Jeremy, sieh mich an. Du musst das nicht tun. Mach mich los und wir können über alles reden. Ich verspreche dir, dass wir eine Lösung finden."

Kaum, dass Emiliana diese Sätze über die Lippen kamen, fuhr Irene schroff dazwischen: „Konzentriere dich, Jeremy! Zwing mich nicht dazu, es noch mal sagen zu müssen."

Seine einzige Antwort war nurmehr ein bitterböser Blick, denn er hatte eine Entscheidung getroffen.

„Lia, erinnere dich an das, was hier geschehen ist."

Er vergrub die Hand in ihren langen Haaren, während sich sein harter Schwanz auf ihrem Bauch rieb. „Hör auf damit! Geh von mir runter!"

„Dann sag mir, was ich hören will, mein süßes Püppchen."

Emiliana begann zu wimmern, doch sie antwortete: „Ich erinnere mich an alles und es tut mir schrecklich leid. Zufrieden?"

Irenes Auflachen klang spöttisch. „Und Morgen kommt Santa Claus ins Haus. Emiliana es reicht jetzt. Jeremy, ich habe nicht ewig Zeit."

Noch immer flehten ihn die dunklen Augen seiner Wildkatze wehmütig an, sie aufstehen zu lassen.

Jeremy hatte durchaus Mitleid mit ihr, doch er wollte, dass Joel ein für alle Mal aus ihren Gedanken verschwand.

Und wenn das bedeutet, dass ich diesen Bastard aus ihrem Kopf ficken muss. Verflucht, dann werde ich es tun!

Sein praller Schaft pulsierte gegen ihren Bauch.

Mit beiden Händen hob er ihren Hintern hoch, um auf diese Art noch besseren Zugang zu ihrem feuchten Eingang zu bekommen.

Emiliana spürte dabei nicht nur den gespannten Zug ihrer Fesseln, sondern auch die Lust, durch ihre Adern jagen.

Überwältigt von der Kraft, die allein in seinen Händen lag, schwebte sie vor seinen Lenden nahezu schwerelos.

Es gab allerdings auch noch eine schwere Demütigung, der sie gleich ausgesetzt sein würde.

Davon sollte sie jedoch erst in allerletzter Sekunde erfahren. In dem Moment, in dem sie nichts mehr dagegen tun konnte.

So kam es!

Jeremy platzierte die Spitze seines Schwanzes zwischen ihren Schamlippen, ehe er sich an diesen vorbei in ihre nasse Wärme drängte.

Er drückte den Schaft so tief hinein, dass Emiliana aufschrie. Ohne weiter darauf einzugehen, verfiel er in einen unglaublich schnellen Rhythmus.

Er stieß so kräftig in sie, als wolle er damit ein für alle Mal klarstellen, wessen Schwanz ihren Körper von nun an im Leben dominierte.

Dieser und nie wieder ein anderer!

Ich weiß, dass es für dich schmerzhaft ist, denn auch ich fühle das alarmierende Brennen der scharfen Reibung an der dünnen Haut meines prallen Schaftes. Halte noch ein wenig aus, mein wunderschönes Püppchen! Bald schon wird all das nur noch in deiner Erinnerung existieren.

Über und über vom Schweiß der Triebhaftigkeit bedeckt, durfte Emiliana aufstehen.

Sie konnte sich kaum auf den Beinen halten, so sehr hatte sie der Akt mit Jeremy angestrengt.

In ihrem Unterleib tobte ein Sturm von zuckenden Nachbeben, denn der Orgasmus war trotz der Schmerzen, die der brutale Fick mit sich brachte, mit nichts vergleichbar.

Schmerz und Lust, eine Kombination die auch noch in tausenden von Jahren seinesgleichen sucht.

Irene war zufrieden und nahm jetzt sogar die Rolle einer fürsorglichen Mutter ein.

Sie wies Emiliana an sich auf einen selten gesehenen, uralten gynäkologischen Stuhl zu setzen und ihre Beine links und rechts in Fußschalen abzustellen.

Müde von allem, tat diese wie ihr aufgetragen wurde.

Irene nahm ein durchsichtiges Döschen von einem Sideboard, drehte es auf und tauchte ihre Finger hinein.

Die dickflüssige Creme verteilte sie sanft rund um die wundgefickte Haut.

Es war ein angenehm kühlendes Gefühl an den äußeren Schamlippen, doch im Inneren begann auch diese leicht zu brennen.

Das lag auch an der Tatsache, dass die gespreizte Haut an einigen Stellen Risse aufwies, die leicht bluteten.

„Es wird bald besser sein", besänftigte Irene tupfend den schmerzverzerrten Blick von Emiliana.

Während des Anziehens bemerkte auch Jeremy die enorme Röte seines erschlafften Gliedes.

Eigentlich wollte er sich darüber nicht äußern, doch Irene warf ihm das Döschen keck über die Schulter zu. „Das sollte schnell helfen. Morgen ist alles wieder in Ordnung."

Nachdem das erledigt war, bat Jeremy Emiliana draußen im Flur auf ihn zu warten.

Dieses Mal wirklich auf ihn zu warten!

Sie drückte ihren müden Körper gegen die Wand und nickte, denn nach Sprechen war ihr nicht zu Mute.

Als er mit Irene das Zimmer verließ, begleitete diese die beiden noch bis an die Haustür.

Mit gefalteten Händen sagte sie: „Ich hoffe, dass wir uns noch mal unter besseren Umständen wiedertreffen, meine Liebe."

Dann umarmte sie Jeremy.

Emiliana schluckte schwer, denn auch wenn es sich hierbei um eine ältere Frau handelte, hatte diese ihn nackt und in voller Aktion beim Ficken gesehen.

Verflucht ich sollte ihn hassen, nach all dem, was geschehen ist, doch stattdessen klopft die Eifersucht an. Zu einem Zeitpunkt, der unpassender nicht sein könnte.

„Lia, bist du soweit? Können wir fahren?"

„Ja."

„Emiliana." Irene strich ihr noch einmal über die Wange. „Sie sind eine schlaue Frau. Sehr tapfer. Sie schaffen das!"

Tränen stiegen in Emilianas Augen. „Danke."

„Dafür nicht, meine Liebe. Das Leben ist manchmal ein Theaterstück, doch wir dürfen nie vergessen, dass wir keine Marionetten sind und jederzeit die Schnüre selbst in die Hand nehmen können."

Die Tür schloss sich.

Auf dem Weg zu Jeremys Wagen spürte Emiliana kaum mehr ihre Beine.

Schwindel nahm von ihrem Bewusstsein Besitz, als sie auch schon seinen Arm um ihre Hüften spürte.

Das Blut rauschte in ihren Ohren, als er sie auf den Beifahrersitz hievte.

Die Augenlider wurden schwer und sie fühlte nichts mehr. Nichts! Außer:

Leichtigkeit.

Die Dunkelheit im Fokus, tastete Emiliana um sich.

Wo zum Teufel bin ich und wo ist …

„Jeremy?"

Keine Antwort.

Eine Faust knallte wütend auf Glas, Scherben zersplitterten, doch sie konnte noch immer nichts sehen.

Da ihre Hände eine Decke um ihren Körper geschwungen ertasteten, griff Emiliana danach und riss diese herunter.

Dann sprang sie aus ihrer liegenden Position auf.

Mehrere Spotlights schienen auf ihre abrupten Bewegungen zu reagieren und spendeten umgehend schummriges Licht.

Jetzt sah sie ihn.

Wegen ihres rasenden Herzens konnte sie die klackenden Schritte seiner fein säuberlich polierten Businessschuhe kaum wahrnehmen.

Seine Worte hingegen kamen deutlich an ihren Ohren an.

„Warum tust du das? Mich so zu erschrecken? Ich meine, biete ich dir nicht alles, was ein Mann seiner zukünftigen

Frau bieten sollte? Luxus, Ausgehen, Essen, die besten Weine, wenn du willst auch ...“

„Wieso bin ich wieder hier? Wie ist das möglich?“ Die Frage kam ängstlich und mit einem Anflug von Hysterie über ihre Lippen.

Joel machte mehrere Schritt auf sie zu.

Ein eiskalter Schauder überfiel Emilianas Sinne, denn sie wusste, dass ihr in diesem Haus niemand zu Hilfe kam, selbst wenn sie aus voller Kehle um ihr Leben schrie.

Zu ihrer Verwunderung erhob er aufgebend die Hände.

„Darling, ich werde dich morgen auf Anraten von Dr. Clark in einer psychiatrischen Einrichtung einschreiben. Du neigst zu wilden Fantasien und Dingen, die dich selbst gefährden. Ich meine, zum Glück haben wir dich mitten in New York an einer Busstation noch rechtzeitig einfangen können. Was wolltest du überhaupt in Denver?“

Psychiatrie? Denver? Bus? Was geht hier vor sich? Ich habe das mit Jeremy in gar keinem Fall geträumt. Ich ...

„Setz dich!“

Emiliana schüttelte verneinend mit dem Kopf.

Bevor sie eine weitere derartige Entscheidung treffen konnte, schnellte er auf sie zu, packte ihre langen Haare und drückte ihren Körper an die nächstgelegene Wand.

Mit Nachdruck zwang er ihr einen Kuss auf und seine Hand griff unter die Fetzen, des einst so wunderschön seidig glänzenden Kleides.

So fest sie konnte, presste Emiliana die Schenkel zusammen, denn dort lag ihr Beweis, dass sie die Nacht mit Jeremy und der verrückten Alten nicht geträumt hatte.

Die Röte, das Brennen - die Lust!

Einen Übergriff von Joel würde sie in keinem Fall zusätzlich aushalten können, deshalb betete sie.

Und sie wurde erhört.

Die Tür sprang auf und eine stark schwankende Nina betrat das Zimmer. „Du elender Mistkerl!"

Ihre Füße schliffen kratzend über das Glas des Tisches, den Joel vor wenigen Minuten mit der Faust zerstört hatte.

„Ich will dich nicht an diese Schlampe verlieren! Warum bedeutet sie dir so viel?"

Joels Blick fiel noch einmal auf Emilianas leicht geöffneten Mund.

Hauchend sprach er: „Immer, wenn ich dir in die Augen sehe, erinnert mich das an meine schreckliche Vergangenheit. Allerdings habe ich schmerzhaft begriffen, dass du meine Erlösung in der Zukunft bist. Es wird bald nur noch uns beide geben, das verspreche ich."

Joels Gesicht wurde finster, als er sich von Emiliana ab, dafür einer stark alkoholisierten Anwältin zuwandte.

Er packte sie unsanft an den Oberarmen und schob sie aus dem Zimmer. Ihr klägliches Schreien und Fluchen war noch lange über den Gang hinweg zu hören.

Dann fiel ein Schuss!

Gehetztes Laufen, wirres Reden.

Ein weiterer Schuss!

Stille.

Emilianas Augen weiteten sich mit den ersten Lichtreflexen der Morgendämmerung.

Die Arme schützend um ihren Oberkörper geschlungen, sackte sie auf die Knie und begann zu weinen.

Das Wetter hatte sich verbessert und der Schnee war geschmolzen.

Das zarte Lila, welches den späten Nachmittagshimmel wie an einem Sommertag durchzog, ließ einen beinahe glauben, dass auch die Temperaturen gestiegen wären.

Jeremy wusste es besser, als er seinen Mantel vom Unterarm nahm und schwungvoll überzog.

Dieser Abend wird endgültig eine Wende in das kaum mehr in Worte zu fassende Dilemma bringen.

Zumindest hoffte er das.

Ihm war schon den ganzen Tag über nicht Wohl bei dem Gedanken gewesen, dass er seine vollkommen geschwächte Lia, ohne jeglichen Schutz, an der 66th Straße, an der Station Lincoln Center ausgesetzt hatte.

Nur leider war es unvermeidbar, damit Joel in dem Glauben blieb, sie wäre schlichtweg ziellos umhergeirrt.

Dass jener, beziehungsweise einer seiner Handlanger, Emiliana bereits gefunden hatte, bewies ihm ein kleiner roter Punkt, der sich auf dem Display von Douglas Smartphone bewegte.

Eigentlich wurde damit sichergestellt, dass er Jeremy zu jederzeit finden konnte, doch besondere Situationen erfordern nun mal neue Maßnahmen.

Jeremy schnappte sich das kleine unscheinbare Gerät aus seinem Jackett und versteckte es im Stoff ihres Kleides.

Zum Glück holte Irene dieses aus dem Keller, denn hätte Emiliana andere Kleidung getragen, wäre der Schwindel ebenso aufgeflogen.

Auf die Gefahr, dass Emiliana sich des Kleides entledigen würde, war Jeremy vorbereitet.

Der Sender musste auch gar nicht permanent an ihrem Körper kleben, sondern es war einzig und allein wichtig zu wissen, wo dieser sich befand.

Und seit heute Morgen wusste er es endlich.

Douglas riet ihm allerdings eindringlich davon ab, es auf eigene Faust zu versuchen, dort aufzuschlagen.

Man könne schließlich nicht wissen, wie viel Leute um Joel herumlungerten und zu was dieser kranke Kerl alles imstande war.

Es musste eine Lösung her.

Und genau zu dieser, war Jeremy jetzt auf dem Weg.

Joel drückte beruhigend auf Emilianas Schulter.

Tränen überströmten ihr wunderschönes Gesicht und sie fühlte sich kaum mehr in der Lage genügend Luft in ihre Lunge zu befördern.

„Es tut mir so leid", kam es mitfühlend über seine Lippen.

Dies half Emiliana nicht sonderlich viel, denn sie hatte in dieser Sekunde das Gefühl, als mache ihr Leben keinerlei Sinn mehr.

Plötzlich stoppten die Tränen und sie sah zu ihm auf.

„Wann hat man sie begraben? War ich da? Wieso kann ich mich an keinen Hirntumor bei ihr erinnern?"

Joel nahm sanft ihr Kinn in die Hand. „Darling, du bist traumatisiert. Ich verspreche dir, dass alles wieder gut werden wird. Statt der von Dr. Clark angeratenen Therapie buche ich uns für nächste Woche einen erholsamen Urlaub. Nur wir beide. Was hältst du davon?"

Mit konstantem Blick in die nassgeweinten Augen sorgte er dafür, dass er ihre volle Aufmerksamkeit hatte.

Emiliana hingegen blinzelte nicht einmal mit den Wimpern.

Joels Oberkörper lehnte jetzt soweit über ihr, dass sie den warmen Atem und den Geruch von frisch geputzten Zähnen wahrnehmen konnte.

Mit festem Griff um du Taille zog er sie zu sich nach oben.

„Das Letzte, was ich will, ist, dass es dir schlecht geht."

„Was erwartest du?" kam es gereizt über Emilianas Lippen.

„Du erzählst mir beiläufig, dass meine Granny tot ist und mir soll ..."

Sie stoppte, denn sie konnte so etwas wie eine stumme Warnung in seinem Blick ablesen.

Seine Mimik zeugte nicht mehr von Mitleid, sondern viel mehr von Genervtheit.

Wenige Augenblicke später ließ Joel von Emiliana ab.

Er schnappte sich ein Bündel Weintrauben vom Obstteller des gläsernen Tisches, ehe er breit zu lächeln begann.

„Warst du schon mal auf Puerto Rico, dem sogenannten reichen Hafen?"

Ein Schauder durchlief ihren Körper, denn ihre Seele verband mit diesem Ort etwas schreckliches.

Puerto Rico ..., Firma ..., 200.000$ ..., Dwayne!

Das Bildnis ihres Ex-Freundes schoss durch ihren Kopf und sie erinnerte sich schmerzhaft daran, wie er sie um das Geld ihres Grandpa´s betrogen hatte.

„Du musst nur einmalig investieren, um dabei zu sein, dann kannst du deinen Großeltern die vierfache Menge zukommen lassen und das jeden Monat."

Dwayne ist noch nicht einmal dessen richtiger Name gewesen und selbst wenn, würde sie diesen Scheißkerl heute wohl nurmehr an seinem mickrigen Schwanz überführen können.

Wie immer der Mann auch heißt, dem sie damals ihr volles Vertrauen schenkte, jener nahm das Geld und brauste auf Nimmerwiedersehen davon. End of the Story!

Klischeehaft, doch leider eine absolut wahre Geschichte, die sich in den Leben vieler Menschen nach solch einem Betrugsmuster abspielt.

„Darling, ist alles in Ordnung?"

Emiliana konnte nicht anders als Joels Mund beim Sprechen zu beobachten.

Mit leichtem Kopfschütteln sagte sie: „Nein, ich war noch nie dort gewesen."

„Dann wird es Zeit", gab Joel lachend an sie zurück.

Emiliana versuchte ein Lächeln auf ihr Gesicht zu künsteln, doch sie schaffte es nicht.

Joel legte die restlichen Trauben zurück in die Schale. Genussvoll leckte er sich über die obere Lippe, während er auf dem Sofa Platz nahm.

Mit der Hand deutete er neben sich.

Emiliana spürte sofort das kühle Leder unter ihrem Hintern und zeitgleich die Wärme seiner Hand auf ihrem nackten Oberschenkel.

Das Kleid von gestern lag verdreht über der Lehne eines gegenüberstehenden Stuhls, denn Emiliana war in den späten Morgenstunden nach einer ausgiebigen Dusche nurmehr in einen knielangen Morgenmantel geschlüpft.

Sie fand das hauchdünne Kleidungsstück auf einem goldenen Haken hinter der Badezimmertür vor, wie, als wäre es nur für sie dort aufgehängt worden.

Joels Griff um Emilianas Oberschenkel wurde fester und seine Tonlage glich dem Knurren eines wilden Tieres, welches sich jeden Augenblick auf seine Beute stürzt.

„Ich möchte deine Brüste sehen."

„Was?"

„Ich will, dass du den scheiß Mantel öffnest und mir deine Titten zeigst!"

Erschrocken darüber, dass er sie so derbe anschrie, tatsteten ihre Hände wie automatisiert nach dem Gürtel.

Mit schnellgehender Atmung klappte sie den Stoff nach beiden Seiten auf.

Die Farbe von Joels Wangen veränderte sich in heißes Rot, als er die erregenden Rundungen mit den harten Knospen, vor sich sah, so erwartungsvoll pumpte der Pulsschlag durch seinen Körper.

Seine Stimme nahm einen geheimnisvollen Klang an. „In Puerto Rico kaufe ich dir die besten Dessous, die eine Frau sich nur wünschen kann, oder besser gesagt ein Mann."

Emiliana konnte nur nicken.

Joel grinste. „Fass dich an."

„Warum sollte ich …", wollte Emiliana protestieren, doch ihre Worte wurden von dem starken Vibrieren seines Smartphones unterbrochen.

Annahme.

„Ja."

Diesen Moment wollte sie nutzen um sich wieder zu bedecken, doch sein strenger Blick bedeutete ihr, es zu unterlassen.

Wenige Sekunden später beugte Joel den Kopf weit in den Nacken. „Wer sagst du?"

Er stand auf und ging ans Fenster. „Ich bin gleich da."

Zurück am Sofa packte Joel Emiliana an den Haaren und zog sie nahe an sein Gesicht. „Weißt du, wer uns besuchen kommt?"

Als das Ziehen schmerzhafte Ausmaße an der Kopfhaut erreichte, antwortete sie: „Nein, das weiß ich nicht."

Joel ergriff ihre Handgelenke.

Emilianas Finger verkeilten sich instinktiv im Revers seines Anzugs. „Lass mich los! Ich weiß es wirklich nicht." Er starrte sie weiterhin an.

Dann forderte er: „Du rührst dich nicht vom Fleck! Siehst nicht aus dem Fenster, sondern bleibst genau hier sitzen. Ist das klar?"

„Verstanden", lautete ihre gedämpfte Antwort.

Joel verließ den Raum.

Draußen vor der Villa stand bereits der achtsame King Kong, inklusive drei weiterer Männer, dicht am Tor.

Mit ihren Waffen im Anschlag zielten sie allesamt auf einen nachtschwarzen Audi, der sich direkt davor mit laufendem Motor in Position gebracht hatte.

Joel, der soeben zu ihnen gestoßen war, erkannte den Wagen. *Woher zum Teufel weiß er wo wir sind?*

„Jeremy? Jeremy Adams. Was führt dich zu mir?"

Keine Antwort.

Die Straße war um diese Zeit wie leergefegt, denn die meisten Menschen aßen in ihren Häusern zu Abend oder sahen sich einen Film an.

Plötzlich wendete der Audi und fuhr mit dem Heck rückwärts bis knapp vor die schützenden Gitter des Tores.

Das Gaspedal wurde mehrfach hintereinander betätigt, was den Motor rhythmisch aufheulen ließ.

Joels Gesichtszüge erhellten sich.

Mit Blick auf den Nebenmann kramte er in seiner Hosentasche und fand auch nur Sekunden später, wonach er suchte - die Wagenschlüssel.

„Macht das Tor auf", lautete Joels unmissverständliche Order, ehe er seinen BMW öffnete und zusammen mit dem Handlanger einstieg.

Während sich das Tor öffnete wärmte Joel die Reifen in drehenden Schlangenlinien auf.

Mit dreimaliger Lichthupe gab er dem Audi zu verstehen, dass er bereit war.

Die Bremslichter des Audi erloschen und wie, als würde es kein Morgen geben schossen beide Wagen zeitgleich nach vorne in die Schwärze der voranschreitenden Nacht.

Über sechs Kilometer lieferten sie sich ein Rennen, das auch vor roten Ampeln nicht zurückschreckte.

Teilweise wurden dabei bis zu 160km/h erreicht, was Joel schon immer einen ganz besonderen Kick im Leben gab.

Er erinnert sich noch genauestens daran, als er vor Jahren mit Jeremy auf dem Weg zu einem wichtigen Termin war, doch so ein blöder Penner ihn im Stadtviertel Upper East Side zu einem Rennen herausforderte.

Wäre Jeremy nicht gewesen, der ihm diese Idee mit wilder Gestikulation ausgeredet hätte, dann wäre er wohl dem langen Arm des Gesetztes schon längst ins Netz gegangen.

Heute Nacht forderte ihn dafür sein damaliger Lifesaver höchstpersönlich zu einem extravaganten Rennen heraus - welch Ironie.

Und er war nicht schlecht darin.

Dennoch wusste Joel, dass es gegen ihn und seine Fahrkünste kein Entkommen gab.

„Genug gespielt!"

Mit diesen Worten sah er in das von Panik durchzogene Gesicht seines Beifahrers, ehe er das Gaspedal bis zum Anschlag durchdrückte.

Der Duft ihrer frisch geduschten Haut lag noch immer auf seinen Händen und wenn in dieser Nacht ihre Körper verschmelzen würden, dann wäre dies mit dem jetzigen Adrenalinausstoß vergleichbar.

Du gibst mit dieser Aktion dein Bestes, um den Deal platzen zu lassen. Schon wieder! Ich bekomme keine Loyalität, du ab sofort kein Mitleid! Heute Nacht wird sich die Tür des goldenen Käfigs schließen und deine Wildkatze wird für immer darin gefangen sein. Deal with it, Adams!

Noch während dieser Gedanken fuhr er dicht an die Stoßstange des Audi.

RUMMS!

Metall traf auf Metall.

Reifen quietschten, Motoren heulten, Lack splitterte.

RUMMS!

Der BMW hatte aufgeholt und drängte den Audi an den äußersten Rand der Fahrbahn.

Da sie sich mittlerweile am Ende der Columbus Avenue befanden, nutzte Joel diese Gelegenheit, um seinen Gegner endgültig aus dem Verkehrt zu ziehen.

Er schlug das Lenkrad hart ein, verkeilte sich in der hinteren Seitentür, und wartete nur darauf, dass die Räder des Audi keinen Halt mehr auf dem Asphalt hatten, dafür aber Bekanntschaft mit dem matschigen Straßengraben machten.

Stillstand.

Es dauerte einige Zeit, ehe Joel und sein Handlanger aus dem BMW stiegen.

Vorerst mussten sie sich jedoch vergewissern, dass sich keine Cops in der Nähe befanden, oder Passanten, die diese binnen weniger Minuten auf den Plan rufen konnten.

Die kleine Seitenstraße war jedoch wie leergefegt.

Alles war ruhig und friedlich und nur die Lichter der beiden Fahrzeuge blinkten in der Schwärze der Nacht.

Der Handlanger wollte die Fahrertür des Audi aufziehen, als Joel diesen schroff zurückwies.

„Er gehört mir!"

Nickend trat der Mann einige Schritte zur Seite und beobachtete, wie sein Boss aggressiv am Griff der Tür zog. „Was zum Teufel ...?"

Joel traute seinen Augen nicht.

„Hört mal Jungs, ich denke, hier liegt ein Missverständnis vor." Mit erhobenen Händen und hochroten Wangen, lächelte Douglas den beiden mitten ins Gesicht.

Kurz darauf wurde er von dem Handlanger unsanft am Revers seines Anzugs gepackt und aus dem Wagen gezogen.

Nachdem Douglas Wirbelsäule hart gegen die Karosserie geschlagen wurde, trat Joel genau vor ihn.

Wütend sprach er durch zusammengepresste Zähne: „Wen wollen du und Jeremy eigentlich verarschen?"

Douglas Augen flogen weit auf und er stammelte. „Wir? ..., also nein, es ist so, dass ..."

„Halt dein Maul, Dickerchen! Und sag mir lieber, wo er ist!" Ohne darauf einzugehen, begann Douglas wild zu gestikulieren und sogar lautstark um Hilfe zu schreien.

„Lassen Sie mich los! Hallooo ...! Hört mich denn keiner?"

Joel atmete gelangweilt durch, ehe er ausholte und seine Faust in Douglas Magen rammte.

Schmerzhaft zog sich dessen Körper zu einer Kugel zusammen und die Rufe verstummten.

Wie eine versteinerte Statue hielt Joel plötzlich inne, denn ihm wurde klar, dass er getäuscht wurde.

Dieses Rennen fungierte lediglich als Ablenkungsmanöver, um ihn von der Villa wegzulocken.

Und das Schlimmste - es hatte funktioniert!

Schmerzhaft umschlang Joel Douglas Kehle und wies ihn an: „Du steigst jetzt in meinen Wagen! Und wenn du weiter versuchst Zeit zu schinden, schwöre ich dir, dass ich deine

Eingeweide auf offener Straße verteile. Hast du mich verstanden?"

Verzweiflung war in Douglas Augen abzulesen, doch er nickte.

Zu seinem Handlanger gewandt sprach Joel: „Du schaffst die Karre aus dem Graben und kommst nach."

Anschließend zerrte er Douglas mit roher Gewalt zu seinem Wagen und als dieser auf dem Beifahrersitz saß, wurde ihm die Tür direkt vor dem Gesicht zugeknallt.

Joel stieg auf der Fahrerseite ein und startete den Motor.

Douglas hingegen erhob den Finger. „Das ist Entführung! In Amerika bekommt man dafür eine Haftstrafe von bis zu sechzehn Jahren."

Unbeeindruckt legte Joel den nächsten Gang ein. „Und was bekommt man für Mord?"

Da Emiliana das Zimmer nicht verlassen und auch nicht aus dem Fenster sehen durfte, suchten ihre Augen instinktiv nach einer anderen Fluchtmöglichkeit.

Sie zog den hauchdünnen Stoff des knielangen Mantels zurecht, während sie den ersten Regentropfen lauschte, die an diesem späten Abend an die Scheiben prasselten.

Plötzlich mischte sich unter die vertraute Naturmusik noch ein anderes Geräusch.

Klopfen.

Es klang sanft und melodisch - nicht stören wollend.

O Gott, er ist zurück!

Emiliana überkam Panik, denn sicherlich würde er sein begonnenes Spiel von vorhin mit ihr fortsetzten wollen.

Reiß dich zusammen! Du kannst ihn aufhalten.

Mit diesem motivierenden Gedanken stand Emiliana auf. Sie räusperte sich hörbar. „Ich bin müde und möchte schlafen."

Das Tippeln von Schuhen mit Absätzen war zu hören. Selbstverständlich hatte Joel diese noch immer an, denn er schien in seinen vornehmen Business-Klamotten wie festgewachsen zu sein.

Hoffentlich hat er Verständnis und geht einfach weg.

Doch Emiliana wurde eines besseren belehrt.

Es donnerte mehrfach von außen gegen die Tür, ehe diese schwungvoll nach innen aufflog.

Vor Schreck wich Emiliana bis hinter das Sofa zurück, um zumindest ein wenig das Gefühl von Schutz zu verspüren. Und da stand er.

Genau wie alle anderen in diesem Haus in tadellosem, wenn nicht sogar maßgeschneiderten Anzug.

Das weiße Hemd, welches er trug, hatte durch den Regen solch eine ausgeprägte Transparenz angenommen, dass sich die markante Brust darunter deutlich abzeichnete.

Ein Schauer lief ihr jedoch über den Rücken, als sie die Waffe entdeckte, die locker in seinem Gürtel steckte.

Was hat er damit vor? Will ich das überhaupt wissen?

„Du musst gehen, Jeremy! Verschwinde und bring dich in Sicherheit. Er wird jeden Moment zurückkommen und ...", weiter kam Emiliana nicht, denn er trat wortlos immer näher auf sie zu.

Bevor sie die Hände zur Abwehr nutzen konnte, war er auch schon um das Sofa herumgekommen, um ihren bebenden Körper fest in seinem Griff gefangen zu nehmen. Sein Blick haftete auf ihren Augen, während er sie mit Leichtigkeit an die Wand zurückdrängte.

Jeremys Mund beanspruchte ihre halbgeöffneten Lippen, die Wangen, den Hals, und ihr einladendes Dekolleté.

Jeglicher Protest von Emiliana wurde allein durch seine Küsse im Keim erstickt und ihr Körper wand sich intensiv unter seinen starken Berührungen.

Atemlos stöhnend hob sie ihr Knie und wartete darauf, dass er es sich schnappte und um seine Hüfte schlang.

Jeremys Worte erreichten ihre Ohren. „Ich bin gekommen, um dich fortzubringen, doch allein dein Anblick hat das Tier in mir entfesselt und ich kann nicht anders, als mich auf bestialische Weise mit dir zu vereinen."

Der Wahnsinn, der von diesem Mann ausgeht, ist unglaublich intensiv, verstörend, und doch so rein.

Emiliana spürte, wie er ihr Höschen zwischen zwei Fingern verdrehte und es ihr vom Unterleib riss.

Nurmehr mit dem Mantel über ihre angespannten Schultern hängend, stand sie jetzt vor ihm.

Beinahe hilflos musste sie sich seinem atemberaubendem Auftritt hingeben, denn welche Frau auf dieser weiten Welt, träumt nicht davon, von einem sexy Anzugträger besinnungslos gegen die Wand gefickt zu werden.

Während Jeremy ihre Brüste mit wild fordernden Küssen bedeckte, zog er die Schnalle seines Gürtels aus der Lasche.

Nach dem Senken des Reißverschlusses rutschte ihm die Hose bis auf die Hüften herab, was wiederum zur Folge hatte, dass sich die Waffe lockerte und krachend auf dem Boden landete.

Jeremy ignorierte es.

Seine Hand steckte er lieber in die hautenge Shorts, um seinen Schwanz zu befreien.

Meine Güte! Er war in diesem Moment unwiderstehlich! Ein Mann, mit solch einer sexuellen Anziehungskraft, dass sich auch ohne jede Berührung das Becken zusammenkrampft, die Klitoris pulsiert, und ein unaufhaltsamer Höhepunkt gnadenlos seine Opfer fordert.

An ihrem Venushügel spürte Emiliana jetzt die volle Härte seines Schaftes.

Mit dem Finger strich Jeremy betont langsam durch ihre Mitte, denn er wollte nicht einen Tropfen ihrer nassen Lust verpassen.

Emiliana konnte nicht anders, als ihre Beine Stück für Stück weiter zu spreizen.

Ihr kam es so vor, als würde sie sich ihm wie eine willenlose Konkubine, deren blutrote Fingernägel sich unglaublich tief in seine breiten Schultern bohrten, zum Beischlaf anbieten.

„Jeremy …", leise hauchend klang sein Name wie Flehen, denn Emiliana konnte die dicke Spitze bereits an ihrem Eingang spüren.

Unter Anspannung öffneten sich die inneren Schamlippen, denn sie waren noch leicht wund von der Folterprozedur auf Staten Island.

Da Jeremy das wusste, schob er sich dieses Mal sehr langsam in ihren engen Körper.

Stirn an Stirn hauchte er gegen Emilianas Lippen. „Meine wilde Schönheit, es tut mir so leid. Ich verspreche dir, dass ich dich nie wieder allein lasse. Schon gar nicht mit solch einem verrückten …"

Ihr unerwartet harter Kuss, der von einer Frau nicht fordernder hätte sein können, unterbrach sein Reden.

Mitgerissen von ihrer ungezügelten Wildheit, wölbte Jeremy den Rücken ins Hohlkreuz und stieß zu.

Ihr Atem strömte in seinen Mund, denn sie fühlte den Schmerz durch ihren Unterleib jagen.

Dicht gefolgt von unbeschreiblicher Lust, wurde die Vorfreude auf den Höhepunkt kaum mehr erträglich.

Ihre Finger gruben sich tiefer und tiefer unter das Hemd, ja, sie krallte sich regelrecht in Jeremys warme Haut fest.

Frei nach dem Motto: *Wenn er mich mit solch einer Leichtigkeit verletzen kann, dann soll auch er bluten!*

Zeitgleich passte sich ihr Körper mit jedem weiteren Stoß seiner kompletten Länge an.

Mit der Zungenspitze umfuhr er die Kurven ihrer Brüste und die harten Knospen saugte er dabei gierig zwischen seinen Lippen ein.

Emilianas Kopf fiel stöhnend zurück, denn er war in diesem Moment unglaublich einnehmend.

Jeremys Schwanz drang so tief vor, dass sie hätte schwören können, an dieser Stelle noch nie etwas derartiges gespürt zu haben.

Die Feuchtigkeit lief aus ihrem Inneren, wie heiße Lava aus einem Vulkan, doch die Muskeln ihres Unterleibes hielten ihn eng umschlossen.

Keuchend vor Lust hauchte Jeremy in ihr Ohr: „Willst du es härter?"

Seine Handfläche schlug dabei seitlich gegen ihre Brust.

Die Luft im Raum begann zu flimmern, wie an einem extrem heißen Sommertag, als die Worte flehentlich über ihre Lippen kamen. „Fick mich härter!"

Instinktiv wusste Emiliana, dass sie mit diesem Satz den freundlichen Jeremy in den Hinterhalt gedrängt, dafür aber den Teufel in Person von den Ketten gelassen hatte.

Mit der vollen Kraft seines Körpers stieß er unerbittlich zu. Ihre Wirbelsäule war dicht gegen die Wand gepresst und zwischen ihren gespreizten Beinen tobte erneut die verbotene Mischung aus Brennen und Jucken.

Klatschend verlor sich Jeremy in ihrer Nässe. Seine Hände waren überall.

„O Gott, hilf mir!", schrie Emiliana unter Anspannung ihres Körpers.

„Der kann dir jetzt auch nicht mehr helfen, mein Püppchen", flüstere Jeremy schweratmend, denn er spürte deutlich, wie er seiner eigenen Vollendung näherkam.

Bereits mit der nächsten Umklammerung ihrer inneren Muskeln, entlud sich die Lust in heißen Strömen.

Mit der Hand fest um Emilianas Nacken, verhinderte Jeremy, dass ihr Kopf während des bevorstehenden Höhepunktes zu hart nach hinten fallen konnte.

Und sie kam.

Das war alles, was er in diesem Moment sehen und hören wollte - ihre Lust unter seiner Regie!

Nie wieder werde ich sie eine andere Rolle im Leben spielen lassen. Nie!

Mit diesem Gedanken zog er sich langsam aus ihr zurück.

Ein sanfter Kuss auf ihre Stirn wurde abrupt von lauten Motoren unterbrochen, nur um Jeremy schmerzhaft daran zu erinnern, dass es noch lange nicht vorbei war.

The Show must go on!

Im Arbeitszimmers zog Joel eine Waffe aus der Schublade. Hörbar ließ er das Magazin einrasten.

Mithilfe seines Fingerabdrucks entsperrte er den Laptop.

„Wollen doch mal sehen, wo du dich versteckst", murmelte er vor sich hin, als er auf die Aufnahmen der vergangenen Stunden blickte.

Nachdem er gesehen hatte, wie clever Jeremy sich Zutritt zum Haus verschafft hatte, legte er die Waffe in seinem Schoß ab.

Wut veränderte sich in Rage.

Du blöder Wichser! Hast also versucht sie zurückzuholen, um unser Spiel und somit den Deal zu beenden. Dies ist inakzeptabel! Ihr Schicksal liegt längst nicht mehr in deinen Händen und es wird allerhöchste Zeit, dass ich dir unmissverständlich klarmache, wo sich der Stand deiner Spielfigur auf dem Brett des Lebens befindet – im AUS!

Joels Gedanken wurden schwärzer und schwärzer.

Kurzzeitig schloss er die Augen, um sich selbst davon abzuhalten das Zimmer auseinanderzunehmen.

Dann stand er auf.

Die Waffe steckte er in den hinteren Hosenbund, schwang behände das Jackett darüber, und verließ den Raum.

Da die angemietete Villa nur die notwendigsten Sicherheitsmaßnahmen, wie Videoüberwachung ohne Ton, aufwies, beschloss Joel sich die Tür- und sogar einen Torsteher zu organisieren.

Diese Leute wurden ausreichend dafür bezahlt, dass sie keine Masken tragen mussten, denn es war ihr Job die Augen stets offenzuhalten und bei internen Angelegenheiten der Auftraggeber dezent wegzusehen.

Ein Mann in Anzug und Maske kam in dem langen Flur auf Joel zugelaufen. „Wir konnten ihn noch nicht finden, dafür wartet Ihre Frau in der Halle auf Sie."

Meine Frau …, diese Worte hallten wie Echos in seinen Ohren wieder. *Und was macht ein Mann mit einer ungehorsamen Frau? Er unterbricht ihre Träumereien! Und genau das werde ich heute Nacht ein für alle Mal tun.*

Beim Betreten der Halle sah er sie unter dem riesigen Kronleuchter wie in einem Himmelslicht stehen.

Ihre langen Haare lagen frisiert an ihrer Rückenpartie an und sie trug auch nicht mehr den Morgenmantel.

Diesen hatte das kleine Luder gegen hautenge Leggings, ein schwarzes Top und Overknee-Stiefel eingetauscht.

Joel erkannte die Sachen, denn darin hatte er vor wenigen Monaten Tamara, das Zimmermädchen, kennengelernt. Ihr eigentlicher Job war Prostituierte, als er sie in Manhattan aufgabelte und zu Höherem behob.

Innerlich ermahnte er sich, Emiliana nicht danach zu fragen, denn schließlich ging sie davon aus, dass die Anziehsachen in dem großen begehbaren Kleiderschrank ihr persönliches Eigentum waren.

Nervös spielte sie an den Spitzen ihrer Haare herum, ehe sie Joel entdeckte.

Ihr Verhalten war seltsam, denn sie schien keine Angst zu haben.

Instinktiv griff Joel nach der Waffe, als sie sich in Bewegung setzte und auf ihn zulief.

Er hielt inne, als er ihre Arme fest um seinen Hals geschwungen fühlte und ihren Körper dicht an seinem. „Ich bin so froh, dass du zurück bist. Dein Freund ist verrückt geworden."

Joel tat etwas, was sogar die anwesenden vier Männer mit den Masken verwunderte.

Er nahm die Frau, vor der er alle Anwesenden mehrfach gewarnt hatte, wie clever sie sei, fest in seinen Arm.

Mit dem anderen wies er seinen Nebenmann lautstark an: „Findet den Bastard und bringt ihn her!"

Den Kopf zu Emiliana gesenkt sprach er: „Du musst nie wieder Angst vor diesem Mann haben, das verspreche ich. Warte hier einen Moment."

Er ließ sie los und ging auf eine schmale Tür neben dem Eingang zu.

Schwungvoll riss er den Knauf auf.

Emiliana erkannte einen molligen Mann in einem Anzug, dann hörte sie seine Stimme. „Dafür werden Sie bezahlen!" *Douglas.*

Ihre Augen weiteten sich, als Joel diesen inmitten der Halle auf die Knie zwang und die Waffe auf dessen Hinterkopf richtete.

Die nächsten Worte hallten wie Donner durch das Haus. „Hast du dem guten alten Jeremy noch irgendwas zu sagen, bevor dein Gehirn den Marmor verschönert?"

Douglas stammelte: „Tut mir leid, Jeremy! Ich wollte es gut machen ..."

Joel lachte auf. „Hörst du das? Das dicke Schweinchen winselt, als wäre es auf dem Schlachtertisch gelandet. Und das alles nur wegen DIR!"

Hörbar entsicherte er die Waffe.

Emiliana hielt sich mit beiden Händen den Mund zu, um einen Schrei des Schocks zu unterbinden.

Douglas schloss die Augen und begann zu beten. „Heilige Mutter Maria, bitte hilf mir in dieser schweren Stunde ..."

Joel unterbrach die Worte mit einem Schlag gegen den Kopf. „Hör mit dieser Scheiße auf und ruf nach ihm!"

Douglas benetzte seine trockenen Lippen mit Speichel, ehe er mit bebender Stimme rief: „Jeremy, kümmere dich nicht um mich! Halt an dem Plan fest!"

Wütend griff Joel in Douglas Haare und zog seinen Kopf zurück. „Ein Plan? So läuft das also. Ihr wollt mich verarschen?"

Der Lauf der Waffe lag jetzt dicht auf Douglas Schläfe.

„Don´t fuck with a Fucker!" flüsterte Joel in dessen Ohr und wollte abdrücken.

Eine vertraute Stimme hielt ihn in letzter Sekunde von diesem Vorhaben ab. „Lass ihn gehen! Ich bin hier."

Hektisch sah Joel von links nach rechts.

Und mit Blick in das oberste Stockwerk entdeckte er ihn.

Jeremy stand am Geländer der Treppe.

Sein Blick war finster und er wirkte kein bisschen nervös. Der große Schock kam erst, als sich ihm zwei maskierte Männer von beiden Seiten näherten, um ihn zu überwältigen.

Zu Joels Freude schafften diese es mit Leichtigkeit und kurz darauf brachten sie einen um sich schlagenden Jeremy zu ihm nach unten in die Halle.

Ehe Joel das Wort an ihn richten konnte, drang eine weitere Stimme vom Flur aus bis zu ihnen durch.

„Joel! Komm schnell! Das wirst du nicht glauben!"

Die Frau schrie weitere Sätze, deren Worte jedoch nicht verständlich bis in die Halle vordrangen.

Während die Männer noch immer mit einem fluchenden Jeremy kämpften, übergab Joel einem der beiden Douglas.

„Bring ihn in mein Arbeitszimmer!"

Zu dem anderen gewandt sprach er. „Du bleibst hier und wartest auf mich! Und sorge dafür, dass er nichts sehen kann."

Nickend nahm der Handlanger Jeremy fest in seinen Griff, ehe er eine schwarze Haube über dessen Kopf stülpte.

Während Emiliana noch damit beschäftigt war zu verstehen, was hier vor sich ging, schloss sich Joels Hand fest um ihren Oberarm.

Unsanft zog er sie mit sich in den Raum, aus dem vor wenigen Augenblicken die Frauenstimme zu hören war.

Schon beim Eintreten rief Joel: „Barbara, was ist los?"

Die Ärztin wandte sich mit leichenblassem Gesicht herum.

Joels Blick fiel auf die Überwachungsmonitore. „Was zum Teufel ..."

Im nächsten Moment packte er Emiliana an den Haaren und schrie: „Hast du davon gewusst? Niemand verarscht mich, hörst du!"

Zu Dr. Clark sprach er: „Verlass das Haus. Schnell!"

Emiliana wurde unsanft von Joel den Flur entlang gerissen.

Spucke flog aus seinem Mundwinkel, so wütend war er.

„Verfickte Schlampe! Ich hätte es wissen müssen!"

„Aua! Joel, ich verstehe nicht ...", doch ihre Worte wurden schroff unterbrochen.

„Halt´s Maul! Was glaubt ihr, wer ihr seid? Bonnie und Clyde? Mir scheißegal, denn deinen kriminellen Partner siehst du ab jetzt nie wieder!"

Zurück in der großen Halle kämpfte Emiliana mit aller Kraft darum, dass er sie losließ.

Vergeblich!

In dem Moment als sie sich in seinen Arm wendete und ihm in die Hand biss, holte er aus und schlug ihr ins Gesicht.

Instinktiv berührte Emiliana die verletzte Wange, als auch schon der nächste Schlag sie zu Boden gehen ließ.

Ihr Bewusstsein schwankte, doch ihre zu Schlitzen geformten Augen konnten sehen, wie Joel sich vollkommen ungehalten auf Jeremy und den Handlanger zubewegte.

Er griff nach der schwarzen Haube, hielt jedoch inne.

Für alle Anwesenden war das, was er vor wenigen Augenblicken auf den Monitoren zu sehen bekam, jetzt unüberhörbar.

Sirenen!

Die Cops waren auf dem Weg zu dem Anwesen und das bedeutete dann wohl auch das endgültige Ende.

Joels Augen flogen weit auf, dann sah er zu dem Mann mit der verspiegelten Maske. „Lass ihn los und schnapp dir die Schlampe!"

Als dieser den Befehl umgehend befolgte, schrie Emiliana: „Weg von mir! Fass mich nicht an, du blöder Wichser!"

Verzweifelt trat sie mit den Stiefeln aus, doch es half nichts.

Währenddessen packte Joel seinen verhassten Gegner am Revers des Anzugs. „Es hätte nicht so weit kommen müssen. Alles, was ich wollte, war Loyalität."

Dr. Clark stand jetzt von mehreren Männern umgeben, einige in Anzügen und Spiegelmasken, andere in Bediensteten- oder sogar Straßenkleidung, ungeduldig im weit geöffneten Eingangsbereich.

„Joel! Komm schon! Wir müssen weg von hier!"

Er schloss kurzzeitig die Augen. „Steigt in die Wagen! Die Schlampe soll zu mir in den Audi. Ich komme sofort nach."

Emiliana spürte, wie sich der Griff fest um ihren Arm schloss, ehe sie mit der Frau und den Männern nach draußen gezogen und von dem maskierten Mann auf die Rückbank des Audi geschleudert wurde.

Während die Ärztin in Joels direkt dahinter parkenden BMW stieg, in den man auch Douglas gesteckt hatte, rief sie: „Schätzchen, benimm dich! Andernfalls könnte es ziemlich schmerzhaft werden."

Die Tür knallte zu und Emiliana beobachtete, wie der Mann auf dem Fahrersitz Platz nahm.

Es fühlte sich schrecklich an, denn der nachtschwarze Wagen gehörte Jeremy und nur ihn konnte sie sich auf diesem vorstellen.

Da der Schlüssel steckte, brauchte der Maskierte nur den Motor starten.

Beim Anfahren wurde ihr Körper massiv gegen die Rückbank gedrückt, ehe der Wagen am erhöhten Bordstein vor dem Eingang noch einmal zum Stillstand kam.

Durch die hintere Seitenscheibe konnte Emiliana zunächst nur Joels Rücken sehen, doch die Bewegungen zeugten davon, dass er nicht gerade zimperlich mit seinem Gegenüber umging.

Was? Oh mein, Gott! Nein!

Die spitze Klinge eines Messers blitzte im Lichtschein auf. Sirenen wurden lauter.

Das Tor öffnete sich und die ersten Wagen verließen nacheinander in entgegengesetzte Richtung das Anwesen. Emiliana schob sich dicht an die hintere Tür, um besser sehen zu können.

Da geschah es.

Ein lauter Schrei von Joel - eine Bewegung - überall Blut! Der Schnitt durch die Kehle war präzise.

Tödlich!

Hysterisch schlug Emiliana mit den Händen gegen das Glas der Scheibe. „Nein! Nein! Nein! Du dreckiger Bastard!" Ihre Finger tasteten nach dem Türöffner, doch der Fahrer sorgte mit nur einem einzigen Knopfdruck dafür, dass diese fest verschlossen blieb.

Unbeeindruckt von ihren Schreien, lehnte er sich über den Beifahrersitz und öffnete seinem über und über mit blutverschmierten Boss die Tür.

Joel stieg ein.

Sie beugte sich nach vorne um ihn am Hals oder egal wo fassen zu können, doch ein gezielter Griff um ihren Kiefer ließ sie innehalten. „Zwing mich nicht noch mal dazu dir weh zu tun!"

Emilianas Körper wurde erneut rückwärts geschleudert und der Wagen fuhr los.

Nachdem sie ihren Kiefer von Seite zu Seite nach einem Bruch überprüft hatte, schrie sie: „Du hast ihn getötet!"

Tränen der puren Verzweiflung schossen aus ihren Augen, doch Joels Aufmerksamkeit galt jetzt der Straße.

Mit einem seidenen Tuch, welches sich in seinem Jackett befand, begann er damit, sich das Blut provisorisch von den Händen zu wischen.

„Scheiße, ja! Ich habe Jeremy eiskalt ermordet."

Die Gebäude und Häuser der Straßen entlang das Hudson Rivers zogen sich wie eine durchgängige Linie, an der die dunklen Wagen vorbeirasten.

Emiliana saß wie eine reglose Puppe auf der Rückbank, die kalten Hände fest in den Schoss gepresst.

Mit jedem Schlag des aufgeregten Herzens liefen zahlreiche Tränen über ihre Wangen.

Sie weinte um Jeremy.

Sein Tod brachte eine weitere Welt in ihrem Inneren zum Einsturz. Eine, die sie noch nicht einmal richtig kennenlernen und somit auch nicht verstehen konnte.

Die Gefühle für diesen Mann waren jedoch so stark, dass sie sich wünschte, sie wäre mit ihm gegangen.

Weit fort von diesem grausamen Ort, genannt Erde. Einem Planeten, auf dem die Habgier mit jedem neuen Tag wächst und sich jeder Mensch selbst der Nächste ist.

Joel war ein reicher mächtiger Mann und doch sah es in diesem Augenblick so aus, als wäre auch er gebrochen.

Immerhin hatte er in dieser Nacht nicht nur einen lästigen Feind getötet, sondern einen jahrelangen Weggefährten, einst sogar Freund.

Plötzlich räusperte sich Joel. „Da vorne rechts. Wir nehmen die Church Street, dann weiter nach New Jer- ...“

Er hielt inne, denn was er im Augenwinkel erfasste, konnte unmöglich sein.

Der maskierte Fahrer hatte seine Hand, trotz der hohen Geschwindigkeit, lässig auf dem Lenkrad liegen.

Dabei war der Ärmel des Anzugs ein Stück weit nach hinten gerutscht.

Eine Uhr, die Joel selbst vor nicht einmal zwei Jahren, mit dem Logo von Marshall-Enterprises auf dem Ziffernblatt, für sich und drei weitere Mitarbeiter hatte anfertigen lassen, glänzte im Schein der unzähligen Straßenlichter.

In der Hoffnung, seine schlimmste Befürchtung würde sich nicht bewahrheiten, stammelte er: „Erik?"

Der Fahrer mit der Maske nickte.

Laut ausatmend, stieß Joel diesem mit der Faust gegen die Schulter. „Verfluchte Scheiße! Hast du mich erschreckt. Du hast Jeremy die Uhr geklaut? Euch Wichser kann ich auch keine Sekunde aus den Augen lassen, ohne dass ihr irgendein krummes Ding dreht."

Es folgte ein Lachen.

Gekünstelt, denn Joel versuchte damit lediglich die enorme Anspannung unter Kontrolle zu bekommen.

Sein Blick galt jetzt dem Rückspiegel, um nach Emiliana sehen zu können.

In dem Moment als sich ihre Augenpaare trafen, holte der Fahrer aus. Der Ellbogen landete mit voller Wucht an Joels Schläfe.

„Ah, du verblödetes Arschlo- ...", weiter kam er nicht, denn ein noch heftigerer Schlag traf ihn neben dem Auge.

Joel verlor das Bewusstsein.

Der Fahrer stieß den wankenden Körper zurück auf den Beifahrersitz.

Anschließend riss er sich die Maske vom Gesicht.

Emiliana verfolgte das Geschehen wie in einem Albtraum, ehe sie flüsterte: „Jeremy?"

Ihr Schock war nichts im Vergleich zu der finsteren Entschlossenheit, welche unmissverständlich in seinen blaugrünen Augen aufblitzte.

Zusätzlich trat die pulsierende Schlagader an seinem Hals hervor. „Keine Angst Lia, gleich ist alles überstanden."

Jeremy riss das Lenkrad herum und bog knapp vor einem Truck scharf nach rechts ab.

Dr. Clark und die anderen Wagen konnten nicht folgen, da der Fahrer des Trucks beim Bremsmanöver die Kontrolle verlor, über die Fahrbahn schlängelte, und sogar zu kippen drohte.

Emilianas Atmung verdoppelte sich, doch mit den Fingerspitzen strich sie erregt über die Innenseite ihres Oberschenkels. Sie stellte sich vor, es wäre Jeremy.

Die Augen fest geschlossen ließ sie ihre Hände über den lackartigen Stoff der Leggings gleiten.

Ihr Venushügel zuckte, als sie sah, wie Jeremy fest das Lenkrad umfasste, ihr über den Rückspiegel tief in die Augen sah und anschließend mit voller Kraft aufs Gas trat.

Nach weiteren Meilen bog der Audi in eine Auffahrt ein.

Als der Wagen zum Stillstand kam, zog Emiliana instinktiv am inneren Metallgriff, doch es rührte sich nichts.

Jeremy musste um den Wagen herumkommen und die Tür von außen aufziehen.

Frei!

Emiliana stieg aus, während Jeremy die Beifahrertür aufriss und einen aufwachenden Joel an beiden Armen unsanft aus dem Sitz zog.

Mit weit aufgerissenen Augen begann dieser um sich zu schlagen, doch Jeremy nahm ihn sofort in den Würgegriff. „Hör auf mit dieser Scheiße! Verdammt noch mal, es ist vorbei!"

Als Joel bemerkte, dass jeglicher Widerstand zwecklos war, ließ er sich von Jeremy an die Haustür manövrieren.

Emiliana versuchte sich krampfhaft auf Details in der näheren Umgebung zu konzentrieren, als sie Jeremys Rufen vernahm. „Lia! Hilf mir und öffne die Tür."

Nachdem unter seiner Anleitung die Alarmanlage entschärft war und die Tür offenstand, wurde Joel mit einem Tritt ins Haus befördert.

Im Wohnbereich ging er durch einen weiteren kraftvollen Schlag mitten in das entstellte Gesicht, unmittelbar neben der Bartheke zu Boden.

Jeremy drückte Emiliana die Waffe, welche im Zimmer der Villa durch ihre Leidenschaft zu Boden gefallen war, in die Hände. „Pass auf ihn auf! Ich bin gleich zurück."

So war es auch.

Mit einer Packung Kabelbinder kam Jeremy zurück, schnappte sich Joels Handgelenke und zog diese unsanft auf dessen Rücken. Ein zurrendes Geräusch erfüllte beim Festziehen den Raum.

Anschließend warf er den Rest der Packung auf den marmorierten Esstisch.

Die folgende Berührung auf Emilianas Wange ließ sie endgültig begreifen, dass es echt war, und das Wichtigste: Jeremy lebte.

Ihre Lippen zitterten, während sie seinen zärtlichen Kuss spürte.

Danach hielt er ihre zierlichen Hände fest vor seiner Brust, als sie kaum hörbar fragte: „Wie ist das möglich?"

Jeremy zog sie schützend in seine Arme. „Ich hatte Glück."

Emiliana löste sich und sah ihm tief in die Augen. „Glück?"

Er schlüpfte aus dem Jackett und krempelte die Ärmel des Hemdes nach oben.

Mit Blick auf Joel erklärte er: „Dein Handlanger war nur einen kurzen Moment lang von deinem Gebrüll abgelenkt. Diese Chance nutzte ich. Ich wand mich aus seinem Griff, brach ihm mehrfach den Kiefer, tauschte die Jacketts, sowie die Maske gegen die Haube aus, und brachte den Kerl vor mir in Position. Da er sich durch Sprechen nicht mehr helfen konnte, lag es an einem Funken Glück, dass du dem armen Kerl in all deiner Wut die Haube nicht vom Kopf gerissen, sondern diesen skrupellos getötet hast. Ich muss gestehen, es war seltsam zuzusehen, wie du mir eiskalt die Kehle durchgeschnitten hättest. Und das, nach all den Jahren, die wir uns jetzt schon kennen."

Joels gesenkter Blick ließ darauf schließen, dass er nicht vorhatte darauf zu antworten, doch seine Stimme donnerte plötzlich durch den Wohnbereich. „Was wäre gewesen, wenn ich die Haube entfernt hätte?"

Jeremy goss sich einen Whiskey ein.

Das Blaugrün in seinen Augen wurde so intensiv, dass man hätte meinen können, ein Dämon habe sich soeben seiner dunklen Seele bemächtigt.

Er grinste. „Joel, was glaubst du? Wie du weißt, saß ich mit ihr bereits im Wagen. In meinem Audi, wohlgemerkt. Ich hätte aufs Gas getreten und dann …"

Jetzt lachte Joel.

Dabei warf er den Kopf weit in den Nacken. „Was, wenn ich das Miststück schon vorher getötet hätte. In der Halle zum Beispiel."

Mit verschränkten Armen trat Jeremy vor ihn. „Du hättest sie nicht umgebracht. Zumindest nicht, solange du das Gefühl hattest, dass sie auf deiner Seite steht. Du bist ein krankes Arschloch, jedoch kein wahlloser Serienkiller. Du eliminierst nur, wer dir Schaden könnte, oder, wie gesehen, aus einer Art panischem Impuls heraus."

Mit erhobener Braue hörte Joel gespannt den Worten zu.

Jeremy fuhr fort: „Doch das werden dir die Psychiater gewiss noch alles im Detail erklären und anschließend

kannst du dir in einer kleinen Zelle auf Rikers Island über deine Taten Gedanken machen, bis du alt und grau bist."
Joel seufzte. „Du willst mich an die Cops ausliefern?"
Jeremys Hand ballte sich zu einer Faust. „Ich kann dir auch hier und jetzt den Weg in die Hölle zeigen!"
„Jeremy, ich möchte, dass du mir jetzt einmal ganz genau zuhörst", damit versuchte Joel das Gespräch an sich zu reißen.
Jeremy kannte diese Worte, sowie die Taktik aus den Meetings, doch er ließ ihn gewähren.
„Ich muss mich dir weder erklären, noch kann ich mich dafür entschuldigen, dass ich dich tatsächlich umgebracht hätte. Doch als dein Freund bitte ich dich inständig, deinen Verstand einzusetzen. Ich meine, wir wären doch beide bei Gott nicht in dieser Situation, wenn die Schlampe dort nicht wäre."
„Achte auf deine Worte", schoss Jeremy wütend zurück.
Nickend versuchte Joel es anders. „Diese Frau, und das weißt du, hat dein Leben vollkommen umgekrempelt. Und jetzt schau, wo es uns hingeführt hat. Wir sollten noch immer in der Firma sitzen, die Kohle unseres Lebens einfahren, und unser stinkreiches Leben genießen. Stattdessen bin ich ein Krüppel, der beinahe gestorben wäre."
Mit Blick auf Jeremy wurde er um einige Tonlagen lauter. „Und auch du bist dank dieser Schlampe gestorben! Ich meine, wo ist der Jeremy, den ich kannte. Der wüsste, wie viel er mir im Leben zu verdanken hat? Wo?"
Voller Zorn kniete sich Jeremy zu Joel herab und griff nach dessen Hemd.
Er verdrehte den Stoff in seiner Hand bis es schmerzte.
„Du hast meine Frau gefickt und ermordet. Du hast mich wie eine Marionette in der Firma für dich tanzen lassen,

wenn du selbst nicht weiter wusstest. Du hast mir nur geholfen, weil du meine Hilfe brauchtest! Du wolltest das Videoband von Staten Island sehen und hast dir danach wer weiß wie oft darauf einen runtergeholt. Du hast einer alten Frau das Haus genommen und ihr eiskalt eine Kugel in den Kopf gejagt. Ich wäre beinahe in Swan Lake bei der Explosion, genau wie du, getötet worden. Doch wie du siehst hatte das Leben andere Pläne mit uns. Wärst du also einfach dankbar gewesen und hättest dich nie wieder in Manhattan blicken lassen, wäre auch heute alles in bester Ordnung."

„Wäre es nicht."

Ungläubig darüber, dass Joel noch immer nicht klein zu kriegen war, ließ Jeremy von dessen Hemd ab. „Nein? Wie wäre es dann?"

Joel sah zu Emiliana hin. „Sie wäre im Gefängnis. Wenn nicht sogar zum Tode verurteilt worden."

Mit einem lauten Schrei erhob sich Jeremy und zerschmetterte das Whiskeyglas an der Wand. „Das wäre sie nicht!"

Unsicher, ob er Recht hatte, blickte er prüfend zu Emiliana, die rückwärts an das Sofa zurückgewichen war. Erneut war Joels Blick auf den Boden gerichtet, denn er befürchtete, dass Jeremy ihm bei seiner nächsten Aussage wieder mit roher Gewalt angreifen würde.

„Du hast sie im Stich gelassen."

„Was?"

Was meint dieser kranke Bastard damit, ich hätte sie im Stich gelassen?

Joel sah auf. „Es war ein leichtes, Nina als ihre Anwältin einzusetzen, denn laut meinen Informationen hatte sie nicht die Mittel, um sich einen Anwalt leisten zu können. Du hingegen warst von Anfang an durch Marshall-

Enterprises mit einem ausgezeichneten Rechtsbeistand gesegnet. Die Ironie dabei ist, du hättest sie als CEO zu jeder Zeit in dessen Mandantschaft aufnehmen können."

Jeremys Gesichtsausdruck wurde so weiß wie die Wände.

„Das ..., also ...", er wandte sich zu Emiliana um. „Ich schwöre dir, das ich das nicht wusste."

Sie presste die Lippen fest zusammen, als Joel erneut auflachte. „Wissen hin oder her. Fakt ist, du wusstest, dass sie allein dasteht. Hilflos, ohne einen Menschen, der ihr hätte den nötigen Trost spenden können. Es war so leicht an sie heranzukommen, denn du hast sie im Stich gelassen. Wäre das meine Freundin oder Frau, ich hätte das niemals ..."

Jeremys Faust unterbrach den unheilvollen Redefluss.

Blut tropfte aus Joels Nase, welches sich sogar über dessen Schneidezähne verteilte, da er siegessicher grinste.

Er spuckte einmal auf die Seite, dann rief er: „Hey Darling, das Angebot bei mir zu bleiben, steht noch im- ..."

Wieder setzte es eine Faust.

Als Joel den Kopf auf die Brust senkte, fing Jeremy Emilianas Blick ein. „Hör nicht auf ihn, der Typ ..."

„Hat recht", schoss es aus ihrem Mund wie aus dem Lauf einer Pistole.

Ihr einmaliges Puppengesicht durchlief in diesem Moment mehrere unkontrollierbare Emotionen gleichzeitig.

Verzweiflung - Angst - Wut - Trauer - unerfüllte Liebe!

Jeremy kam näher.

Seine Pupillen wanderten von rechts nach links und wieder zurück. „Erinnerst du dich wieder an das, was vor einiger Zeit alles geschehen ist?"

Sie erhob die Waffe. „Wer sagt, dass ich es je vergessen habe?"

Voller Faszination fokussierten Emilianas Augen jede einzelne Bewegung von Jeremy.

Es war berauschend, wie seine Gestik verriet, dass er an seinem eigenen Verstand zu verzweifeln glaubte.

Die Macht, welche sie von diesem Moment an in ihren Händen hielt, war unbeschreiblich.

Wie guter Sex, der sich von einer auf die andere Sekunde in einen brutalen Fick verwandelt, gegen den du nichts mehr in deiner Macht stehende tun kannst.

Und es auch gar nicht willst.

Wie ein Tier, das einen Fluchtweg vor dem Jäger mit der Waffe finden will, umkreiste Jeremy langsam den Bereich bis hin zum Sofa.

Er griff nach der Waffe.

Emiliana riss die Hände nach oben und drohte. „Zurück, oder ich jage dir eine Kugel mitten in die Stirn."

„Lia, hör mir bitte zu."

Ihr Körper schwankte, doch sie schaffte es elegant bis an den Marmortisch zu gelangen. „Ich höre keinem von euch Bastarden mehr zu. Ihr seid alle gleich! Verlogene Scheißkerle, die nur mit dem Schwanz denken."

Jeremys Blick fiel auf die Kabelbinder. „Lia! Lass es und komm zur Vernunft!"

„Glaub mir, Jeremy. Ich war noch niemals in meinem Leben vernünftiger."

Als ihre Finger nach der Packung griffen, stürmte Jeremy auf sie zu und packte ihre Schultern.

Der Lauf der Pistole traf dabei auf sein markantes Kinn. Mit schrägem Kopf flüsterte Emiliana zischend. „Zurück!"

Er tat es und erhob dabei aufgebend die Hände in die Luft. Kurzzeitig wurde es still.

Angespanntes Atmen erfüllte den Wohnbereich, bis die Stille von einer Art Walkie-Talkie unterbrochen wurde.

Die Stimme von Detective Samuel sprach zu ihnen aus Jeremys hinterer Hosentasche. „Mr. Adams, warum sind Sie nicht beim vereinbarten Treffpunkt? Over!"

Es rauschte. „Mr. Adams, können Sie mich hören? Over!"

Emiliana starrte ihn mit wildem Blick an. „Alles, was du wolltest, war deinen eigenen Arsch vor dem Gefängnis retten. So viel bin ich dir also wert?"

Das angesammelte Blut durch die Zähne ziehend, sprach Joel: „Tja Jeremy, da hat wohl noch jemand deinen wahren Charakter durchschaut."

Schreiend wand sich Emiliana nun an diesen. „Halt dein verfluchtes Maul! Dachtest du allen Ernstes, ich wüsste die ganze Zeit über nicht, wer du bist? Dabei würde ich niemals den Mörder meiner geliebten Granny vergessen. Nie! Aber darüber unterhalten wir uns gleich. Nur du, ich, und diese wunderschön glänzende Waffe."

Mit dieser zwang sie Jeremy dazu sich zu Joel zu begeben. „Na los! Hinsetzen!"

Jeremy ließ sich auf den Boden fallen. „Verflucht, Lia! Das willst du doch überhaupt nicht. Lass uns das zu einem guten Ende bringen."

„Ein gutes Ende? Wie in einem Liebesfilm? Der Bösewicht wird überführt und der Held fliegt mit der geretteten Lady in den feuerroten Abendhimmel. Wie rührend! Leider in der Realität vollkommen fehl am Platz, da es sich hierbei nur um eine bittersüße Illusion handelt."

Mithilfe von zwei starken Kabelbindern verband sie Jeremys Hände. Anschließend verknüpfte sie einen weiteren mit denen von Joel.

Die beiden Männer waren jetzt Rücken an Rücken miteinander gefesselt. Ein verstörendes Bildnis welches man gewiss nicht jeden Tag zu sehen bekommt.

Zumal in diesem Fall eine Frau die Geiselnahme leitete - ALLEIN.

Joel wurde sich exakt dieses Bildes bewusst.

Er sog tief Luft ein. „Scheiße Jeremy, wir wurden von einer Frau gefickt!"

„Ach was! Vielleicht glaubst du mir jetzt, was nach Staten Island für dich noch unmöglich erschien."

Emiliana schnappte sich die Whiskeyflasche und nahm einen tiefen Schluck.

Der Glanz in ihren Augen verriet, dass sie sich ihrer Überlegenheit absolut bewusst war. „Ihr wollt die Bestien in den Büros und in den Betten sein. Wollt Menschen in die Knie zwingen, während ihr eure Schwänze tief in deren Rachen steckt. Wenn sie winseln und betteln, dann kommt ihr doch erst zu eurem Höhepunkt, nicht wahr?"

Auch Jeremy warf jetzt seinen Respekt ihr gegenüber über Bord. „Ich sehe schon, dass ich dich definitiv um einiges härter und tiefer hätte ficken sollen, als ich es ohnehin schon getan habe!"

Ohne darauf einzugehen, legte Emiliana die Waffe auf die Bar und streifte sich das Top über den Kopf.

Ihr nächster Griff öffnete die Haken des BHs, ehe sie diesen wie eine professionelle Stripperin, vor den beiden Männern auf den Boden fallen ließ.

Vorsichtig schritt sie mit den Stiefeln über die Scherben des zerschmetterten Glases, dann zog sie diese aus.

Beim Vorlehnen konnte man deutlich die harten Knospen auf den wohlgeformten runden Brüsten sehen.

Es folgte die Leggings.

Langsam und betont schob sie den lackartigen Stoff über ihre glatten Oberschenkel, die Waden, und die Knöchel.

Emiliana trug nurmehr einen hauchdünnen Tanga, dessen Schlitz bereits mit einigen Tropfen ihrer Erregung benetzt wurde.

Joel leckte sich erwartungsvoll über die untere Lippe und auch Jeremy spürte deutlich, wie sein Schwanz massiv gegen die enge Shorts zu drücken begann.

Mit den Augen scannte er jeden Millimeter ihres Körpers.

Er kam zu dem Schluss, dass sie im alten Ägypten sicherlich, genau wie Cleopatra, als Göttin verehrt worden wäre, denn sie ist Erregung pur.

Das lange dunkle Haar, ihre cremig weiche Haut, die reinstem Porzellan gleicht, und das verruchte Verlangen, das oftmals in ihrem Blick lag. Eine gefährliche Mischung aus explosiver Leidenschaft und düsterem Wahnsinn.

Emiliana kniete sich zu Jeremy herab und legte den Kopf schief.

Ihr Finger strich die Formung seiner halbgeöffneten Lippen nach, während sich sprach: „Sag mir, wie sich die Kabelbinder anfühlen und erinnerst du dich an den Schmerz, welchen diese dir auf Staten Island zufügten?"

Jeremy schluckte schwer, hielt jedoch Blickkontakt. „Ja, ich erinnere mich."

Sie lächelte, als ihre Augen die massive Ausbeulung entdeckten. „Bist du bereit es noch mal zu tun?"

„Was zu tun?" murmelte Jeremy, während sein schwerer Atem ihren zarten Handrücken streifte.

„Öffne die Beine."

Hauchzart kam die Order aus ihrem Mund und doch wirkte diese, wie die Befehlsgewalt eines Drillinstructors.

V-artig streckte Jeremy die Beine von sich.

Mit den Augen zog sie ihn sekündlich mehr und mehr in einen gefährlichen Bann, aus dem er wusste, dass es kein Entkommen gibt.

Emilianas Lippen waren nur noch wenige Zentimeter von seinem Mund entfernt, als bereits die nächste Handlung folgte.

Ihr Griff an den Gürtel der Anzugshose.

Offen.

Es folgten der Knopf und der Reißverschluss.

Offen.

Die Kabelbinder um Jeremys Handgelenke schmerzten, doch die Berührung seines Schwanzes durch die Shorts hindurch fühlte sich unglaublich gut an.

Ruckartig drückte Emiliana den Bund herunter, um mit ihren verrucht roten Nägeln über die empfindlichste Region seines Körpers streichen zu können.

Mit der anderen Hand griff sie fest um Jeremys Nacken, um sich elegant auf seinem breiten Schoß in Position zu bringen.

Emiliana sah ihm geradewegs in die Augen, während sie sich immer tiefer auf seine Erektion herabsenkte.

Das warme Gefühl, sowie die Feuchtigkeit, die den Stoff ihres Tangas durchdrang, ließen sein Glied schlagartig gegen ihren Unterleib pulsieren.

Großer Gott! Was tut sie da? Joel darf das nicht mitbekommen. Er sitzt schließlich genau …

Jeremys Gedanken lösten sich nahezu in Luft auf, als sich das pochende Gefühl unaufhaltsam verstärkte.

Dennoch wollte er noch mal versuchen, die Situation zu entschärfen. „Lia, ich bitte dich. Lass uns das gemeinsam durchstehen. Ich verspreche dir, alles wird gut."

Emiliana stoppte die rhythmischen Bewegungen auf seinem Schoß und griff nach seinem Kinn.

Ihre Augen funkelten wie schwarze Diamanten. „Sag du mir nicht, was gut wird! Ich habe genug davon, dass Typen wie du, oder dein dreckiger Boss, meinen, sie könnten über mich und mein Leben urteilen. Wie es besser wäre, wie es mir geht, wie ich mich verhalten sollte. Dabei wollt ihr alle nur das eine …"

Ihr Stimme klang düster und geheimnisvoll. „ … FICKEN!"
Oh, bitte hilft mir jemand! Wie soll ich es leugnen und sie vom Gegenteil überzeugen, wenn mein Schwanz durch ihre kleine Show bereits ein Eigenleben entwickelt hat?

Als Emiliana das wollüstige Pochen erfasste, bebte es auch in ihrem eigenen Unterleib.

Der Sekundenzeiger auf Jeremys Submariner schien den Takt des Impulses vorzugeben und er musste erneut hart schlucken, als sie ihre Bewegungen auf ihm fortsetzte.

Keuchend sprach er: „Nicht hier. Nicht so."

Sie hingegen schlang ihre Arme um seinen Hals, damit ihre Lippen auf seinem Ohrläppchen ruhen konnten. „Genau hier, Mr. Loverboy!"

„Lia, ich möchte, dass du mir zuhörst. Die Cops …", weiter kam er nicht, denn Emiliana presste ihre Lippen hart auf die seinen.

Ein honigsüßer Geschmack ergriff von ihm Besitz und drohte seinen Verstand vollends zu vernebeln.

Als sie sich nach einem kurzen, jedoch wilden Zungenduell von ihm löste, leckte sie sich provokant über die obere Lippe. „Die Cops sind mir scheißegal!"

Das Kribbeln in Jeremys Glied überwältigte ihn, doch er versuchte die Fassung zu wahren.

„Gefällt dir das?", mit dieser Frage presste sie sich fest in seinen Schoß.

Jeremy konnte jetzt nicht nur ihre Schamlippen, sondern auch die angeschwollene Perle deutlich fühlen.

Ihr wild entschlossener Blick durchbohrte seine Augen, während sie die kreisenden Bewegungen intensivierte.

„Verdammt Lia, wir müssen reden", keuchte Jeremy, doch

ihr plötzliches Stöhnen brachte ihn nahezu um das letzte bisschen seines klaren Verstandes.

Ihre Brüste hoben und senkten sich mit jedem Atemzug und der Druck ihrer Hand um seinen Nacken nahm zu.

Gleichzeitig presste Emiliana ihren Unterleib mit solch massivem Nachdruck auf Jeremys harten Schwanz, dass er hörbar seinen Atem aus der Lunge befördern musste.

„Lia, du kannst …", sein erneutes Reden wurde umgehend von einem Schlag auf die Wange unterbrochen.

Anschließend fuhr sie mit der flachen Hand über seinen Hals, öffnete die ersten Knöpfe des Hemdes, und leckte mit der Zungenspitze über die mit leichten Schweißperlen bedeckte Brust.

Der salzige Geschmack verteilte sich umgehend in ihrem Mund, doch sie wollte ihn immer weiter schmecken.

Warmer Atem strömte aus ihrer Lunge, als sie fragte: „Willst du mich spüren?"

Jeremy rang nach Beherrschung.

Mit Joel dicht an seinem Rücken, wusste er, dass ein klares *NEIN* auszusprechen jetzt die beste Lösung für sie alle wäre, auch wenn ein *JA* eindeutig mehr der Wahrheit entspräche.

Allerdings konnte Jeremy weder das eine, noch das andere, da Emiliana sich fest mit den Brüsten an seinen Oberkörper schmiegte und damit begann ihn leidenschaftlich zu küssen.

Ihre Zunge rutschte dabei so tief in seinen Mund, dass er, als sie kurzzeitig von ihm abließ, sogar nach Luft rang.

„So ist es richtig! Ich liebe es, dich unter meiner Kontrolle zu haben", lobte Emiliana mit unbändiger Lust in der Tonlage.

„Holy Shit!", brach es plötzlich aus Joel hervor. „Was für eine Show! Falls ich träume, dann weckt mich nicht auf."

Noch nie zuvor hatte er solch heftige Worte aus dem Mund einer Frau zu hören bekommen.

Joel kannte lediglich, dass im Bett einzig und allein er den Ton angab und bestimmt keine dreckige Bitch, oder wie abwertend auch immer er die Frauen, die er fickte, nannte.

Er hatte auch Jeremy nicht geglaubt, dass Dominanz von einer Frau ausgehend überhaupt umsetzbar wäre.

In seiner Vorstellung war der Mann schon immer der Überlegene, und somit der stärkere Part.

Zumindest bis heute.

Jeremy stieß den Ellbogen in Joels Rücken. „Halt´s Maul, Tale! Dich hat niemand gefragt."

Lia lachte sinnlich auf. „Eifersüchtig?"

Eigentlich wollte Jeremy antworten, doch stattdessen hielt er kurzzeitig den Atem an.

Emilianas nasser Eingang wölbte sich gierig gegen ihn.

Und nur einen Augenblick später hatte sie sich den harten Schaft auch schon bis zum Anschlag eingeführt.

Die Spitze drang bis in die tiefsten Regionen vor, und das Gefühl, von ihr gefickt zu werden, ließ seine Gedanken verrücktspielen.

Wieder und wieder hob und senkte sie sich auf ihm.

Ihre Fingernägel krallten sich dabei so stark in seinen Nacken, dass sie blutige Striemen hinterließen.

Laut und ungehemmt hallte ihr Stöhnen durch den Wohnbereich.

Hilflos ihrer durchtriebenen Macht ausgeliefert, fühlte Jeremy, wie sein bestes Stück plötzlich nicht mehr pulsierte, sondern pumpte.

„Fuck! Ich kann nicht mehr", schoss es stark keuchend aus ihm heraus.

Dass dies wirklich der Fall war, konnte Emiliana zwischen ihren heißen Schenkeln deutlich fühlen.

Schwallartig schoss dickflüssiges Sperma in sie hinein, nur um an dem sehnigem Schaft entlang wieder aus ihr herauszulaufen.

Warm - klebrig - bittersüß.

Erst als Emiliana an den inneren Wänden spürte, dass er erschlaffte, erhob sie sich und stand auf.

Nackt, wie Gott sie schuf, trat sie nur wenige Augenblicke später vor Joel.

Sie packte ihn am Kinn und verdrehte es schmerzvoll. Ein Anflug von Tränen war in seinen blauen Augen zu erkennen, denn er schien sich für seine Hilflosigkeit durchaus zu schämen.

„Halt dich ein für alle Mal aus dem Leben anderer raus!" Mit Bedacht sprach Emiliana die Worte mitten in Joels blasses Gesicht.

Dennoch grinste dieser, auch wenn ihm innerlich nicht danach zumute war. „Da musst du mich erst einmal von überzeugen, es nicht zu tun!"

„Muss ich das?" Emilianas Stimme schnitt die Luft wie eine Rasierklinge.

Beim Herabbeugen konnte sie einen breitflächigen nassen Fleck in Joels Schritt erkennen.

Emiliana lächelte, als sie behände die Schnalle seines Gürtels öffnete und diesen ruckartig aus den Laschen riss.

„Konntest deine Lust wohl nicht mehr zurückhalten, was?" Ohne jede Vorwarnung hob sie den Arm und zog das gefaltete Leder über Joels Brustkorb.

Joel stieß den Atem aus.

Immer und immer wieder schlug Emiliana zu.

Der ohnehin vernarbte Körper wurde unter dem teuren Anzug über und über mit roten Striemen bedeckt.

Auch im Gesicht.

„Fick dich, du dreckige Schlampe!"

Ihre einzige Antwort auf Joels schmerzverzerrte Worte, waren weitere Schläge mit dem Gürtel.

Hart. Gnadenlos.

Emiliana empfand es als eine Art Genugtuung, beobachten zu können, wie dieser Bastard, der ihre Granny auf dem Gewissen hatte, zuckte und verkrampfte.

„Flehe mich an, dass ich damit aufhöre", bot sie Joel mit dem nächsten brutalen Schlag an.

Sein zitternder Mund öffnete sich schnell. „Bitte, hör auf."

„Wieso sollte ich? Gib mir einen Grund!"

„Es tut weh!"

Die Wangen erhellten sich, während Tränen ihre dunklen Augen fluteten. „Hast du meine Granny gefragt, ob es weh tut? Hattest du Mitleid empfunden, als du den Abzug …"

Emiliana trat einen Schritt zurück, denn der Schmerz drohte sie zu übermannen.

Als sie das Gefühl hatte, wieder die Kontrolle über ihre Emotionen zu haben, legte sie ihm den Gürtel um die Kehle und zog die Enden fest zusammen.

Joel lief rot an und seine Augen wurden dabei weit aus den Höhlen gepresst.

„Ich töte dich, du widerlicher Dreckskerl! Du wirst nie wieder jemandem wehtun oder ein Leben auslöschen!"

Mit diesem Gedanken, der sie anspornte, das Leder noch fester zu ziehen, wollte sie es besiegeln.

Rache nehmen.

„Lia!" Jeremy strampelte wild an Joels Rücken und schrie aus voller Kehle. „Tue es nicht! Mach dich nicht unglücklich. Er ist es nicht wert!"

Angewidert sah sie, wie erster Speichel aus Joels Mundwinkel ran.

Gleich ist es geschafft!

Jeremy wurde böse: „Lia! Nimm. Den. Gürtel. Runter!"

Sie erschrak bei den bellenden Worten, die bis in ihr Bewusstsein vordrangen, weshalb sie die Finger vom Gürtel nahm.

Ihr Körper fiel auf die Knie.

Schluchzend schlug sie beide Hände vor das Gesicht, während Joel würgte, um wieder Sauerstoff in die Lunge zu transportieren.

Das Atmen fiel ihm sichtlich schwer, dennoch konnte er seine Zunge nicht zügeln. „Du, und der Lackaffe an meinem Arsch, mit dem ich erneut in der Bredouille sitze, seid schuld, dass die alte Lady sich nicht mehr am Leben erfreuen kann. Ich meine, es wär nie dazu gekommen, wenn der feine Jeremy sich an den Deal gehalten hätte!"

Emiliana griff um Joels Kiefer und drückte ihre Fingernägel tief in seine Wangen. „Dein Deal beinhaltete mich zu ficken, richtig?"

„Falsch!" Das Wort schoss wie ein Pfeil aus seinem gequetschten Mund.

Emiliana sah zu Jeremy, der die Zähne zusammenpresste. „Himmel, Joel! Halt endlich deine Klappe!"

Wieder drückte sie dessen Wangen fest zwischen ihren Fingern. „Was wolltest du dann?"

Da sie nicht sofort eine Antwort erhielt, legte sie den Fuß drohend in seinem Schritt ab.

Joels großes Augenpaar starrte sie weiterhin unablässig und äußerst provokant an und als sie den Griff lockerte, sprach er: „Ich wollte dich zähmen!"

Jeremy schloss die Augen. „Verflucht! Ich sagte doch …,"

Seine Worte wurden von dem unverkennbaren Geräusch eines sich öffnenden Reißverschlusses unterbrochen.

Joels Atmung verdreifachte sich. „Hey Darling, hör mir zu! Es tut mir leid! Ich meine es ernst. Du bist hier der Boss."

Gott! Kann es eigentlich noch erbärmlicher kommen?

Emiliana wünschte sich, dass sie es nicht tun müsste, doch irgendetwas in ihrem Inneren trieb sie dazu an.

Schon ihre Granny sagte oft: „Eine Frau muss manchmal Dinge tun, die für einen Mann unerklärlich sind."

Joels Rücken bog sich durch, als sie ihm mit der Hand in die Shorts griff und sein halberigiertes Glied aus dieser herauszog.

Zwischen ihren warmen Fingern konnte sie fühlen, wie der Schaft sich wieder zu seiner vollen Größe aufrichtete.

„Lass uns ein Spiel spielen. Ich habe gehört, du dealst für dein Leben gerne."

Wie sie es erwartet hatte, nickte Joel mit dem Kopf.

Es blieb ihm gefühlt auch keine andere Wahl, als ihr mit Wohlwollen zu begegnen, andernfalls könnte es schlecht für ihn ausgehen.

Tiefeinatmend fragte er: „Was ist das für ein Spiel?"

Emiliana zeigte breitlächelnd die Zähne. „Keine Regeln. Keine Chance für dich zu gewinnen. Was sagst du?"

„Eine interessante Herausforderung. Nur nicht fair, findest du nicht", wagte Joel einzuwerfen.

„Was ist heutzutage noch fair?"

Das Bewusstsein über den baldigen Sieg über diesen Mann, verlieh Emiliana einen ganz besonderen Kick.

Provokant leckte sie mit der Zunge über die violette Eichel in ihrer Hand. „Vielleicht schneide ich dir den Schwanz ab. Du musst zugeben, diese Idee hat einen ganz besonderen Reiz. Ich weiß, es ist ein primitives Spiel. Aber es würde mir in jedem Fall große Freude bereiten."

Jetzt wand Joel seinen Körper so stark, dass Jeremy große Mühe hatte sitzenzubleiben und nicht wie ein nasser Sack seitlich umzukippen.

„Ich will hier raus! Jeremy bring diese Verrückte zur Vernunft!" Sein Herz klopfte so schnell, dass Joel sich selbst nicht wieder erkannte.

Zusätzlich spürte er etwas, das er seit seiner Jugend glaubte, nie wieder fühlen zu können – Todesangst.

Mit der freien Hand griff Emiliana in Joels Brusttasche und zog eine leicht zerknitterte Packung Gauloises aus dieser heraus.

Eigentlich war sie keine Raucherin, doch sie nahm eine Zigarette zwischen die Lippen und zündete diese mit dem in der Packung liegenden Sturmfeuerzeug an.

Erster Rauch umgab die Köpfe der Männer, doch sie schienen es nicht weiter zu beachten.

Emiliana bewegte langsam ihre Hand, die den Penis fest umschlungen hielt, auf und ab, ehe sie erneut am Filter zog. „Wir sind uns also einig? Deal?"

Ich bin komplett im Arsch ..., schoss es Joel unheilvoll durch den Kopf, während seine blauen Augen flatterten. Das beißende Aroma des Rauchs drang in seine Nase ein. „Du kannst uns nicht auf ewig hier festhalten, das ist dir hoffentlich bewusst."

Emiliana strich sich eine Strähne hinter das Ohr. „Da liegst du falsch. Denn wenn ich eine Sache von dir in den vergangenen Wochen gelernt habe, dann, dass man tun und lassen kann, was man möchte. Solange der Mitspieler am Leben ist, sind der Fantasie keine Grenzen gesetzt."

Mit beenden dieses Satzes, nahm Emiliana die Zigarette aus ihrem Mund und drückte sie Joel gegen den Hoden. Seine Schreie wurden von qualvollem Keuchen unterbrochen und auch Jeremy schloss allein beim Zuhören kurzzeitig die Augen.

Brutal langsam brannte sich das Feuer in die dünne Haut, ehe die Glut erlosch.

„Verfluchte Scheiße! Das wirst du mir büßen, Bitch!"
Jeremy fluchte ebenfalls. „Joel, du verblödeter Vollidiot!
Sei endlich still!"
Zu Emiliana gewandt sprach er: „Lia, benimm dich!"
Die Antwort folgte prompt. „Entschuldige Jeremy, wo sind
nur meine Manieren?"
Sie ließ die Kippe auf den Boden fallen.
Kurzzeitig dachte Joel, dass Jeremy es tatsächlich
geschafft hatte, Emiliana zur Vernunft zu bringen.
Weit gefehlt.
Mit den Zähnen dicht an Joels Ohrläppchen flüsterte sie:
„Du wirst den Deal lieben. Versprochen!"
Mit Blick auf ihren nackten Körper ballten sich Joels
Hände auf dem Rücken zu Fäusten.
Unfähig etwas dagegen zu unternehmen, ließ er seine
Lenden locker und gewährte ihr das Spiel mit seinem
harten Schwanz.
„Bist du bereit für deine Sünden zu büßen?"
Mehrfaches Stöhnen war Joels einzige Antwort, denn die
Reibung ihrer Hand fühlte sich schlichtweg viel zu gut an.
Jeremy zog sich der Magen zusammen. „Lia, ich möchte,
dass du sofort damit aufhörst ihm einen runterzuholen.
Ich schwöre, wenn du nicht tust, was ich sage, dann ..."
„Was dann?"
Ihr Körper spannte sich an, denn sie sah die rasende
Eifersucht in Jeremys weitgeöffneten Augen.
Seine Stimme klang hart und rau, als er durch die Zähne
zischte: „Dann zeige ich dir, was mit einem bösen
Püppchen passiert, das sich nicht zu benehmen weiß. Und
du weißt, dass du es verdient hast sehr hart dafür bestraft
zu werden."

Emiliana leckte sich lustvoll über die Lippen, da sie Jeremys Worte durchaus bis an die neunte Höllenpforte der Lust katapultiert hatten.

Plötzlich brachte sich Joel stöhnend ein. „Scheiße Jeremy, die Kleine ist der absolute Wahnsinn. Ich weiß nicht, wie lange ich das noch aushalte."

Jeremy stieß den Kopf brutal zurück, doch der Schmerz des Aufpralls auf Joels Hinterkopf wurde von diesem vollends ignoriert.

All seine Sinne hatten sich zu sehr im Rausch seines hämmernden Schaftes verloren.

Immer schneller fuhr Emiliana mit der Hand über den harten Stab. Dabei übte sie stets den richtigen Druck aus.

Joels Mund verzog sich zu einem stillen Schrei, als sie die pralle Eichel zwischen ihre Lippen sog.

Jeremy war außer sich, während das unablässige Stöhnen von Joel immer lauter wurde.

Hemmungslos nahm Emiliana jetzt die volle Länge in ihrem Mund auf.

Sie saugte daran, wie ein gieriges kleines Mädchen, dem man einen süßen Lolli zum Lutschen gegeben hatte.

Emilianas Verstand war nurmehr eine komplexe Verwürfelung aus Gegenwart, Erinnerung, Emotionen und Schuldgefühlen.

Sie wollte diesen verrückten Kampf gegen den Mörder ihrer geliebten Granny unbedingt gewinnen - koste es, was es wolle!

„Mach weiter, sweet Darling! Du bist diejenige, die mit meiner geladenen Waffe spielen wollte", scherzte Joel mit einem Grinsen.

Das Gefühl so verdammt tief in ihrer engen Kehle zu stecken wurde durch das unablässige Lecken ihrer Zunge schon fast zur Vollendung gebracht.

Mehr und mehr bewegte sie sich auf Joels eindringendem Schwanz.

Speichel lief aus Emilianas Mundwinkeln, denn er war wirklich auf das ultimative Maximum angeschwollen.

Ihre Augen scannten Joels markantes Gesicht, doch er schien keine Gnade zu erwarten und sie wusste, dass sie ihm auch keine gewähren würde.

Alles, was Sie wollte, war, dass er ihre Wut und die Trauer spürte.

Er musste auf erniedrigende Art und Weise dominiert werden, indem sie ihn zwang, den Schwanz tief in ihren Mund zu stecken, ohne jegliche Kontrolle darüber zu haben, was passieren könnte.

Jetzt lag der Schaft gefährlich tief und Joel wünschte sich in diesem Augenblick nichts mehr, als sein heißes Sperma ihren engen Hals hinabzuschießen.

Wenige Sekunden später geschah es.

Emiliana riss Joels Schwanz aus ihrem Mund heraus und würgte, denn sie wollte es in keinem Fall schlucken.

Nachdem sie den Reflex ihrer Kehle einigermaßen unter Kontrolle bekommen hatte, nutzte sie den nächsten tiefen Zug, den er einatmete.

Ihr eigener Mund verhinderte, dass Joel rechtzeitig die Lippen schließen konnte, was dazu führte, dass er ihrem Übergriff hilflos ausgeliefert war.

Jeremy spürte, wie Joels Körper sich zuckend zur Wehr setzte, doch es half nichts.

Die klebrig salzige Flüssigkeit verteilte sich auf seiner Zunge und drang bis in den Rachen vor.

Nachdem Emiliana sich sicher war, dass er alles von sich intus hatte, griff sie erneut nach dem Gürtel.

Das Leder deckte Joels Mund komplett ab, während sie darauf wartete, dass der Schluckreflex den Rest erledigte.

Ihre dunklen Diamantenaugen wurden bei dieser unerwarteten Wendung der sexuellen Kontrolle starr, denn sie hatte gewonnen.

Sie genoss dieses Gefühl selbst in dem Augenblick, als sie den Gürtel von seinem Mund zog und er sich übergab.

„Jetzt weißt du, wie bitter du nach Abschaum schmeckst." Mit diesen Worten schnappte sich Emiliana ihre Kleidung und zog sich an.

Joel wand sich vor Schmerzen, während Jeremy ruhig und gelassen ihren Blick einfing.

Seine Augen funkelten im Schein des schummrigen Barlichtes. „Dafür zahlst du, wilde Schönheit."

Joels Kopf schoss nach oben. „Oh ja! Und wie du bezahlen wirst. Komm her, du Schlampe und öffne die Kabelbinder! Dann zeigen dir zwei echte Männer, was es heißt stundenlang durchgefickt zu werden! Du brauchst Züchtigung und starke Hände, die deinen Willen brechen. Und Schwänze, die jede deiner Öffnungen wund …"

„Joel! Es reicht endgültig! Auch wenn du recht hast."

Was hat Jeremy soeben gesagt?

Diese gedankliche Frage stellten sich Joel und Emiliana zur selben Zeit.

Während sich auf seinem Gesicht ein teuflisches Grinsen abzeichnete, brachen ihre Engelsflügel von den Schultern. Zumindest, dass was von solchen bei ihr noch übrig war. Emiliana blinzelte aufkommende Tränen weg, doch Jeremys harter Blick wich keine Sekunde von ihr ab. „Es gibt nichts, was ich nicht für dich tun würde, süße Lia. Doch du musst lernen mir zu vertrauen und wenn es sein muss …" Er hielt kurzzeitig inne. „… mir zu gehorchen."

Joel atmete stark, doch dieses Mal blieb er still.

Jeremy fuhr fort: „Das ist der einzige Weg, mein Püppchen. Einen anderen gibt es nicht."

Ein Schwindel überkam Emilianas Gedankenwelt, doch ihr Körper reagierte für sie.

Eilig griff sie nach der Waffe auf dem Bartresen. „Du bist vollkommen wahnsinnig!"

Jeremy lachte. „Ich denke, das beruht auf Gegenseitigkeit.

Aufbrausend machte Emiliana einen Satz auf ihn zu.

Ihre Finger krallten sich, samt der Waffe, in den Stoff seines Hemdes.

Plötzlich schoss Jeremys Hand nach vorne und verkeilte sich in ihren langen Haaren.

Er zog sie dicht an sich und flüsterte hart in ihr Ohr: „Bei nächster Gelegenheit werde ich meinen Schwanz so tief in deinen widerspenstigen Mund schieben, bis du nicht mehr weißt, ob es Tag oder Nacht ist. Hast du das verstanden?"

Der warme Atem, der dabei ihr Dekolleté streifte, ließ ihren Körper lustvoll erschaudern und das Bildnis seiner Worte nahm in ihrem Kopf mehr und mehr Gestalt an.

Sein Daumen strich jetzt über ihre Lippen und Emiliana erkannte deutlich die roten Striemen an seinem Gelenk.

Jeremy musste folglich die Hand unter Schmerzen aus den Fesseln gelöst haben, zumindest die eine.

Ihr konnte es im Grunde ganz egal sein, denn er hatte seine Botschaft klar und deutlich vorgebracht.

Und es war berauschend.

Emilianas Verstand drehte sich augenblicklich wieder um seinen Körper und sie wusste, um die Macht, die dieser Mann über sie und ihre Emotionen besaß.

Es war längst kein Geheimnis mehr, dass er das Zentrum ihrer kleinen Welt auf diesem Planeten bildete, doch es war auch an der Zeit, als einsame Wölfin den Weg fortzusetzen.

Die Vergangenheit ruhen zu lassen.

Flüchten!

Ihr Kopf lief heiß, als sie die Waffe fest gegen Jeremys Brust drückte, damit er von ihren Haaren abließ.

Er tat es.

Plötzlich klackte das Feuerzeug von Joel und die Flamme loderte unheilvoll nach oben.

„Scheiße, was hast du vor?", schoss es aus seinem Mund, denn er konnte nicht sehen, was Emiliana damit vorhatte.

Das schwarze Plastik der Kabelbinder fiel der Flamme zum Opfer und begann zu schmelzen.

Nachdem Emiliana das Feuerzeug geschlossen hatte, stand sie auf und richtete die Waffe auf die beiden Männer. „Aufstehen!"

Jeremy riss sich von Joel los und sprang auf.

Hektisch schloss er die Hose und auch die Ärmel seines Hemdes schob er ordentlich ein Stück weit nach oben.

Nachdem auch Joel sich aufgerafft und die Kleidung gerichtet hatte, begegneten sich ihre Blicke wie in einem Spiegelbild.

Zwei mächtige Männer, CEOs einer der renommiertesten Firmen von Manhattan, und doch so hilflos wie zwei kleine Jungs, die jeden Moment ihre nackten Ärsche für schlimme Taten versohlt bekommen würden.

Emiliana hatte wenig über den Tag hinweg gegessen und getrunken, weshalb sie sich leicht schwindelig fühlte.

Jeremy bemerkte ihren Zustand. „Lia, setz dich. Wir können versuchen ..."

„Nein!", schrie sie aus voller Kehle. „Nichts können wir!" Sie versuchte durch die Nase hindurch ihre Atmung zu stabilisieren, damit ihr Herz weniger schnell in ihrer Brust schlug.

Joels Augen blitzten unheilvoll auf, was Emiliana sofort als Bedrohung auffasste. „Bleib stehen, oder ich knall dich ab!"

Er riss die Hände nach oben. „Alles cool! Kein Grund zur Aufregung."

„Was hast du vor?" Jeremys Frage durchbrach ihre wilden Gedanken.

Was habe ich vor? Gott, verdammt! Was?

Emilianas Blick fiel auf eine Anleitung neben dem Telefon.

SWIMMING POOL AND SAUNA
YOU PLAN - WE BUILT!

„In diesem Haus gibt es eine Sauna?", fragte sie flüsternd.

Jeremys Herz hörte einen Moment lang auf zu schlagen.

Soll ich eingestehen, dass ich alles Mögliche getan hatte, um ihr ein schönes, geschütztes Zuhause zu erschaffen, in dem sie sich unlängst, wie eine Königin fühlen sollte?

„Ja, die gibt es."

„Wo?"

Jeremy zog die Brauen zusammen. „Im Keller."

Als wäre das die Antwort, auf die sie gewartet hatte, fuchtelte Emiliana wild mit der Waffe herum. „Dann mal los! Ich will es sehen!"

Bevor Jeremy auf den warnenden Ausdruck in Joels starrem Blick eingehen konnte, schrie dieser: „Fuck you! Ich lasse mich kein zweites Mal von dieser Irren täuschen."

Jeremy packte Joel am Kragen des Hemdes. „Du wirst mir jetzt folgen, denn ich habe keine Lust dein Gehirn später von diesem Boden aufzuwischen. Kapiert!"

Mit einem dramatischen Seufzer folgte Joel ihm schließlich bis an die Kellertür.

Nur fünf marmorierte Stufen führten in den Kellerbereich hinab, doch bereits auf der dritten wandte sich Joel ruckartig um und wollte mit diesem überraschenden Angriff Emiliana ein für alle Mal überwältigen.

Als sie ihn auf sich zulaufen sah, schluckte sie all ihre Angst herunter und betätigte den Abzug.

Jeremy konnte nichts weiter tun, als zuzusehen, wie Joels Körper an ihm vorbei bis auf den Kellerboden stürzte.

„Lia! Warum hast du das getan?", rief er aufgeregt.

Emilianas Körper zitterte, doch sie hielt die Waffe konstant auf ihre vermeintlichen Feinde gerichtet.

Skrupellos - mörderisch - sexy!

So empfand es zumindest Jeremy, auch wenn er wusste, dass dafür im Moment nicht der richtige Zeitpunkt war.

Als er nach unten sah, erkannte er, dass Joel lebte. Die Kugel hatte ihn an der Schulter getroffen und wie es schien handelte es sich um einen glatten Durchschuss.

Nach einer gefühlten Ewigkeit des Schweigens, schnitten Emilianas Worte erneut die Atmosphäre. „Hilf ihm auf und dann weiter!"

„Wie du willst, Lia!"

Jeremy griff einem jammernden Joel unter die Arme und nur wenige Meter weiter kam er mit diesem vor dem Objekt ihrer Begierde zum Stillstand.

Die Gestaltung der Sauna ließ nahezu keine Wünsche offen, denn Jeremy hatte sich für beste Qualität und Ausstattung entschieden.

Abachi-Holz aus Afrika, vollautomatische Deckenspots, eine Ruhezone, bestehend aus Sesseln und Stühlen, sowie ein angrenzendes Eisbad machen das erholsame Erlebnis, das traditionell aus Finnland stammt, sicherlich perfekt.

Nur nicht in dieser Nacht.

Emiliana versuchte krampfhaft ihre Impulse zu zügeln, doch sie konnte nicht anders als erneut zu schreien: „Rein da! Wird's bald!"

Ihre Tonlage war dramatisch, emotional und entschlossen.

Jeremy hatte das unheilvolle Gefühl in seiner Magengegend, dass es gleich ziemlich ungemütlich werden konnte. Und das wurde es.

Während Jeremy einen blutenden Joel auf der Holzbank absetzte, um ihm ein Handtuch gegen die Schulter pressen zu können, schloss Emiliana die Tür.

Das unheilvolle Einrasten der äußeren Verriegelung an der Grafit-Ganzglastür aus Einscheibensicherheitsglas hallte durch den Keller.

Sie waren eingesperrt.

Jeremy überließ Joel das Halten des Handtuchs, sprang auf und donnerte wie wild von innen gegen die Tür.

Emilianas schöne dunkle Pupillen strahlten mit der Reflektion der Deckenspots um die Wette, als er ihr tief in die Augen sah. „Mach sofort die Tür auf!"

Ihr Lächeln war umwerfend.

Dann verschwand sie aus seinem Sichtfeld.

Anders als bei den klassischen Holzöfen für die Sauna entschied sich Jeremy bei der Installation für einen hochmodernen Elektroofen, welcher in der Lieferung mit einer integrierten Saunasteuerung daherkam.

Diese lässt sich bequem von außen vorprogrammieren.

Mit der Steuerung kann der innenliegende Saunaofen und damit wichtige Klimaparameter, wie Temperatur und Luftfeuchtigkeit, aber auch Licht und Ton, in der Saunakabine geregelt werden.

Und diese Macht lag jetzt in den Händen einer enttäuschten Frau, die nichts mehr in ihrem Leben zu verlieren hatte.

Als die Temperatur merkbar in der Sauna anstieg, versuchte Jeremy die Glastür mit dem Ellenbogen einzuschlagen.

Vergeblich.

Joel leckte sich nervös über die Lippen. „Schon mal das Chaos Experiment gesehen?"

Jeremy drehte sich zu ihm herum. „Nein. Und es ist mir auch scheißegal, was für Filme du bevorzugst! Das hier ist die Realität, verstehst du das, Tale?"

Mit gespitzten Lippen begann Joel laut zu pfeifen, ehe er sprach: „Mit der Hitze steigt das Chaos."

Jeremy ließ von der Tür ab und schlug ihm hart auf die Wange. „Du bist verletzt, nervös und hast Todesangst. Das habe ich mittlerweile verstanden. Doch ich möchte, dass du dich endlich zusammenreißt und mir hilfst!"

Die Temperatur stieg weiter.

Das innenliegende Thermometer zeigte bereits 104°F und Jeremy wusste vom Hersteller, dass dieses Modell in weniger als einer Stunde auf über 194°F aufheizen konnte.

„Joel! Hast du dein Handy bei dir?"

„Ich denke …", er kramte in seinem Jackett herum. „Ja."

„Hast du Empfang?", wollte Jeremy hektisch wissen.

„Nein."

Verfluchte Stahlrohre! Doch Jeremy fiel etwas anderes ein.

„Na los! Ruf deine Leute! Du hast doch sicherlich nicht nur mich verwanzt. Schick denen ein Signal oder Alarm …"

„Woah, was geht mit dir, Jeremy? Ich bin ein Arschloch, aber noch lange nicht bei der Mafia."

Jeremy hielt verständnislos den Atem an.

Die Stille konnte einen schon fast verrückt werden lassen.

„Du hast also nicht mein Handy, das Haus, oder das Büro mit Wanzen versehen?"

Joel traute seinen Ohren nicht. „Sehe ich so aus, als ob ich für solch einen Hacker-Mist Zeit hätte. Sieh mich an, ich hab genug mit mir selbst zu kämpfen."

Jeremy straffte die Schultern. „Bullshit! Woher hättest du sonst wissen sollen, wo ich mich befand."

„Das GPS in deinem Wagen", gab Joel kühl zur Antwort.

Natürlich das GPS! Es wurde in so gut wie alle Wagen der Repo-Men eingebaut, damit der leitende CEO, zu jederzeit sehen kann, wo sich seine Leute befinden. Das ist ungemein hilfreich für Aufträge und schnelle Erledigungen, auch wenn es den jeweiligen Mitarbeitern oftmals den Feierabend versaut. Genau wie es mir erging in dem Fall von der alten Mrs. Brooks.

„Falls wir jemals hier rauskommen, dann zeige ich dir gerne deine Unterschrift in den Akten, dass du mit dem Einbau und der Überwachung deines Standortes während der Arbeitszeit einverstanden warst", bot Joel heiser an.

„Nein, danke. Ich erinnere mich."

Dampfender Nebel machte sich jetzt unablässig in der Kabine breit, während draußen noch immer die kalten Temperaturen New Yorks Nächte dominierten.

122°F - Schweiß bedeckte die Körper der Männer.

140°F - Kopfschmerzen setzten ein.

176°F - Hitzekrämpfe durch Salzmangel.

221°F - Kollaps!

Während Joel aufgrund der starken Blutung bereits das Bewusstsein verloren hatte, versuchte Jeremy noch immer einen Weg aus dem heißen Grab, in dem sie ihn eiskalt zurückgelassen hatte, zu finden.

Er konnte kaum noch atmen, als er an ihre Schönheit und die Entschlossenheit in ihren Augen dachte.

Wieder hatte sein zartes Püppchen ihn eines besseren belehrt und gleich zwei Männer auf einmal gefickt.

Sein Blick galt jetzt Joels reglosem Körper, der aufzeigte, was gleich mit ihm selbst geschehen würde.

Jeremy brach hilflos an der Glastür zusammen.

Emiliana war fort.

Im Mount Sinai Hospital für Nervenheilkunde und Neurologie, schlug Detective Samuel nur wenige Tage später mehrfach mit der flachen Hand auf einen Esstisch. „Was zur Hölle soll das werden, Mr. Adams?"

Eine Neonröhre beleuchtete schwach den Raum, doch Jeremys Augen blieben starr auf die Wand gerichtet.

Der Detective zog einen Stuhl heran, nahm rittlings auf diesem Platz, und verschränkte die Arme. „Ich will Ihnen jetzt mal was sagen, und das werde ich nur einmal tun. Sie können von großem Glück reden, dass meine Leute rechtzeitig an ihrem Haus angekommen sind und Sie, sowie ihren speziellen Freund, Mr. Tale, auch fanden. Ich meine, wäre der Dampf und der neuwertige Geruch von Plastik, da Sie die Sauna scheinbar noch nie zuvor benutzt hatten, nicht schon aus den Kellerfenstern emporgestiegen, hätten wir wahrscheinlich gedacht, dass sie nicht zu Hause währen. Ihr Wagen stand nicht in der Auffahrt und trotz sofortiger Fahndung ist dieser wie vom Erdboden verschluckt. Sie, Mr. Adams, trafen sich mit mir und baten mich um meine Hilfe. Sie hingegen wollten mir alle Details zu den Vorfällen, rund um ihre verrückte Story, in Zusammenhang mit Miss Emiliana Brooks liefern. Angefangen von Staten Island, bis hin zu der mysteriösen Villa, in der wir eine weitere Leiche auf dem Hallenboden vorgefunden haben. Offiziell kann ich jedoch weder Sie, noch Mr. Tale dafür zur Rechenschaft ziehen, denn das Grundstück wurde von einer gewissen Dr. Clark für sechs Monate angemietet und diese behauptet nicht in der Stadt, sondern auf einem Ärztekongress gewesen zu sein. Wir prüfen das alles selbstverständlich, doch es wäre um so vieles leichter, wenn Sie ihr Versprechen halten, den Mund aufmachen, und reden würden."

„Entschuldigen Sie, Detective, doch ich glaube nicht, dass Mr. Adams in der Verfassung ist, ihre Fragen nach Ihren Vorstellungen und Wünschen zu beantworten. Wie Sie sehen leidet er unter einem posttraumatischem Schock. Ich würde Sie deshalb bitten ...“

Samuel erhob sich, kickte den Stuhl beiseite, und schenkte den Worten der Pflegekraft keinerlei Beachtung. Sein Oberkörper lehnte weit über dem Tisch, während er sprach. „Sie wissen, dass Mr. Tale heute Morgen aus der Klinik entlassen wurde. Ich kann ihn weder zu einem Verhör vorladen, noch einsperren. Ohne ihre belastende Aussage läuft das nicht! Und wo ist ihre Freundin, Mr. Adams? Haben Sie keine Sorge, dass weitere schreckliche Dinge passieren könnten?“

Jeremy rührte sich nicht.

Einzig seine Finger spielten mit den langen Kordeln eines Kapuzenpullovers, den man ihm als Ersatz für das Hemd angeboten hatte.

Den Detective verärgerte dieses Verhalten, denn er war sich sicher, dass es sich um eine weitere Show handelte, die ihm dargeboten wurde.

Leider hatte er keinerlei Autorität über Jeremy, denn dieser befand sich in einem Krankenhaus und nicht auf dem Revier.

Dennoch versuchte er es erneut. „Mr. Adams, nicken Sie mit dem Kopf, wenn sie mich verstehen.“

Nichts.

„Okay, dann nicken sie mit dem Kopf, wenn Sie wissen, wo Miss Brooks abgeblieben ist.“

Wieder nichts.

Der Detective biss die Zähne zusammen. „Ficken Sie sich ins Knie, Mr. Adams! Wissen Sie, was Sie sind? Ein ...“

„Telefonieren!“

Jeremy erhob kaum die Stimme und doch kam das Wort eindringlich und fordernd über seine Lippen.

„Sie wollen was?"

„Telefonieren!"

Die Pflegekraft brachte sich ein. „Mr. Adams möchte seit dem Frühstück telefonieren. Wir hielten es allerdings für das Beste, ihn noch eine Weile mit Medikamenten ruhig zu stellen."

Voller Neugierde fragte Samuel: „Wen wollen Sie anrufen?" Jeremys Brust bewegte sich hektisch auf und ab, ehe er erneut gegen die Wand rief. „Telefonieren!"

Der Detective krallte die Finger in Jeremys Schultern, denn für ihn ergab das alles überhaupt keinen Sinn. „Sehen Sie mich an, Mr. Adams! Wen wollen Sie anrufen?" Jeremys Stirn lag in tiefen Falten, doch er schwieg.

Als Samuels Smartphone klingelte, da ihn die Zentrale in einer äußerst dringenden Sache schnellstmöglich auf dem Revier sehen wollte, stieß er frustriert den Atem aus.

Während er sich den Mantel überzog, lehnte sich Jeremy in seinem Stuhl zurück, verschränkte die Arme und begann fröhlich vor sich hinzusummen.

„Kranker Bastard! Ich komme übermorgen wieder, dann sehen wir weiter", raunte Samuel, ehe er polternd, wie er es auch gerne auf dem Revier tat, den Raum verließ.

Einmal ein Cop, immer ein Cop!

Als Jeremy von der jungen Pflegerin zurück auf sein Zimmer gebracht wurde, passierten sie ein Münztelefon.

Dieses hing an der gegenüberliegenden Wand und war ausschließlich für die Patienten gedacht, wenn sie jemanden anrufen durften, um sie abzuholen.

Jeremy blieb stehen und sah die Pflegekraft mit einem unwiderstehlichen Lächeln an.

Die Frau errötete und fragte verlegen: „Sie wollen unbedingt telefonieren?"

Er nickte.

Sie sah sich auf dem langen Flur um.

Da weit und breit keine Stationsärzte auszumachen waren, deutete sie mit dem Kopf auf den heutzutage nur noch seltengesehenen Apparat. „Bitte beeilen Sie sich, Mr. Adams. Ich möchte keinen Ärger bekommen."

Jeremy nahm den Hörer ab.

Ein leuchtendes Feld bat ihn darum mindestens einen Quarter, sprich 25 Cent, in den dafür vorgesehenen Schlitz zu werfen.

Hilfesuchend sah er zu der Pflegekraft, die einige Meter weiter auf dem Flur für ihn Schmiere stand.

Sie schien das Problem umgehend zu verstehen, denn sie zeigte ihm mit den Fingern drei Zahlen an.

Eins.

Null.

Drei.

Mit deren Eingabe ertönte das Freizeichen.

Das war bestimmt der Code für das Personal der Klinik, um jederzeit kostenlos telefonieren zu können.

Eilig tippte Jeremy die Nummer ein, von der er wusste, dass sie ihm das Leben retten konnte.

Es klingelte.

Annahme.

„Tale."

Jeremy schluckte schwer, doch er musste es tun. „Joel."

„Heilige Scheiße! Adams? Auf welche Station haben die dich gebracht? Ich durfte dich nicht besuchen und ich ...", seine Stimme schwankte, denn wenn Jeremy sich freiwillig bei ihm nach all dem Chaos meldete, dann hatte das einen viel bedeutenderen Hintergrund.

„Ist alles in Ordnung?", fragte Joel in monotoner Tonlage.
Jeremy stieß erschöpft den Atem aus. „Nein."
Ohne weiter nach den Gründen zu fragen, tat Joel das, worauf Jeremy gehofft hatte, dass er es tun würde.
„Was kann ich für dich tun?"
„Vertraust du mir?", stellte Jeremy die Gegenfrage.
„Nein", lautete die prompte und ehrliche Antwort von Joel.
Jeremy schloss breitlächelnd die Augen.

„HOL. MICH. HIER. RAUS!"

Tanja Wagner

AUTORIN
/SCHRIFTSTELLERIN

Autoren-Profil

Persönlich:
Tanja Wagner, geboren 1983 in
Dachau, ist verheiratet und stolze
Mama von zwei wundervollen Kindern.
Ihre Familie und ihre Freunde sind für
sie das Wichtigste.

Beruflich:
Nach Abschluss der Mittleren Reife
hat sie die Ausbildung zur
Versicherungskauffrau erfolgreich
abgeschlossen. Neben dem Beruf hat
sie als Ausgleich mit dem Schreiben
angefangen - es erfüllt ihr Leben.

Weitere Bücher der Autorin:

LOVE - ACTION - THRILL:

FRANKY O. - Donner im Herzen / Band I

FRANKY O. - Feuer im Herzen / Band II

FRANKY O. - Spuren im Herzen / Band III

URBAN - FANTASY:

ZWISCHENERDE - Wächter der Balance

LOVE - THRILL - ROMAN:

BODYGUARD - Liebe zwischen Büchern

EROTIK - THRILLER:

8 DAYS - Emiliana

8 NIGHTS - Jeremy

8 WEEKS – Vollstreckung